La importancia de llamarse Ernesto
El abanico de lady Windermere

Clásica
Teatro

OSCAR
WILDE

LA IMPORTANCIA DE LLAMARSE ERNESTO

EL ABANICO DE LADY WINDERMERE

Edición de Fernando Galván

Traducción de Ricardo Baeza

AUSTRAL

ESPASA

Obra editada en colaboración con Editorial Planeta – España

Diseño de la colección: Compañía

Bajo el sello editorial AUSTRAL M.R.
Avenida Presidente Masarik núm. 111,
Piso 2, Polanco V Sección, Miguel Hidalgo
C.P. 11560, Ciudad de México
www.planetadelibros.com.mx

Vigésima primera edición en España en esta presentación: agosto de 2020
ISBN: 978-84-670-3776-0

Primera edición impresa en México en Austral: julio de 2025
ISBN: 978-607-39-2997-4

Impreso en los talleres de Impregráfica Digital, S.A. de C.V.
Av. Coyoacán 100-D, Valle Norte, Benito Juárez
Ciudad De Mexico, C.P. 03103
Impreso en México - *Printed in Mexico*

Biografía

Novelista, poeta, crítico literario y autor teatral de origen irlandés, gran exponente del esteticismo, Oscar Wilde (Dublín, 1854 - 1900) conoció el éxito desde sus comienzos gracias al ingenio punzante y epigramático que derrochó en sus obras, dedicadas casi siempre a fustigar a sus contemporáneos. Defensor del arte por el arte, sus relatos repletos de diálogos vivos y cargados de ironía provocaron feroces críticas de los sectores conservadores, que se acentuaron cuando Wilde fue acusado y condenado por su homosexualidad, lo que originó el declive de su carrera literaria y de su vida personal. Entre sus obras destacan las cuatro comedias teatrales *El abanico de lady Windermere* (1892), *Una mujer sin importancia* (1893), *Un marido ideal* (1895) y *La importancia de llamarse Ernesto* (1895), *El fantasma de Canterville* o *El retrato de Dorian Gray*, su única novela.

ÍNDICE

INTRODUCCIÓN

OSCAR WILDE, EL ETERNO DANDI

Oscar Wilde es para muchos la figura emblemática, casi prototípica cabría decir, del dandi inglés. Las caricaturas que se le dedicaron en vida —en publicaciones como la revista satírica *Punch*—, y muchas de las fotografías que se le hicieron, nos muestran a un hombre visiblemente preocupado por la imagen pública que proyectaba. Así lo revela la pose adoptada para ser fotografiado, y especialmente su vestimenta, caracterizada por el conjunto armonioso e impecable de todo el atuendo, desde el pelo —corto o largo, con rizos o sin ellos, pero siempre cuidado y bien peinado— al sombrero, el traje, los guantes, el clavel de la solapa, etc. Si a esta imagen física del artista añadimos su gusto exacerbado por las alambicadas representaciones gráficas en las cubiertas de sus libros, por la decoración de interiores, por la porcelana china azul, así como la ingeniosidad verbal que le hizo famoso, el cuadro que se nos presenta no deja de ser espectacular. Además, esa imagen de delicadeza y artificiosidad se ve vinculada en el recuerdo a la figura del artista del esteticismo extremado, que fue marginado y perseguido por la hipócrita moral dominante de su tiempo, vilipendiado y encarcelado por su homosexualidad, ignorado y despreciado por la clase social elevada a la que divertían sus comedias e ingeniosidades sin fin.

Durante décadas después de su muerte, acaecida a finales del año 1900, Wilde fue objeto de controversia y, a pesar de la condena judicial y moral a la que fue sometido por su homosexualidad, puede decirse que el interés de su público —en cierta medida morboso quizá— no decreció. Sus amigos se encargaron de escribir memorias y semblanzas del artista, reivindicando los valores morales y estéticos de Wilde; pero aparte de ese aspecto relacionado con la vida personal y la imagen pública del artista, lo más importante posiblemente es que las representaciones de sus obras teatrales se han mantenido vivas durante todo el siglo. Prueba de su éxito son las traducciones a múltiples lenguas y el continuo favor prestado por el público de diversos lugares. En España, por ejemplo, sus obras se tradujeron en los años diez y veinte y han gozado de la estima general desde entonces.

En la última década del siglo XX, a punto de cumplirse el centenario de su fallecimiento, puede afirmarse que la figura de Wilde ha conocido un inusitado resurgimiento. Son varios los motivos y las circunstancias que explican este renacimiento wildeano: por un lado, la imponente y magistral biografía publicada en 1987 por Richard Ellmann, que logró despejar y aclarar definitivamente, con un elevado grado de consenso, muchas de las incógnitas que rodeaban la vida del escritor. Por otro lado, los movimientos de estudios *gay,* que han alcanzado gran difusión en los años ochenta y noventa, han reivindicado la figura de Wilde para ensalzarlo, como mártir de la causa (los más moderados), o incluso para criticarlo por su tibieza en la defensa de su posición homosexual (los más radicales). También la crítica poscolonial ha encontrado en Oscar Wilde un objeto digno de su atención, pues el hecho de que nuestro escritor fuera irlandés y criticara con ironía lo inglés *(Englishness)* lo coloca en la posición de sujeto colonizado, susceptible de interpretaciones vinculadas a tal o cual ortodoxia crítica. Pero además, y aparte de esas circunstancias diversas de orden crítico y sociológico, otra de las razones principales de ese renacimiento ha sido la reevaluación a que han sido sometidas sus obras teatrales y sus escritos críticos: las primeras han sido objeto de innovadoras puestas en escena, analizadas y aplaudidas en general por la crítica; y los segundos han conocido nuevas interpretaciones, a la luz de la insistencia de Wilde sobre cuestiones estéticas relacionadas con la dimensión oral de su arte y con el interés por las reacciones de su auditorio[1].

Y la sorpresa por esa revivificación de Wilde a cien años de su muerte, en otro *fin de siècle* bien distinto del que le tocó vivir a él, se hace aún mayor si consideramos la diversidad de su obra y la permanencia de gran parte de ella entre el público lector y los espectadores teatrales del momento presente. Siguen leyéndose los cuentos infantiles que escribió el autor para sus hijos, como «El príncipe feliz» o «El gigante egoísta», o «El ruiseñor y la rosa», así como aquellos otros falsamente infantiles que, en realidad, estaban dirigidos a adultos, como «El pescador y su alma», «El cumpleaños de la infanta», «El niño estrella», etc.; pero también su única novela, tan controvertida por los detalles de perversión e inmoralidad que contenía, y tan característica, a su vez, de la propia trayectoria vital y artística de Wilde: *El retrato de Dorian Gray*. Y en el mundo anglosajón sus poemas, en especial la famosa y trágica *Balada de la cárcel de Reading,* escrita como testimonio del período de reclusión a que se vio sometido Wilde por los tribunales ingleses al ser declarado culpable de sodomía y de haber corrompido al joven aristócrata lord Alfred Douglas. Pero muy particularmente, y aun no siendo despreciable el interés

---

[1] Un repaso somero a la bibliografía selecta que se ofrece al final de esta Introducción mostrará el elevado número de publicaciones aparecidas en los años ochenta y noventa, que se corresponden en su mayoría con los enfoques críticos citados. Un excelente estado de la cuestión, muy actualizado, es el que proporciona *The Cambridge Companion to Oscar Wilde,* editado por Peter Raby en 1997. Ese volumen contiene una amplia selección de ensayos escritos por los más reputados especialistas, que presentan los estudios más recientes en torno a la biografía y el contexto cultural en que vivió Wilde, así como sobre sus obras, temas e influencias.

que todavía despiertan estas obras que acabo de mencionar, es sin duda su producción dramática, y en concreto sus cuatro comedias de alta sociedad, las que mantienen vivo con más pujanza el espíritu de Wilde entre un público más extenso: EL ABANICO DE LADY WINDERMERE, *Una mujer sin importancia, Un marido ideal* y LA IMPORTANCIA DE LLAMARSE ERNESTO siguen en efecto representándose en los teatros de todo el mundo, y el ingenio y la sutileza de Wilde perviven por doquier con otros acentos y en lenguas distintas al inglés preciso, contenido y elegante en el que se expresaron entonces sus inolvidables personajes.

LA FORMACIÓN DEL ARTISTA: DE DUBLÍN A OXFORD

Oscar Wilde nació en Dublín, el 16 de octubre de 1854, en el seno de una familia acomodada. Su padre, Sir William Wilde, era cirujano oftalmólogo y otorrino de gran reputación, hasta el punto de que fue nombrado oculista de la Reina cuando ésta se hallaba en Irlanda, y fue además un erudito y escritor prolífico, pues se interesó por cuestiones arqueológicas, de historia natural, topografía, e incluso por el gran escritor satírico irlandés del siglo XVIII Jonathan Swift. Su madre era también una figura pública de la vida dublinesa de la época, pues descendía del gran escritor irlandés Charles Maturin (1782-1824), autor de la célebre novela de estilo gótico *Melmoth el errante (Melmoth the Wanderer);* y ella misma fue escritora y poeta, defensora ardiente del nacionalismo irlandés y traductora del francés y del alemán. Sostienen los biógrafos que Wilde recibió una gran influencia materna, ya que Speranza —éste era uno de los seudónimos usados por lady Wilde— era una gran amante de la poesía romántica (especialmente Keats y Shelley) y de la literatura francesa. Wilde, en efecto, se interesó pronto por la literatura y se hizo con una excelente formación clásica y artística, primero en la escuela, Portora Royal School, entre 1864 y 1871, y luego en la Universidad, pasando por el Trinity

College de Dublín entre 1871 y 1874 y por el Magdalen College de la Universidad de Oxford entre 1874 y 1878. En ellos obtuvo toda clase de medallas y distinciones académicas, y ese mismo año de su graduación en Oxford fue galardonado con un premio importante, el Newdigate Prize, por un poema largo, *Ravenna,* de inspiración clásica y pastoril, que lo dio a conocerse en el ambiente poético de la ciudad.

Pero ya en esos años había atraído la atención del mundo universitario por su talento artístico y especialmente por su ingenio. Ese período lo puso en contacto también con el movimiento esteticista predominante entonces en Inglaterra, y en especial con el clima artístico e intelectual de Oxford, que lo subyugó por completo; una experiencia fundamental fue la relación con dos pensadores del momento, Walter Pater (1839-1894) y John Ruskin (1819-1900), que ejercieron una notable influencia sobre sus ideas estéticas. Fue Pater especialmente, apóstol del esteticismo más extremo y admirador de los poetas y pintores prerrafaelistas, como Dante Gabriel Rossetti (1828-1882), y de los grandes maestros del Renacimiento italiano, como Botticelli, Leonardo da Vinci, etc., el que atrajo de inmediato a Wilde, el que lo convirtió a la doctrina del arte por el arte. En sus habitaciones bellamente decoradas de Oxford invitaba Pater a sus alumnos a tomar el té y allí les predicaba la nueva fe estética. La búsqueda de la belleza como único propósito del artista verdadero, por encima de cualquier otra meta moral, social o política, fue precisamente la fe que abrazó con ardor un Wilde fascinado por el arte italiano y por el mundo clásico, un mundo que conoció en viajes a Italia y a Grecia en estos años de formación universitaria. Los libros y las clases de Ruskin en esta época eran asimismo una vibrante defensa de la belleza natural y de la arquitectura clásica, frente al mundo de la industrialización y de la técnica moderna, que era rechazado con pasión por este pensador. Y en gran medida debido al magisterio de Pater y Ruskin, Wilde consolidó sus convicciones estéticas, manteniéndose a lo largo de su vida fiel a ellas sin apartarse apenas un ápice.

Al abandonar Oxford se trasladó a Londres, y allí se introdujo en los círculos elegantes de la alta sociedad. Empezó a frecuentar los salones de la clase aristocrática y la alta burguesía, trabando contacto con artistas, escritores, poetas, dramaturgos, actores y actrices, entre ellas algunas de tanta fama como Ellen Terry y Sarah Bernhardt. Pronto su personalidad extravertida y su asombroso ingenio y capacidad verbal lo convirtieron en una figura conocida, admirada por unos y ridiculizada por otros. Fueron su peculiar idiosincrasia y su simpatía, más que su talento literario —su primera obra, *Poemas,* cuya publicación se costeó él mismo, apareció en 1881 y no tuvo gran repercusión—, las que hicieron de él una figura pública, y ello hasta el extremo de que el afamado dramaturgo William Gilbert (1836-1911) y el no menos prestigioso compositor Arthur Sullivan (1842-1900) escribieron la ópera *Patience* en 1881 satirizando los valores esteticistas representados por Wilde, al que tomaron como modelo para crear uno de los lánguidos personajes centrales de la obra, llamado Bunthorne. También el popular semanario cómico ilustrado *Punch* contribuyó a difundir la imagen de dandi de Wilde, gracias a las caricaturas que a principios de los años ochenta hizo de él el escritor y dibujante George du Maurier (1834-1896). Toda esta rápida fama lograda al poco tiempo de llegar a Londres permitió a Wilde realizar un viaje por los Estados Unidos para impartir conferencias y divulgar su credo estético; en septiembre de 1881 se había estrenado en Nueva York la obra de Gilbert y Sullivan, y el público norteamericano estaba ansioso por conocer algún ejemplo viviente de los personajes estetas satirizados en la ópera. Con esa finalidad, y años después de que Charles Dickens realizara una triunfal gira como conferenciante por los Estados Unidos, emprende Wilde viaje a América a finales de diciembre de 1881. El 2 de enero de 1882 desembarca en Nueva York y durante los doce meses de ese año recorre el país de cabo a rabo, pasando por Filadelfia, New Jersey, Washington, Baltimore, Albany, Boston, Chicago, Detroit, Cleveland, Cincinnati, y un largo etcétera que cubre casi todos los Estados de la Unión desde el este a la costa del Pacífico, incluyendo además muchas ciudades de Canadá. La reacción de los norteamericanos es controvertida, pues junto a la abierta hostilidad de la prensa, que criticaba las poses y el exagerado amaneramiento del conferenciante que venía a predicarles el nuevo credo estético, tuvo siempre un público fiel allá donde iba, que admiraba el singular atuendo y la puesta en escena del conferenciante, que solía presentarse con espectaculares trajes de etiqueta, o bien con calzones cortos, chaquetas de terciopelo, medias negras de seda, abrigos revestidos de pieles, cuidado pelo largo con rizos, sombreros de copa, delicados guantes, bastones de marfil, etc. No faltaban tampoco las flores que simbolizaban aquel movimiento estético: el girasol o los lirios, que aparecían también en la sátira de Gilbert y Sullivan. Wilde vivió con fruición la experiencia, y en cartas dirigidas a sus amigos se enorgullecía de haberse atraído más público que Dickens en su gira americana, y de haber sido tratado a cuerpo de rey por sus anfitriones.

Aunque posiblemente fue la representación de la figura del esteta lo que mayor éxito provocó entre los norteamericanos, en sus conferencias Wilde se encargó de perorar sobre los valores del arte del Renacimiento y de la poesía y la pintura de los prerrafaelistas ingleses, así como sobre la decoración doméstica y la belleza del mobiliario artesano inglés, frente al mal gusto de las casas norteamericanas que visitaba, llenas de muebles fabricados en serie. Insistía también en el retorno a la naturaleza y en la belleza del mundo helénico, en oposición a la industrialización del momento, que veía como fuerza corruptora de la sensibilidad y la belleza del hombre. Esa peculiar mezcla de romanticismo y clasicismo constituyó para Wilde una especie de evangelio que predicaba con la pasión del profeta, del que creía genuinamente en el poder salvador del arte para el alma humana. Siguiendo, además de las doctrinas de Pater y Ruskin, las ideas y la inspiración del poeta y pensador de tendencia socialista William Morris (1834-1896), vinculado estrechamente al movimiento prerrafaelista de Rossetti, Wilde añadía un toque de moralismo a su defensa del arte puro. Para él, como decía ya entonces, y luego desarrollaría en varios ensayos en años posteriores (como «El alma del hombre bajo el socialismo», publicado en 1891), el arte ennoblecía el espíritu humano, más incluso que la religión o la política, y el contacto con las cosas bellas engrandecía los valores intrínsecos del hombre y su individualismo, apartándolo de la fealdad y la corrupción de la máquina y el pseudo progreso que amenazaba con hacer del ser humano una masa informe.

Es obvio que estas ideas no eran patrimonio exclusivo de Oscar Wilde, que las tomó del ambiente intelectual de la Inglaterra de la segunda mitad del siglo XIX en el que se formó, y que representan los ya mencionados Rossetti y su grupo prerafaelista, además naturalmente de Pater, Ruskin y Morris, y otros muchos artistas y poetas. Por otro lado, estas ideas románticas sobre el poder del arte y la naturaleza, con el consiguiente rechazo de la modernización y de la máquina, se mantendrán vivas largo tiempo después de Wilde, pues hasta bien entrado el siglo XX encontramos autores que preservan esos valores en sus obras y que obstinadamente pretenden recuperar el tiempo y la atmósfera social y cultural anteriores a la industrialización. Ejemplos singulares serán, incluso después de la Segunda Guerra Mundial, creadores como C. S. Lewis (1898-1963) y J. R. R. Tolkien (1892-1973), cuyas obras fantásticas evocarán ese espíritu romántico de añoranza por la Arcadia perdida.

EL DECADENTISMO: LOS ENSAYOS ESTÉTICOS

El regreso de Wilde a Europa (zarpa de Nueva York el 27 de diciembre) lo conduce en seguida a Francia, pues, después de una corta estancia en Londres, a finales de enero de 1883 se traslada a París, donde reside unos cuantos meses. Allí lleva una vida social muy activa, participando —como en Londres— en reuniones y saraos artísticos de todo tipo; allí conoce personalmente a Verlaine, a Victor Hugo, a Mallarmé, a Zola, a Degas, a Edmond de Goncourt, a Daudet, etc. Y es entonces cuando se produce una vuelta de tuerca más en la conformación pública del personaje del dandi que Oscar Wilde venía creando de sí mismo. Su contacto con el ambiente intelectual francés del momento, y la identificación con textos claves del dandismo escritos unas décadas antes, como *Le dandy* de Baudelaire y *Du dandysme et de Georges Brummell* (1845) de Jules Barbey D'Aurevilly, así como la creación de J. K. Huysmans del neurasténico aristócrata Des Esseintes en su novela *A rebours* (1884), ejercieron una notable influencia en la consolidación de Wilde como dandi, y más aún como artista del decadentismo.

La crítica ha señalado abundantemente, por ejemplo, la relación entre *A rebours* y *El retrato de Dorian Gray* (1891), pues esa novela de Huysmans constituyó una suerte de biblia estética para muchos artistas del momento [2]. Pero la fascinación que sobre Wilde ejerció la obra de Baudelaire es también digna de ser resaltada, porque la figura del artista decadente, presa de una sensibilidad mórbida, dominado por la dependencia del opio o del hachís para alcanzar la inspiración, es una imagen que atrapó fatalmente al Wilde de esta época. Y obras como *Les fleurs du mal* (1857) y *Les paradis artificiels* (1860) fueron de hecho decisivas, tanto desde el punto de vista temático como estilístico; y es más, puede decirse que la actitud de búsqueda de la belleza adoptada a partir de ese momento por Wilde, y por algunos de sus contemporáneos de los ochenta y noventa, responde al compromiso baudelaireano de no cejar en la empresa por más extraña, nueva y perversa que pudiera resultar la búsqueda. El descenso a las zonas más oscuras del ser humano y de la experiencia, la exploración de los

---

[2] Véase Stephen Calloway, «Wilde and the Dandyism of the Senses», en Peter Raby, ed., *The Cambridge Companion to Oscar Wilde,* Cambridge, Cambridge University Press, 1997, págs. 47-48.

submundos del vicio y de la marginación, fueron algunos de los derroteros de Baudelaire que fatalmente subyugaron a Wilde.

Otro tanto habría que decir de la huella dejada por Théophile Gautier (1811-1872), que escribía en el prefacio de su novela *Mademoiselle de Maupin* (1835) lo siguiente: «Las cosas son bellas en proporción inversa a su utilidad. No hay nada de verdad bello que sirva para algo. Todo lo que es útil es feo». Ése es el credo estético del nuevo Wilde decadente, tomado de Gautier sin apenas añadidos, hasta el punto de que, como ha escrito Peter Raby:

> Gautier se adelantó a Wilde también en su rechazo al cristianismo debido al sentido de vergüenza que había impuesto a la humanidad. De él, bien directamente o a través de los reflejos de los sucesores de Gautier —Flaubert, Baudelaire, Pater—, Wilde tomó la idea de la primacía del arte, y la obligación sagrada del artista de alcanzar el dominio de su arte y sus materiales. De él, especialmente, adquirió el impulso de hacer que el lenguaje funcionara de igual forma que el pigmento y la piedra[3].

A raíz de esa estancia de 1883 en Francia, Wilde se vuelve en efecto más decadente y se lanza a la exploración de sensaciones extrañas, de placeres ilícitos, de todo aquello, en fin, que contribuya a la excitación de los sentidos, yendo contra el principio de la naturaleza que había venido defendiendo hasta el momento. A partir de ahora Wilde será aún más el defensor a ultranza de la suprema posición del arte por encima de cualquier otra circunstancia, incluida la naturaleza. Como han señalado algunos críticos, y en especial su biógrafo Richard Ellmann, este nuevo modo de vida coincidió no sólo con el

---

[3] Peter Raby, *Oscar Wilde,* Cambridge, Cambridge University Press, 1988, pág. 36. (La cita de Gautier está tomada también de esta obra de Raby, en la misma página).

descubrimiento del decadentismo o simbolismo francés, que abrazó entonces y al que no renunciaría jamás, sino también con el aumento de su celebridad social y literaria, así como con su matrimonio[4].

En efecto, en mayo de 1884 Oscar Wilde contrae matrimonio con Constance Lloyd, hija de un importante abogado irlandés. En los dos años siguientes nacen los dos hijos de la pareja: Cyril en 1885 y Vyvyan (o Vivian) en 1886; Wilde ha de mantener a la familia, y trabaja en esos años escribiendo reseñas para *Pall Mall Gazette* y para otras publicaciones, y pronto se convierte en director de la revista mensual *The Woman's World* (1887-1889). Escribe, además, los cuentos que dedica a sus hijos, *El príncipe feliz y otros cuentos (The Happy Prince and Other Tales),* que ven la luz en 1888, y que todavía hoy siguen siendo leídos y admirados por nuevas generaciones de lectores. Acuciado por las necesidades económicas, viaja mucho en este período, pronunciando conferencias por toda Inglaterra e Irlanda, en las que reitera sus conocidas ideas sobre la decoración doméstica y el renacimiento inglés en el arte mobiliario, así como sus impresiones sobre América. Escribe además una serie de ensayos de mayor enjundia que las numerosas reseñas y críticas de periódico, que van publicándose en diversos lugares, hasta que los reúne, en 1891, en el volumen titulado *Intenciones (Intentions).*

Son cuatro los ensayos que se recogen en *Intenciones,* y que antes habían visto la luz en varias publicaciones periódicas bajo otros títulos y con algunas diferencias; en esta última versión de 1891 estos cuatro artículos son «La decadencia de la mentira» («The Decay of Lying»), «Pluma, lápiz y veneno» («Pen, Pencil and Poison»), «El crítico como artista» («The Critic as Artist») y «La verdad de las máscaras» («The Truth of Masks»). En ellos expresó Wilde muchas de sus ideas sobre

---

[4] Richard Ellmann, *Oscar Wilde,* Londres, Hamish Hamilton, 1987, págs. 237 y sigs.; véase también Stephen Calloway, «Wilde and the Dandyism of the Senses», ya citado, pág. 48.

el arte y la vida, y así encontramos entre sus páginas la explicación a gran parte de las paradojas y frases epigramáticas que lo harían célebre, como las que situó en el prefacio de su novela *El retrato de Dorian Gray:* «El objetivo del artista es revelar el Arte y ocultar al artista», o «No existe ningún tipo de libro moral o inmoral: los libros están bien escritos, o mal escritos. Eso es todo», etc.

«Pluma, lápiz y veneno» y «La verdad de las máscaras» son los que menos interesan hoy, ya que el primero trata de Thomas Griffiths Wainewright, poeta, pintor y crítico de arte que fue además falsificador y envenenador, pues —como esteta convencido— dio veneno a su sobrina porque ésta tenía los tobillos gordos, prueba de que —como diría Wilde en «El crítico como artista»— «la esfera del arte y la esfera de la ética son absolutamente distintas y están separadas». «La verdad de las máscaras», por su parte, es considerado como su trabajo más débil, aunque se trata de un ensayo erudito, que aborda aspectos relacionados con el espectáculo en el teatro de Shakespeare; en él, Wilde llega a la conclusión de que Shakespeare se vio limitado en las puestas en escena de sus obras por los escasos recursos técnicos del teatro de su época, pero que si hubiera vivido en el siglo XIX habría empleado la rica gama de efectos escénicos que brindaba el teatro en ese momento.

Sin embargo, los ensayos más interesantes son sin duda «La decadencia de la mentira» y «El crítico como artista», que todavía hoy pueden leerse disfrutándose de la frescura y lozanía que tuvieron en su momento. De hecho, algunas de las ideas expresadas en ellos por Wilde mantienen toda su actualidad, como cualquier lector familiarizado con el posestructuralismo y el posmodernismo de finales del siglo XX podrá apreciar. Ambos están escritos siguiendo el modelo genérico del diálogo socrático, y ello le sirve al autor para transmitir de una forma viva y fresca, dialéctica, su nuevo pensamiento estético y vital, así como el cambio que se había producido en él con respecto a la primera fase de ensoñación con sus maestros de Oxford. Al incluirse, además, en el género socrático, estos ensayos constituyen ya un preludio, en cierta forma, de los diálogos dramáticos de sus comedias de los años noventa, de modo que merece la pena detenernos brevemente en ellos como preparación para la lectura de EL ABANICO DE LADY WINDERMERE y en especial de LA IMPORTANCIA DE LLAMARSE ERNESTO.

«La decadencia de la mentira» —para muchos críticos el mejor ensayo de Wilde— es un ataque contra el realismo o el naturalismo del estilo de Zola (Wilde emplea ambos términos de manera indistinta), que entonces empezaba a publicarse en traducciones baratas en Inglaterra. Hubo una reacción airada por parte de los sectores bienpensantes ingleses ante las novelas naturalistas de Zola, a las que se acusaba de obscenas por pintar la miseria y la degradación moral y sexual en sus últimos extremos. Pero, contra lo que quizá podría esperarse de Wilde —pues muchos de sus contemporáneos más progresistas apoyaron el naturalismo como un modo de romper con los convencionalismos sociales y como una apuesta artística de futuro—, él se sumó a la crítica contra el novelista francés. Las razones que aducía en este ensayo eran esencialmente de orden estético y pueden resumirse en algunas frases lapidarias como las siguientes: «El arte no expresa nunca otra cosa que a sí mismo», «Todo arte malo proviene de la vuelta a la Vida y a la Naturaleza, y por la elevación de éstas a ideales», «La Vida imita al Arte mucho más de lo que el Arte imita a la Vida», y «La mentira, el relato de las cosas bellas e inciertas, es la finalidad propia del Arte».

En el diálogo que sostienen Vivian y Cyril (los nombres de sus dos hijos), el primero encarna al intelectual que corrige las ideas tópicas e ingenuas que tiene el segundo sobre la preponderancia de la Naturaleza sobre el Arte. Vivian ha estado todo el día encerrado en la biblioteca escribiendo un artículo titulado «La decadencia de la mentira: una protesta», y entonces hace su aparición Cyril, que viene de la terraza y que lo invita a echarse sobre la hierba, a fumar y a disfrutar de la Naturaleza. En ese momento se entabla el diálogo entre los dos, y a las preguntas que formula Cyril contesta a veces Vivian leyéndole algunos párrafos de su artículo. El fondo principal de la cuestión que defiende aquí Wilde es bien conocido y hoy plenamente aceptado en el ámbito posmoderno y posestructuralista: que no vemos ni experimentamos la Naturaleza como algo ajeno o independiente del modelo o espejo que tomemos para mirarla. Críticos como Northrop Frye, en los años setenta, entendieron bien el mensaje de Wilde, hasta el punto de que este crítico canadiense se refirió a este ensayo como «el principio de un nuevo tipo de crítica» y «el heraldo de una nueva era en la literatura», precisamente porque para Wilde el lenguaje (o el Arte, como él prefiere llamarlo) no es esclavo o siervo de una verdad anterior, prelingüística o preartística (llámese Naturaleza, Verdad, o Vida), sino que se convierte en soberano[5]. Veamos un fragmento de este diálogo, que reproduzco algo extensamente para que pueda apreciarse el *modus operandi* de Wilde, preludio sin duda de los diálogos de sus comedias posteriores:

> VIVIAN.—[...] Todo lo que deseo es apuntar el principio general de que la Vida imita al Arte mucho más de lo que el Arte imita a la Vida, y estoy seguro de que, a poco que pienses en ello seriamente, advertirás su verdad. La Vida vuelve el espejo hacia el Arte, y, o reproduce algún tipo extraño imaginado por el pintor o el escultor, o realiza de hecho lo que aquél ha soñado en ficción. Científicamente hablando, la base de la vida —la energía de la vida, como la llamaría Aristóteles— es simplemente el deseo de expresión, y el Arte presenta de continuo las diferentes formas por cuyo medio puede alcanzarse la expresión. La Vida se apodera de ellas y las emplea, aunque sea para su propio daño. ¡Cuántos mancebos se han suicidado porque así lo hizo Rolla, y cuántos se han dado muerte porque Werther se la dio! Y piensa en lo que debemos a la imitación de Cristo, y en lo que debemos a la imitación de César.

---

[5] Northrop Frye, *The Secular Scripture* (1976), pág. 46, cit. por Lawrence Danson, «Wilde as Critic and Theorist», en Peter Raby, ed., *The Cambridge Companion to Oscar Wilde,* Cambridge, Cambridge University Press, 1997, pág. 82.

CYRIL.—La teoría es curiosa, no cabe duda; pero para completarla tendrías que demostrar que la Naturaleza, al igual que la Vida, es una imitación del Arte. ¿Qué: estás dispuesto a intentar la demostración?

VIVIAN.—Hijo mío, yo estoy dispuesto a demostrarlo todo.

CYRIL.—Eso quiere decir que la Naturaleza copia al paisajista y toma de él sus efectos, ¿no es así?

VIVIAN.—Naturalmente. ¿A quién sino a los impresionistas debemos esas maravillosas nieblas parduscas que rastrean por nuestras calles de Londres, esfumando la luz de los faroles y convirtiendo las casas en sombras monstruosas? ¿A quién sino a ellos y a sus maestros somos deudores de esas deliciosas brumas plateadas que se ciernen sobre el río, trocando en gráciles formas espectrales la curva del puente y la barcaza que pasa? El cambio extraordinario que ha tenido lugar en el clima de Londres durante los últimos diez años se debe por entero a una escuela artística. Sí, sonríe, sonríe... Pero considera la materia desde un punto de vista científico y metafísico, y verás que tengo razón. Pues ¿qué es la Naturaleza? No, la Naturaleza no es la madre suprema que nos ha engendrado; es nuestra creación. En nuestro espíritu es donde se anima y cobra vida. Las cosas son porque las vemos, y lo que vemos, y cómo lo vemos, depende de las artes que nos han influenciado. Mirar una cosa es muy distinto de verla. Hasta que no se ve su belleza puede decirse que no se ve una cosa. Entonces, y sólo entonces, adquiere existencia. En la actualidad la gente ve nieblas no porque haya tales nieblas, sino porque los poetas y los pintores le han enseñado la misteriosa belleza de sus efectos. Es muy posible que desde hace siglos haya habido nieblas en Londres. Sí, seguramente las ha habido. Pero nadie las veía, y de ahí que nada sepamos de su existencia en aquellos tiempos. Hasta que el Arte las inventó, puede decirse que no empezaron a existir [6].

---

[6] Oscar Wilde, *Intenciones,* Buenos Aires: Emecé Editores, 1915, trad. de Ricardo Baeza; cit. en el tomo 8 de la *Historia de la literatura universal* de Martín de Riquer y José María Valverde, Barcelona, Planeta, 1986, pág. 246.

En «El crítico como artista» los dos personajes que dialogan son Gilbert, el portavoz del autor, que se nos presenta al principio tocando el piano, y Ernest, que es quien pone en cuestión muchas de las fascinantes ideas de su amigo. No sólo el nombre de este último, sino también el ambiente elegante y el tono de la conversación evocan la atmósfera de LA IMPORTANCIA DE LLAMARSE ERNESTO, pues, aunque el tema que se aborda es la estética y se hace seriamente, la forma que revisten los diálogos es la que luego usaría Wilde en sus comedias de salón. Y no es seguramente inapropiado que un tema como el arte requiera no sólo profundidad y alcance en el tratamiento que se haga de él, sino asimismo elegancia y arte en la expresión de los argumentos. Hay dos partes, o actos, en este ensayo; en la primera se define la crítica y el papel del crítico, para lo que nos remontamos a los griegos, y escuchamos cómo Gilbert ensalza la virtud de la crítica como el arte de la palabra, tan cultivada en Grecia, y considerada como superior a la pintura o la escultura, en contra de la idea que presenta Ernest de que en épocas de grandes obras artísticas (como la Grecia antigua) la crítica no tuvo ninguna función destacada. En esa defensa de la crítica se nos dice que no existe una oposición entre las facultades creativas y las críticas pues ambas van de la mano, y de hecho es el crítico el que crea las formas nuevas a través de la reflexión y la conciencia crítica sobre el Arte.

En la segunda parte se amplía el tratamiento del tema, dando lugar a la reiteración del principio wildeano de la primacía del Arte sobre la Vida, que aquí se ve reforzado por otra oposición binaria: la de la preponderancia del pensamiento sobre la acción. Para nuestro autor, el hombre (esto es, el crítico, como ejemplo modélico de lo que el hombre debe ser) no ha de involucrarse en el mundo práctico y ético de la acción, sino que ha de trascender esa acción para discurrir en la esfera inmoral y peligrosa del Arte. El Arte lo abarca todo, y el crítico ejerce en esa esfera la contemplación, definida por Wilde como «la ocupación propia del hombre». Ese hombre debe estar imbuido del espíritu crítico, y con él, como dice Gilbert, el hombre no ejercerá acción de ningún tipo: «mirará al mundo y conocerá sus secretos. En contacto con las cosas divinas se volverá divino. La suya será la vida perfecta, y sólo la suya».

Esta visión utópica del crítico como artista tiene un complemento en otro ensayo publicado por Wilde en *The Fortnightly Review* en febrero de 1891, y que no fue incluido en el libro *Intenciones:* «El alma del hombre bajo el socialismo» («The Soul of Man Under Socialism»). En él, Wilde predicaba la rebelión y el anarquismo frente al Estado, y propugnaba la creación de una Utopía que permitiera al hombre cumplir con el propósito de la vida, esto es, «hacer lo que cada uno quiere». Ese estado, en opinión de Wilde, sería posible bajo el Socialismo, una corriente que entonces surgía con fuerza entre muchos intelectuales victorianos, como George Bernard Shaw (1856-1950), al que Wilde oyó un discurso en 1890 y en el que se inspiró para escribir este ensayo. Una vez el Socialismo instaurara un estado que se ocupara del trabajo, de lo necesario y de lo útil, el individuo se vería libre de esas ataduras y consiguientemente podría «hacer las cosas hermosas»:

> El nuevo Individualismo, a cuyo servicio el Socialismo, quiéralo o no, está trabajando, será la armonía perfecta. Será lo que buscaron los griegos, pero no alcanzaron a realizar por completo, salvo en pensamiento, porque tenían esclavos y los alimentaban; será lo que buscó el Renacimiento, pero no pudo alcanzar por completo salvo en el Arte, porque tenían esclavos y los mataban de hambre. Será completo, y a través de él cada hombre alcanzará su perfección. El nuevo Individualismo es el nuevo Helenismo[7].

En fin, como puede verse por las citas y descripciones que he hecho de estos escritos de Wilde de finales de los años ochenta y principios de los noventa, el escritor y artista había variado su primera posición puramente estetizante y, aun sin

---

[7] Cit. en Peter Raby, *Oscar Wilde,* Cambridge, Cambridge University Press, 1988, pág. 48.

abandonarla del todo, la había alterado para incorporar elementos afines al Decadentismo francés y a un tipo de pensamiento nuevo, que ya no compartía exclusivamente la visión idílica sobre el Renacimiento y el mundo clásico de Pater y Ruskin.

La caída de Wilde: *El retrato de Dorian Gray* y la condena judicial

El principal biógrafo de nuestro autor, Richard Ellmann, sostiene que es a raíz del matrimonio de Wilde con Constance en 1884 cuando empiezan a cambiar las cosas para él. Coincide, sin duda, con el contacto con los artistas y escritores franceses que conoce en París, y con la lectura primera de la novela de Huysmans, que se produce justamente durante la luna de miel de los recién casados. Pero Ellmann va más allá de la pura coincidencia de fechas, y especula con que la nueva fascinación de Wilde por el antinaturalismo y la exploración de «extrañas sensaciones», hasta el extremo de lo perverso y de las relaciones ilícitas, nace de haber ganado la convencionalidad y la seguridad del matrimonio, el establecimiento de una vida familiar en un hogar aparentemente feliz y tranquilo, al que pronto llegarían los niños [8]. Sea como fuere, y se acepten o no las interpretaciones psicológicas de Ellmann, lo cierto es que la segunda mitad de los años ochenta constituye para Wilde un cambio importante. Los ensayos son testimonio de ese nuevo pensamiento; pero la repercusión pública de mayor peso fue sin duda la publicación como libro en abril de 1891 de su única novela, *El retrato de Dorian Gray* (en una versión más reducida, como un cuento largo, había visto la luz en las páginas del número de julio de 1890 de la *Lippincott's Magazine).*

Esta única novela de Wilde tiene un tema escasamente original, pues nos presenta el afán de un joven hermoso, Dorian

---

[8] Richard Ellmann, *Oscar Wilde,* Londres, Hamish Hamilton, 1987, págs. 237 y sigs.

Gray, por perpetuar su juventud y su belleza. Ofrece su alma para que sea la imagen del cuadro que le ha pintado un amigo la que envejezca, la que se corrompa, mientras su cuerpo se mantiene siempre incólume. Se trata, como puede verse, de un motivo muy enraizado en la tradición folclórica y oral que ha sido retomado y ligeramente modificado por muchos autores a lo largo de la historia. Pero Wilde, que utiliza las técnicas, ya anticuadas para su tiempo, de la novela gótica y que evoca también reminiscencias de algunos contemporáneos, como Stevenson y su *Dr. Jekyll y Mr. Hyde* (1886), en realidad se sirve de estos motivos y de los elementos sobrenaturales y góticos para ficcionalizar su casi obsesiva preocupación por las relaciones entre el Arte y la Moral. Como se ha dicho más arriba en referencia a sus ensayos de estos años, Wilde insiste en *El retrato de Dorian Gray* en los mensajes de desafío a la sociedad de su tiempo, pues su principio esencial es la separación radical entre lo estético y lo ético. Más que glosar la historia de la novela —bien conocida, por otro lado—, es quizá mejor reproducir algunas frases epigramáticas de su prefacio, en el que Wilde establece con rotundidad las claves interpretativas de la obra:

> La vida moral del hombre forma parte de la temática del artista, pero la moralidad del arte consiste en el uso perfecto de un medio imperfecto.
>
> Ningún artista desea probar nada. Incluso cosas que son ciertas pueden probarse.
>
> Ningún artista tiene simpatías éticas. La simpatía ética en un artista es un imperdonable manierismo de estilo.
>
> Ningún artista es morboso jamás. El artista puede expresarlo todo.
>
> Pensamiento y lenguaje son para el artista instrumentos del arte.
>
> Vicio y virtud son para el artista materiales del arte[9].

---

[9] Oscar Wilde, *The Picture of Dorian Gray,* en H. Montgomery Hyde, *The Annotated Oscar Wilde,* Londres, Orbis Publishing, 1982, pág. 138.

Ante este tipo de declaraciones, no es de extrañar que la obra provocara el escándalo cuando se publicó. Para el lector victoriano llovía ya sobre mojado en el caso de Wilde, pues dos años antes, en el número de julio de 1889 de *Blackwood's Magazine,* se había editado el ensayo «El retrato del señor W. H.» («The Portrait of Mr. W. H.»), en el que nuestro escritor defendía la hipótesis de la homosexualidad de Shakespeare, algo que nadie antes se había atrevido a sugerir por escrito, a pesar de la ambigüedad que se desprende de los sonetos del poeta isabelino. El hecho de que esa colección de sonetos esté dedicada a un tal señor W. H. hizo especular a Wilde con un supuesto amante del poeta, que sería Willie Hughes, un actor joven de clase baja. Para el mundo victoriano semejante desacralización de Shakespeare fue un golpe bajo muy difícil de encajar: no sólo se convertía al bardo en un vicioso y pervertido, que gozaba sexualmente de jóvenes de su mismo sexo, sino que además se le degradaba socialmente, al mezclarlo con una esfera social despreciada por la aristocracia y la clase burguesa victoriana. Para estas clases, Shakespeare ocupaba en efecto un puesto de autoridad junto a la Biblia, y era parte consustancial de la identidad de la familia, y valor inamovible de la condición misma de ser inglés.

Por estos mismos años la producción en prosa de Wilde se ve enriquecida por otros cuentos e historias breves que, bajo la apariencia engañosa a veces de fantasías infantiles, predicaban valores considerados subversivos por la sociedad del momento u ofrecían un panorama lúgubre y sombrío de personajes fabulosos. Así, son ejemplos de ello los relatos contenidos en la colección *Una casa de granadas (A House of Pomegranates),* publicada en noviembre de 1891, tales como «El joven rey» («The Young King»), «El cumpleaños de la Infanta» («The Birthday of the Infanta»), «El pescador y su alma» («The Fisherman and His Soul») o «El niño estrella» («The Star Child»), que aun revistiendo a primera vista la forma de cuentos de hadas en la tradición de Perrault y Andersen, están en realidad dirigidos a adultos y no a niños.

Otra de las colecciones de relatos, publicada también este mismo año de 1891, fue *El crimen de lord Arthur Savile y otras historias (Lord Arthur Savile's Crime and Other Stories).* La historia principal, que da título al volumen, se había publicado originalmente en 1887, y evoca en tono irónico situaciones y ambientes que luego Wilde retomaría en sus comedias de salón. En concreto, «El crimen de lord Arthur Savile» comienza con la descripción de la recepción que da lady Windermere en su residencia de Bentinck, recurso que le sirve al narrador para presentarnos con su peculiar tono irónico a los personajes, pertenecientes a la aristocracia, la alta administración política, el clero y el mundo del arte, en un perfecto preludio de la escena, más elaborada, que aparece en el acto II de EL ABANICO DE LADY WINDERMERE. En medio de esta selecta concurrencia surge el personaje central, tan característicamente wildeano: el aristócrata ideal lord Arthur Savile, que pronto va a contraer matrimonio con la señorita Sibyl Merton. Pero hay algo extraño en este personaje, y es que lord Arthur tiene la imperiosa necesidad de cometer un crimen antes de casarse, y a pesar de que fracasa en dos intentos perpetrados contra dos familiares suyos, logra finalmente lanzar al río a un quiromante que le había leído la mano y que había descubierto así que él, lord Arthur, habría de cometer un crimen. Después de este tenebroso suceso, que la prensa recoge como si se tratara de un suicidio, el aristócrata se siente liberado de su obsesión y efectivamente se casa con Sibyl, y se retira luego a vivir a una mansión del campo, donde ambos son completamente felices en compañía de sus dos hijos. El tono amable y suave con que se nos describe esa felicidad está cargado de la ironía peculiar que usa Wilde para retratar los tipos humanos de la alta sociedad de su época y que encontraremos en las comedias:

> Nunca, por un solo instante, lamentó lord Arthur todo lo que había sufrido por el bien de Sibyl, mientras que ella, por su parte, le dio a él las mejores cosas que una mujer puede darle a un hombre: veneración, ternura y amor [10].

---

[10] Oscar Wilde, «Lord Arthur Savile's Crime», en H. Montgomery Hyde, ed., *The Annotated Oscar Wilde,* Londres, Orbis Publishing, 1982, pág. 104.

Este período comprendido entre 1887 y 1892 es, pues, de gran productividad y de consolidación de Wilde como escritor y como figura pública. Al comenzar la década de los noventa, además, orienta casi todos sus esfuerzos hacia el teatro, y es en estos últimos diez años de su vida cuando escribe, y se representan con gran éxito, sus principales comedias. Pero es también ésta la época de su dramático final, cuando mantiene relaciones sexuales con lord Alfred Douglas y con otros jóvenes, muchos de ellos dedicados a la prostitución, todo lo cual le llevó a la lamentable condena y encarcelación posterior por sodomía y corrupción. Así pues, y antes de abordar el análisis de su excelente producción dramática de esta época, veamos de manera resumida el desarrollo de los principales acontecimientos de la vida del escritor hasta su muerte en 1900.

En 1891, cuando se publican muchas de las obras mencionadas en las páginas anteriores, posiblemente a finales de junio, Wilde conoce a lord Alfred Douglas (1870-1945), tercer hijo del marqués de Queensberry, que entonces era estudiante universitario en el Magdalen College de Oxford, la misma institución que había acogido a Wilde años antes. Era un joven elegante y muy hermoso, por el que nuestro escritor se sintió inmediatamente atraído y al que convirtió en su protegido, en especial a partir de 1892, cuando en abril Wilde pasó un fin de semana con él en sus habitaciones de Oxford para socorrerlo ante un chantaje al que estaba siendo sometido. Aunque ya Wilde frecuentaba amistades masculinas y solía pasar veladas fuera de casa en compañía de diversos hombres jóvenes, su cambio radical de vida tiene lugar alrededor de 1892, pues como declararía su esposa Constance en el proceso judicial al que fue sometido en 1895, «en estos tres últimos años ha estado como loco» [11]. Su vida diaria consistía en tomar coches de alquiler de uno a otro lado de Londres, comprar regalos para sus jovenzuelos, almorzar en el Café Royal, realizar visi-

---

[11] Cit. por H. Montgomery Hyde en *The Annotated Oscar Wilde,* pág. 16.

tas sociales, frecuentar exposiciones, vestirse elegantemente para cenar, ir al teatro o a fiestas, etc. Dejó el hogar familiar, pues aunque sentía gran afecto por su mujer y sus hijos, la compañía de Constance le causaba aburrimiento, y vivió a partir de entonces en habitaciones alquiladas, e incluso a veces en una *suite* del Hotel Savoy. Alfred Douglas, o *Bosie,* como le llamaba Wilde, llevaba una vida llena de extravagancias y de caprichos suntuarios que Wilde se complacía en financiar: lo invitaba a cenar, le compraba ropa, le hacía regalos caros, le costeaba viajes al extranjero, incluso le saldó varias deudas y hasta llegó a pagar dinero para liberarlo de chantajes.

Curiosamente, en estos años de tanto trajín sentimental, en los que Wilde también va y viene a París, conoce y trata a Gide, a Pierre Louÿs, a Mallarmé, a Proust, entre otros, consiguió producir sus mejores obras dramáticas, urgido la mayor parte de las veces por acuciantes necesidades económicas: en 1891 su obra en francés *Salomé,* que la censura inglesa le impide representar por abordar un asunto bíblico; en 1892 se estrena con gran éxito EL ABANICO DE LADY WINDERMERE y escribe *Una mujer sin importancia,* que se estrena en abril de 1893; en 1894 se publica su poema *La esfinge (The Sphinx),* mientras acaba de escribir *Un marido ideal* y compone LA IMPORTANCIA DE LLAMARSE ERNESTO en sólo tres semanas, obras que se estrenan al año siguiente, unos meses antes del comienzo de los juicios contra él.

Lo que empezó sólo como un enfrentamiento con el marqués de Queensberry, que quería proteger a su hijo de la supuesta influencia nefasta de Wilde, acabó en verdadera tragedia. El escritor recibió una tarjeta del marqués en la que lo llamaba (con falta de ortografía incluida, tal vez debido a las prisas o a la tensión del momento) «somdomita» y se apresuró a denunciarlo por difamación. Cuando se produjo el primer juicio, se vio claro que no se trataba sólo de perseguir a Wilde por sus escritos más o menos escandalosos (en especial por *El retrato de Dorian Gray),* sino que los principales cargos contra él eran de naturaleza moral y penal, esto es, la práctica de la homosexualidad y la corrupción de numerosos jóvenes. Wilde, que no quiso seguir los consejos de sus amigos de que se fuera al extranjero, hizo frente a las acusaciones con gran templanza y mejor ingenio, dando muestras de su singular elocuencia y reivindicando, con gracia, aplomo y altanería, su papel de dandi ante los jueces. Los efectos fueron fulminantes, y después de varios juicios consecutivos (tres), se le condenó en mayo de 1895 a dos años de prisión y trabajos forzados.

La condena significó la inmediata clausura de las obras que tenía en cartel, la retirada de sus libros de las librerías y la desaparición de su nombre de todos aquellos lugares públicos en los que hasta ese momento había sido la figura estelar. A los pocos meses de encarcelamiento Wilde estaba, lógicamente, en la bancarrota. Mientras está en la cárcel, entre enero y marzo de 1897, escribe una larga carta dirigida a Alfred Douglas titulada «In Carcere et Vinculis», que no pudo publicarse en vida del autor (la primera edición, incompleta, es de 1915, con el título de *De Profundis).* Después de su liberación, en mayo de 1897, se exilia en Francia, donde compone, entre julio y agosto, su conocido poema *La balada de la cárcel de Reading,* que se publica en febrero de 1898. Los últimos dos años de su vida, en que viaja por Francia e Italia, Wilde se ve rechazado por la mayoría de sus antiguos amigos y por la «sociedad» francesa, que antes se había mostrado encantada con *Salomé*. Pasa la mayor parte del tiempo enfermo, bebiendo mucho, y ya casi no es capaz de escribir; aunque en este período se publican sus comedias y algunas traducciones de sus obras, Wilde apenas puede disfrutar de sus beneficios, pues muere, enfermo y agobiado por las deudas, el 30 de noviembre de 1900.

Pero, a pesar de tales desgracias, como comentaba George Bernard Shaw en el prefacio que escribió para la biografía de su amigo Frank Harris:

> Por favor, no escuchemos más palabras sobre la tragedia de Oscar Wilde. Oscar no fue ningún trágico. Fue el come-

> diógrafo supremo del siglo, para quien la mala fortuna, la ignominia, el encarcelamiento, fueron algo externo y traumático. Su alegría de espíritu fue invulnerable; resplandece en las páginas más negras de *De Profundis* con tanta claridad como en sus epigramas más divertidos. Incluso en su lecho de muerte no encontró autocompasión, sino que con el último aliento jugaba a reírse, consiguiéndolo con un toque tan certero como el que alcanzó en sus días de mayor gloria[12].

Veamos, pues, su producción dramática, que es la que sigue manteniendo hoy vivo el nombre de Oscar Wilde en los escenarios de todo el mundo.

OSCAR WILDE, AUTOR DE COMEDIAS

Aunque las principales obras dramáticas de Wilde se escriben y representan en la última década de su vida, ya antes había mostrado interés por el género y había compuesto otras dos obras, que guardan muy poca relación con sus grandes éxitos de los noventa. Veamos brevemente esas dos obras antes de abordar su producción de mayor influencia y calidad.

En 1880 publica, en efecto, *Vera, o los nihilistas (Vera, or the Nihilists),* una obra en cuatro actos que se representó por vez primera en Nueva York en 1883, aunque con escaso éxito pues no duró más de una semana en cartel. El tema de la obra era muy contemporáneo, ya que abordaba el asesinato del zar de Rusia a manos de un grupo de revolucionarios intelectuales, los nihilistas. La obra no pudo ser puesta en escena en Londres en 1881, como inicialmente estaba previsto, porque la historia que se presentaba en ella resultó ser profética. En

---

[12] Cit. por H. Montgomery Hyde, *The Annotated Oscar Wilde,* pág. 25. La referencia original es: Prefacio de George Bernard Shaw a la edición británica de la biografía de Frank Harris, *Oscar Wilde: His Life and Confessions* (1938), pág. 458, nota 137.

marzo de 1881 fue efectivamente asesinado el zar Alejandro II por nihilistas rusos, y la noticia tuvo una amplia repercusión en los periódicos ingleses, ya que la esposa del zar era cuñada del príncipe de Gales. Esta primera obra dramática, a pesar de su bisoñez, ha sido alabada por la crítica por la atrevida presentación de vestuario y decorados cercanos al simbolismo, así como por la delineación de los personajes centrales, en especial el de la mujer revolucionaria, Vera —que se nos revela como anticonformista—, y el príncipe Paul, que en su forma de expresarse es un obvio preludio del personaje del dandi que luego cultivaría Wilde con tanto éxito en sus comedias de salón.

En 1883 escribe otra obra para el teatro, *La duquesa de Padua (The Duchess of Padua),* una tragedia de venganza en verso al estilo de las obras del género producidas en el Renacimiento por dramaturgos como Shakespeare y John Webster (*c.* 1578-*c.* 1632). La trama transcurre en el Renacimiento italiano, pero Wilde pretende tratar la vida moderna a través de una tragedia antigua: «la esencia del arte es producir la idea de lo moderno bajo una forma antigua», declaró el autor [13]. La influencia principal, sin embargo, es más cercana en el tiempo, pues los críticos han señalado deudas considerables con *Los Cenci (The Cenci)* del poeta romántico Shelley (1792-1822). Las historias de las dos obras se parecen mucho, hasta el extremo de que ambas protagonistas se llaman igual, Beatrice, y ambas son poseídas sexualmente por un hombre tiránico lo suficiente mayor como para ser su padre (en el caso de *La duquesa de Padua)* o que, de hecho, es su padre, que la viola, en el caso de Beatrice Cenci. Esta obra, como la anterior, no fue representada en Inglaterra, sino en Estados Unidos, en enero de 1891, bajo el título de *Guido Ferranti,* y se mantuvo sólo tres semanas en cartel.

---

[13] Cit. por Katharine Worth, *Oscar Wilde,* Londres, Macmillan, 1980, pág. 40.

Es precisamente a partir de 1891 cuando Wilde decide dedicar más atención al teatro, y ese año escribe su primer gran éxito, EL ABANICO DE LADY WINDERMERE, a la vez que se embarca en un experimento azaroso: la creación de una obra dramática en francés, que será *Salomé*. EL ABANICO se estrena en el teatro St. James de Londres en febrero de 1892, con una excelente acogida, y ello pone a su autor en el camino adecuado para escribir las otras tres comedias de salón que lo harán famoso en el mundo entero. *Salomé,* sin embargo, que acaba de escribir en diciembre de 1891, tiene serias dificultades para representarse. En 1892 es prohibida su puesta en escena en Inglaterra, cuando ya Sarah Bernhardt está ensayando para representarla en el teatro Palace, pues se le aplica una vieja ley que no permitía el tratamiento escénico de temas bíblicos. Aunque se publica en 1893 en París y Londres (en su versión original francesa), la primera representación no llega hasta febrero del año 1896, en el Théâtre de l'Oeuvre, de París, donde es recibida con entusiasmo. No se representa en Londres hasta mayo de 1905.

Salomé, por su condición de obra francesa y por abordar el tema bíblico, está fuera claramente del corpus de las comedias de Wilde. Por un lado, el hecho de que Wilde la escribiera en francés le aportó sin duda un distanciamiento considerable con respecto al propio instrumento lingüístico, pues, aunque hablaba francés con fluidez, esta lengua no dejaba de ser extranjera para él, de modo que sometió su manuscrito a la revisión y corrección de amigos franceses. Han dicho algunos críticos galos que el francés de Wilde era florido y cargado de anglicismos, y que para que las palabras tuvieran la carga que el autor había querido darles lo ideal sería que la obra se representase con actores que tuvieran un fuerte acento inglés [14]. Por otro lado, el propio tema está teñido de influencias român-

---

[14] Phillipe Jullian, *Oscar Wilde,* trad. de Violet Wyndham (Londres, 1969), pág. 247; cit. por Peter Raby, *Oscar Wilde,* Cambridge, Cambridge University Press, 1988, págs. 101-102.

ticas y simbolistas francesas, tanto en el plano literario como en el pictórico. Se ha señalado, por ejemplo, que muchas de las escenas de la obra están inspiradas en el tratamiento del tema que hizo Huysmans en su novela *A rebours,* ya citada más arriba como influencia decisiva en *El retrato de Dorian Gray*. Peter Raby comenta varios detalles de esta deuda y sugiere también otros títulos franceses que pudieron haber despertado el interés de Wilde, como la Salomé de Laforgue en *Moralités Légendaires,* o *Hérodiade* de Mallarmé, con su estructura músico-dramática en la obertura, la escena y el cántico de San Juan, así como la *Hérodias* de Flaubert. En palabras de Raby: «El tono global de Flaubert tiene similitudes particulares con el de Wilde, y hay muchos ecos verbales. Es quizá en la descripción de Flaubert del baile, que él retiene hasta el final de la historia, donde puede reconocerse la cualidad semimística que desarrolló Wilde en su propio concepto de Salomé» [15]. La otra influencia decisiva en la composición de *Salomé* fue la del poeta y dramaturgo simbolista belga Maurice Maeterlinck (1862-1949), por cuyas obras místicas Wilde se sintió pronto atraído. En concreto su primera obra, *La Princesse Maleine,* publicada en Gante en 1889 se cita como la conexión más directa con la *Salomé* wildeana. El sentido del ritmo, la musicalidad verbal, con una lengua llena de color y de evocaciones, las repeticiones de palabras y expresiones son algunos de los elementos de técnica dramática que toma nuestro autor del simbolista belga. Pero en esta obra también es esencial la creación del ambiente irreal y mágico a través del decorado y del vestuario, que rompían con el realismo dominante en la escena contemporánea. Cuando la obra se representó en París fue un éxito, porque se constituyó en seguida en ejemplo soberbio del triunfo simbolista en el teatro, que se divulgó por toda Europa. En 1905 Richard Strauss (1864-1949)

[15] Peter Raby, *Oscar Wilde,* Cambridge, Cambridge University Press, 1988, pág. 104.

la adaptó para la ópera, siendo posiblemente este medio el que la ha hecho más popular, aunque el mérito principal sigue siendo de Wilde, ya que la ópera no se aleja del texto escrito por nuestro autor, a pesar de que a veces falten en ella elementos propios de la sutileza, el humor y la ironía wildeanas. Otra de las influencias más notorias ejercidas por *Salomé* es W. B. Yeats (1865-1939) y su teatro poético, pues, si bien este poeta y dramaturgo confesó que el diálogo le parecía vacío, lento y pretencioso, las imágenes de la danza lo subyugaron por completo, hasta el punto de llevarlo a escribir dos obras en imitación de la de Wilde, *El rey de la torre del gran reloj (The King of the Great Clock Tower,* 1934) y *Luna llena en marzo (A Full Moon in March,* 1935)[16].

La mayor relevancia pública la obtiene Wilde, sin embargo, como he venido diciendo, con sus cuatro comedias de salón escritas y representadas en la década de los noventa, y de las que este volumen ofrece dos: la primera, EL ABANICO DE LADY WINDERMERE, y la última y más popular de todas, LA IMPORTANCIA DE LLAMARSE ERNESTO. En medio de ambas escribió y estrenó las otras dos, que merecen también sin duda ser recordadas: *Una mujer sin importancia* y *Un marido ideal*. ¿Qué tipo de obras son? ¿Por qué tuvieron tanto éxito en su momento entre la sociedad bienpensante, a la que los ensayos y la ficción de Wilde habían causado escándalo? Y, sobre todo, ¿por qué siguen siendo admiradas por el público un siglo después? Trataré de dar respuesta a estas cuestiones y así introducir al lector en las dos obras que vienen a continuación.

El término que suele emplearse para clasificarlas es «comedias de salón» o «drama de sociedad», aunque LA IMPORTANCIA DE LLAMARSE ERNESTO suele calificarse además de farsa. En ellas se retratan personajes que Wilde quería que se parecieran lo más posible a seres reales. Como comentó en una

---

[16] Véase Katharine Worth, *Oscar Wilde,* Londres, Macmillan, 1980, págs. 71-72.

carta escrita en febrero de 1891 mientras preparaba EL ABANICO: «No me encuentro satisfecho conmigo mismo o con mi obra. No tengo todavía el control de la obra: no consigo hacer reales a mis criaturas»[17]; es decir, uno de los rasgos fundamentales de estas obras es que pretenden servir de espejo a la sociedad, algo que lograron, pues al público le encantó verse retratado sobre el escenario con tanta sutileza y elegancia. Por otro lado, y con el fin de alcanzar ese mimetismo, Wilde utiliza las historias y los recursos más conocidos y habituales en el teatro popular de su época, y especialmente del melodrama, hasta el punto de que cuando se estrenó EL ABANICO muchos de los motivos del argumento eran sobradamente conocidos por sus espectadores: la mujer que se esconde en la habitación de un hombre que no es su marido, el abanico abandonado, la carta leída por quien no corresponde, etc. De inmediato surgieron las voces que relacionaban la obra con otras coetáneas, como las del francés Victorien Sardou (1831-1908), o los británicos C. Haddon Chambers (1859-1921), o Sydney Grundy (1848-1914), autores prácticamente olvidados hoy pero que gozaban de gran predicamento en la época. Y efectivamente, Wilde imitaba y copiaba las convenciones y los temas de la alta comedia de su tiempo, que se basaba, además de en el melodrama (de influencia francesa), en la comedia de costumbres *(comedy of manners)* del teatro clásico inglés de la segunda mitad del siglo XVII, y que luego llevaría a su más alta expresión, con mayor refinamiento, el dramaturgo dieciochesco Richard Sheridan (1751-1816). En concreto su obra *La escuela del escándalo (The School for Scandal,* 1777*)* es una presencia sentida en varias ocasiones en EL ABANICO DE LADY WINDERMERE. Este tipo de comedias tenía como función criticar con sutileza, con elegancia y con amabilidad los comportamientos públicos y privados de los estamentos más elevados de

---

[17] Cit. en Peter Raby, «Wilde's Comedies of Society», en *The Cambridge Companion to Oscar Wilde,* editado por el mismo autor, Cambridge, Cambridge University Press, 1997, pág. 143.

la sociedad. Era sin duda el género en el que Wilde podía brillar con luz propia, como efectivamente ocurrió, pues su singular talento verbal, la ingeniosidad y la conversación chispeante de que había hecho gala durante años en los círculos más exquisitos de la sociedad londinense parecían haber nacido para ser llevados precisamente al teatro. El público al que se dirigían estas comedias era rico e influyente, bien vestido, elegante, con buenas relaciones, habitaba en las mansiones más suntuosas de Londres, y es ese tipo de auditorio el que se vería retratado, con gracia, finura y humor, en el escenario.

Aunque las tres primeras comedias de este tipo plantean aspectos sentimentales de dimensión moral, en la línea clásica del melodrama, la verdad es que Wilde no intenta darles una solución seria, sino que hace uso de su ingenio y habilidad para entretener a su auditorio, que parece tener la suficiente inteligencia como para reírse de sí mismo. En la noche del estreno de EL ABANICO DE LADY WINDERMERE en el teatro St. James, propiedad del actor y empresario George Alexander (1858-1918) —que representaba a la sazón a lord Windermere—, después de los sonoros aplausos que le brindó el público, y haciendo gala una vez más de su proverbial ingenio y extravagancia, se dirigió Wilde al auditorio en un estilo claramente pirandelliano:

> Damas y caballeros, he disfrutado inmensamente esta noche. Los actores nos han brindado una encantadora representación de una obra deliciosa, y el aprecio que ustedes han mostrado hacia ella ha sido muy inteligente. Les felicito por el gran éxito de la representación que han hecho, lo que me convence de que valoran ustedes casi igual que yo mismo esta obra [18].

Esta extravagante intervención del autor la noche del estreno fue controvertida, pero curiosamente no tanto por la iro-

---

[18] Cit. por Katharine Worth, *Oscar Wilde*, Londres, Macmillan, 1980, pág. 5.

nía de sus palabras, sino porque las pronunció mientras fumaba un cigarrillo con ostentación. De hecho, como ha comentado Katharine Worth, este pequeño discurso pone de manifiesto algo más que el sentido del humor o el deseo de publicidad de Wilde. El autor, dice Worth,

> estaba interesado en un nivel profundo de la imaginación por la provocadora constatación del proceso de construcción de las imágenes que ofrecía la relación actor/auditorio. En el teatro St. James fue especialmente curioso. La elaborada formalidad del vestuario que se llevaba sobre el escenario de George Alexander reflejaba las ropas del auditorio con una precisión que producía un cierto y misterioso efecto de imagen especular. ¿Quién imitaba a quién? Se decía que los caballeros estudiaban los inmaculados conjuntos de dandi de Alexander [...] antes de encargar sus propias ropas: presumiblemente pensaban que las suyas eran lo real y las de los actores imitación, pero Wilde sabía que la cuestión no era tan sencilla. «La Vida imita al Arte mucho más de lo que el Arte imita a la Vida» [19].

Esa singular capacidad de Wilde para ser fiel a la realidad circundante, riéndose de ella, pero sin causar la reacción negativa de su auditorio, debe ser resaltada adecuadamente. No sería correcto sostener que Wilde es el portavoz oficioso de esa clase social, que se sentía tan cómoda y complacida ante el retrato que de ella hacía él en los escenarios. La sociedad que presenta Wilde en estas comedias de salón es la clase dirigente de una Inglaterra poderosa, que en estas últimas décadas del siglo XIX poseía el control del Imperio Británico con una fuerza hasta entonces desconocida. Si consideramos la trayectoria vital y artística de Wilde que he venido trazando hasta aquí, no podemos ignorar la actitud con la que el escritor hubo de enfrentarse a este mundo: él era irlandés, sujeto colonizado

---

[19] Katharine Worth, *Oscar Wilde,* Londres, Macmillan, 1980, págs. 5-6.

y sometido por el Imperio, y por tanto ajeno a la clase dirigente inglesa; era homosexual, sujeto marginal y repudiado por la moral dominante; era esteta y artista poseedor de ingenio y sensibilidad, algo asimismo extraño al mundo social que dibuja. En los ensayos escritos unos pocos años antes, y en su novela *El retrato de Dorian Gray,* hemos podido ver cómo pensaba sobre cuestiones relacionadas con el arte y la sociedad. Así pues, no tendría ninguna lógica suponer que Wilde intentaba pintar con los mejores colores a esa sociedad a la que él era tan ajeno, de la que se sentía absolutamente apartado, como un *outsider*.

Sin duda no podía enfrentarse directamente a un mundo tan poderoso, pues si lo hubiera intentado no habría podido poner en escena ninguna de sus comedias. Ya conocía perfectamente la reacción que habían suscitado algunos de sus ensayos, los cuentos y la novela. ¿Cómo arriesgarse a escribir comedias hirientes que nunca podrían llegar a los teatros? ¿Cómo iba a conseguir financiar su cada vez más exigente tren de vida si no obtenía beneficios con el teatro? De ahí la calculada ambigüedad, en la que hay que reconocer que Wilde era un consumado maestro: las comedias gustaban al público del que se reían, y gustaban mucho. Algunos de los críticos actuales han explicado convincentemente esta situación acudiendo a la condición de sujeto colonial del escritor; así lo expresa Richard Allen Cave, que observa que Wilde pretende de-construir el concepto de «lo inglés» *(Englishness)* como lo cultural y moralmente superior, que se impone por razón del Imperio a los territorios y sujetos sometidos:

> Podría argumentarse que el colonialismo fuerza la duplicidad en los pueblos sometidos, especialmente en aquellos que pretenden conservar cierta medida de sentimiento nacionalista: deben adoptar una expresión pública de adhesión a los cánones de comportamiento impuestos, mientras en la vida privada mantienen oculta la convicción en el valor perdurable de su propia herencia cultural que han suprimido exterior-

> mente. Esto es jugar con máscaras conscientemente; y la fidelidad con uno mismo se encuentra en la tensa intersección de estas identidades públicas y privadas. Declan Kiberd ha defendido recientemente que «Wilde fue el primer artista importante en desacreditar el ideal romántico de la sinceridad, sustituyéndolo por el imperativo más negro de la autenticidad: se dio cuenta de que al ser fiel a una sola identidad, un hombre sincero puede ser falso con media docena de otras identidades». Lo que las comedias nos muestran repetidamente es que la pretensión imperialista inglesa de la gran base moral a partir de una absoluta integridad es totalmente fraudulenta. La fijación y el control de los valores establecidos se muestran repetidamente como ridículos: la sinceridad en la Sociedad de estas obras es sólo afectación, una fachada. Lo que verdaderamente cuenta es un hábil pragmatismo [20].

Por tanto, es cierto que Wilde usa (y hasta abusa a veces) de las convenciones y temas del teatro de su tiempo, como sostiene Kerry Powell en su libro *Oscar Wilde and the Theatre of the 1890s.* Y ello a pesar de que negara reiteradamente influencias; por supuesto que las recibió, y se aprovechó en gran medida de sus contemporáneos. Gracias a ellos, como dice Powell en ese libro, consiguió Wilde dar forma a sus comedias y verlas representadas [21]. Las copió precisamente para buscar el favor del público, porque sabía que ésas eran las obras que su auditorio potencial prefería. Se acogió a las normas francesas de la «obra bien hecha» *(«pièce bien faite»),* que se conoce

---

[20] Richard Allen Cave, «Wilde's Plays: Some Lines of Influence», en Peter Raby, ed., *The Cambridge Companion to Oscar Wilde,* Cambridge, Cambridge University Press, 1997, pág. 223.

[21] Dice Powell que la prueba de que su talento no estaba sólo en él es que después de salir de la cárcel y exiliarse en Francia, al estar lejos del mundo teatral londinense y no tener los referentes de los que se había beneficiado en los años anteriores, fue incapaz de concluir ninguna obra dramática, aun cuando intentó escribir varias, como *Una tragedia florentina (A Florentine Tragedy),* o *La santa cortesana (La Sainte Courtesane),* en inglés, a pesar del título francés. Véase Kerry Powell, *Oscar Wilde and the Theatre of the 1890s,* Cambridge, Cambridge University Press, 1990, págs. 141-142.

en inglés como *«well-made play»,* normas seguidas por los dramaturgos ingleses contemporáneos de Wilde, y que él aplicó estrictamente a sus obras. Pero, dicho eso, inmediatamente hay que añadir que logró trascender sus modelos y alcanzó supremas cotas en el dominio del lenguaje y la técnica teatral. Sus cualidades personales para la conversación y el ingenio verbal que caracterizaba su extravagante personalidad —que el lector de las dos comedias que se recogen en este volumen observará de inmediato— hicieron seguramente el milagro de dignificar un género que se hallaba en decadencia artística, aunque contara con el favor del público, pues las comedias de la época estudiadas por Powell en el libro citado ponen de manifiesto la distancia enorme que las separaba de las soberbias comedias de costumbres de Sheridan.

Como se ha dicho más arriba, las dos comedias que siguen, aun compartiendo rasgos comunes, son bien distintas, y de hecho algunos críticos suelen catalogar LA IMPORTANCIA DE LLAMARSE ERNESTO como farsa, y no como «comedia de costumbres» *(comedy of manners),* que es el tipo genérico que se emplea normalmente para describir a las otras tres obras. EL ABANICO DE LADY WINDERMERE es, en efecto, una obra que pretende tratar un tema serio, de trascendencia moral: el de una mujer con pasado oculto, que tuvo una hija a la que abandonó y que ahora lleva una vida frívola en una sociedad que la acepta hipócritamente por su estatus social. Pero lo cierto es que el desarrollo y el desenlace de la trama —que no desvelaré al lector para que pueda disfrutar de ella— no corresponden a esa temática seria, ya que sin duda se favorece la burla y se provocan las sonrisas, cuando no la risa franca, en el auditorio. Aunque la estructura dramática es la convencional del melodrama, aquí Wilde subvierte las normas morales dominantes, tratando de mostrar, como apunta el subtítulo, lo que en realidad es «una buena mujer», a pesar de las apariencias. La moralidad convencional —¿cabía esperar otra cosa de un autor como Wilde, que tan displicente se había mostrado siempre hacia ella en asuntos estéticos?— no cuenta para nada. Es más, en los momentos en que el melodrama alcanza sus límites más elevados, como ocurre al final del acto segundo, Wilde introduce un requiebro cómico, para suavizar el dramatismo de la acción y buscar la sonrisa de su auditorio, que se hace cómplice de la frivolidad manifestada por lord Augusto.

En cambio, LA IMPORTANCIA DE LLAMARSE ERNESTO es una joya del absurdo, llena de los chispeantes epigramas tan característicos de Wilde, y en ella no hay pretensión alguna de abordar asuntos de trascendencia. Su propio subtítulo nos pone sobre aviso: «Una comedia trivial para gente seria», como también la descripción que hizo de ella el autor: «escrita por una mariposa para mariposas». Domina en ella el principio del placer, por encima de cualquier otro requisito moral; el mundo que nos retrata Wilde es un mundo donde reina la armonía, la mayor libertad, muy afín a la Utopía que él soñó para el estado del socialismo (véase más arriba la cita que reproduzco de «El alma del hombre bajo el socialismo»). Como farsa que es, se sitúa en el terreno de la paradoja, de la fantasía, de la contradicción, donde se da rienda suelta al espíritu dionisiaco y desaparece cualquier atisbo del superego. El propio Wilde explicaba lo que pretendía esta obra con estas palabras: «deberíamos tratar todas las cosas triviales de la vida muy seriamente y todas las cosas serias de la vida con trivialidad sincera y estudiada».

Si bien estamos en el terreno de la farsa, como digo, aun así puede apreciarse la imagen de la realidad, pues Wilde consigue que la comicidad con la que trata a sus personajes y las situaciones que viven no empañen el espejo en el que se refleja la sociedad de aristócratas a la que se dirige. En LA IMPORTANCIA DE LLAMARSE ERNESTO está presente esa sociedad, sin duda, y sus valores morales, pero aquí más que en ninguna otra obra Wilde se siente con absoluta libertad para romper la moralidad dominante y reírse descaradamente del mundo. Dominan, más que en las anteriores, su habilidad epigramática y la fluidez de sus diálogos, que ponen de manifiesto muchas ideas modernas sobre el arte, la vida, la memoria, etc., aun bajo el disfraz del absurdo y lo fantástico. En efecto, a veces parece que estemos oyendo a personajes de Pirandello (1867-1936) o Beckett (1906-1989), aunque inmersos —eso sí— en un mundo musical, porque la música es un elemento esencial de la obra, tanto por el propio sonido del piano con el que se sube el telón en la primera escena como por las alusiones y artificios musicales que se usan. No en vano W. H. Auden (1907-1973) llegó a decir de esta obra que era «la única ópera verbal pura en inglés».

El éxito de la obra fue inmediato, y durante unas semanas se mantuvo en escena en el teatro St. James, donde se estrenó el 14 de febrero de 1895, a la vez que *Un marido ideal* se representaba con idéntico éxito en el teatro de Haymarket (donde se había estrenado el 3 de enero). Pero tristemente la misma noche del estreno se presentó en el teatro el marqués de Queensberry, dispuesto a reventar la representación. No se le permitió la entrada y optó por entregar en la puerta del escenario un ramo de verduras. Cuatro días después le dejó a Wilde en su club la tarjeta llamándolo «sodomita», y a principios de marzo el escritor, impulsado por Alfred Douglas, presentó la denuncia contra el marqués, comenzando entonces los juicios que acabarían con la condena de dos años de cárcel de Wilde el 25 de mayo. A partir de entonces el nombre de Wilde hubo de desaparecer de los carteles y sus obras no pudieron seguir representándose en Inglaterra (LA IMPORTANCIA DE LLAMARSE ERNESTO tuvo que retirarse del St. James en mayo, en medio de un clamoroso éxito, cuando sólo se habían celebrado sesenta y seis representaciones). Mas unos pocos años después volverían a los escenarios, y a lo largo de todo el siglo XX estas comedias de salón —en especial LA IMPORTANCIA DE LLAMARSE ERNESTO— pueden contarse entre las obras más populares de la escena británica e internacional[22].

---

[22] La retirada de *La importancia de llamarse Ernesto* en mayo de 1895 causó importantes pérdidas a George Alexander, que logró, sin embargo, resarcirse cumplidamente de ellas en 1902 y en 1909, cuando se repuso la obra, así

Es curioso, y paradójico, que un autor marginal en muchos aspectos como Wilde (homosexual, irlandés, artista...), que se negó rotundamente a marginarse y escribir para una minoría afín, haya finalmente conquistado los gustos de la mayoría. Sin duda Wilde es un autor «canonizado», cuyas obras dramáticas forman parte de los repertorios teatrales de todo el mundo, y que es leído como una de las figuras más representativas de la literatura inglesa. Ha dejado huellas e influencias muy profundas en el teatro inglés, como ponen de manifiesto muchas obras de dramaturgos consagrados del siglo XX, como Somerset Maugham (1874-1965), Noël Coward (1899-1973), Edward Bond (1934) o Tom Stoppard (1937), que se han visto influidos por el sentido del ritmo, de la construcción escénica, así como por muchos detalles concretos de ciertas obras (en Stoppard es preciso mencionar la deconstrucción que de LA IMPORTANCIA DE LLAMARSE ERNESTO hace en *Travesties,* en 1974). Además, hay que señalar la importante influencia ejercida por el teatro y el pensamiento de Wilde en diversos dramaturgos homosexuales, como Joe Orton (1933-1967), u otros más recientes, como Frank McGuinness y Neil Bartlett [23]. El caso de Orton es especialmente interesante por cuanto constituye un paralelo de Wilde en el sentido de que sus obras, abiertamente subversivas, fueron asumidas por el teatro comercial y aceptadas como parte natural del repertorio del *West End* londinense.

Y, aunque sea sólo un breve apunte final, no podemos olvidar tampoco la huella que la obra de Wilde ha dejado en el teatro español del siglo XX. Traducidas sus comedias de la alta

---

como en 1911 y 1913. En todas esas ocasiones *La importancia de llamarse Ernesto* volvió a convertirse en un éxito impresionante; sólo en 1909 estuvo en cartel durante once meses, lo que le reportó a Alexander unos beneficios superiores a las 21.000 libras, una cantidad muy considerable en la época.

[23] Un interesante estudio de estas influencias las proporciona el ensayo ya citado de Richard Allen Cave, «Wilde's Plays: Some Lines of Influence», en Peter Raby, ed., *The Cambridge Companion to Oscar Wilde,* Cambridge, Cambridge University Press, 1997, págs. 219-248.

sociedad desde los años diez y veinte, y en versiones españolas también sus ensayos y sus cuentos[24], la alargada sombra arrojada por Wilde sobre autores como Alejandro Casona[25], Enrique Jardiel Poncela, Miguel Mihura o Francisco Nieva, entre otros[26], ha sido repetidamente señalada por la crítica. No debe extrañar, si tenemos en cuenta que la primera presentación del teatro de Wilde se hizo en el Ateneo de Madrid, en 1910 o 1911, con ocasión de una lectura hecha por escritores y actores de los papeles de *Una mujer sin importancia,* en traducción de Ricardo Baeza, que organizó Ramón Gómez de la Serna. En esa década se publicaron en España numerosos trabajos sobre el escritor irlandés, como los de A. Alcalá Galiano, *Conferencias y ensayos (Oscar Wilde: una semblanza),* en 1919; Rubén Darío, *Peregrinaciones (Purificaciones de la piedad),* en 1910; Manuel Machado, *El amor y la muerte (La última balada de Oscar Wilde),* en 1913; y Ramón Pérez de Ayala, *Las máscaras* (en dos volúmenes en 1919: *Oscar Wilde y el espíritu de contradicción,* y *Las comedias modernas de Oscar Wilde)*[27]. Testimonio de ese eco son también algunos

---

[24] En la antigua colección Austral se publicaron *El ruiseñor y la rosa* (núm. 18), *El abanico de lady Windermere. La importancia de llamarse Ernesto* (núm. 65), *Una mujer sin importancia. Un marido ideal* (núm. 604), *El crítico como artista. Ensayos* (núm. 629), *Balada de la cárcel de Reading. Poemas* (núm. 646), y *El fantasma de Canterville. El crimen de lord Arturo Savile* (núm. 683). Las *Obras completas* de Oscar Wilde en español vieron la luz por vez primera en 1943, en edición de Julio Gómez de la Serna, que recopiló y tradujo toda la obra, a la que incorporó un amplio prefacio, cronologías, y numerosas notas explicativas. El prefacio contiene información sobre la recepción de Wilde en España (véase la 5.ª edición en Madrid, Aguilar, 1954).

[25] En 1929 Casona adaptó para la escena el cuento de Wilde *El crimen de lord Arturo.*

[26] Entre esas otras huellas, puede mencionarse, por ejemplo, la dejada en el poeta Juan Gil-Albert, como ponen de manifiesto sus títulos de los años veinte.

[27] Estas dos últimas obras eran muy críticas con Wilde, y fueron rebatidas por el máximo experto del momento, y traductor de Wilde, Ricardo Baeza, en el diario madrileño *La Correspondencia de España,* en febrero de 1918. Más detalles sobre este eco de Wilde pueden encontrarse en el prefacio de Julio Gómez de la Serna en su edición de *Obras completas de Oscar Wilde,* Madrid, Aguilar, 1954 (5.ª ed.).

artículos periodísticos escritos por autores del renombre de Azorín («Algunas ideas estéticas», en el *ABC* del 26 de octubre de 1912), o de Ramiro de Maeztu («Oscar Wilde de nuevo», en el *Heraldo de Madrid* del 25 de abril de 1913). En la década de los veinte, además, se tradujo la biografía de Frank Harris: *Vida y confesiones de Oscar Wilde* (1928), debida a Ricardo Baeza, que desde finales de la primera década del siglo venía traduciendo toda la producción de Wilde. Esa traducción de la biografía de Harris, publicada en Biblioteca Nueva, venía acompañada de un interesante prólogo y abundantes anotaciones, que ponían de manifiesto el excelente conocimiento que poseía el traductor sobre la vida y obra de nuestro escritor[28]. Afortunadamente, pues, España no fue una excepción en el arrollador éxito que conoció la obra de Wilde poco después de su muerte. Y lo más grandioso quizá es que, un siglo después, aún se mantiene vivo ese interés.

FERNANDO GALVÁN
Universidad de Alcalá

[28] En 1988 se reeditó esa biografía en Barcelona, Laertes, S. A. de Ediciones.

BIBLIOGRAFÍA SELECTA

Ediciones

Colecciones de obras

Collected Edition of the Works of Oscar Wilde, ed. Robert Ross, 15 vols., Londres, Methuen, 1908 (reimpresión en 1969).

Complete Works of Oscar Wilde, introducción de Merlin Holland, Londres, Collins, 1994.

The Annotated Oscar Wilde, ed. H. Montgomery Hyde, Londres, Orbis Publishing, 1982.

The Artist as Critic: Critical Writings of Oscar Wilde, ed. Richard Ellmann, Nueva York, Random House, 1969.

Obra dramática

Lady Windermere's Fan, ed. Ian Small, Londres, Benn, 1980.

Oscar Wilde's 'The Importance of Being Earnest': A Reconstructive Critical Edition of the Text of the First Production, eds. Joseph Donohue y Ruth Berggren, Gerrards Cross, Colin Smythe, 1995.

The Definitive Four-Act Version of 'The Importance of Being Earnest', ed. Ruth Berggren, Nueva York, Vanguard, 1987.

The Importance of Being Earnest, ed. Russell Jackson, Londres, Benn, 1980.

The Importance of Being Earnest and Other Plays, ed. Peter Raby, Oxford, Oxford University Press, 1995.

The Importance of Being Earnest as Originally Written by Oscar Wilde, ed. Sarah Augusta Dickson, 2 vols., Nueva York, New York Public Library, 1956.

Two Society Comedies, eds. Ian Small y Russell Jackson, Londres, A. and C. Black, 1983.

BIBLIOGRAFÍAS

MASON, Stuart [Christopher Millard], *A Bibliography of Oscar Wilde,* Londres, T. Werner Laurie, 1914 (reimpr. 1967).

MIKHAIL, E. H., *Oscar Wilde: An Annotated Bibliography of Criticism,* Londres, Macmillan, 1978.

SMALL, Ian, *Oscar Wilde Revalued: An Essay on New Materials & Methods of Research,* Greenboro, N. C., ELT Press, 1993.

BIOGRAFÍAS

DAVIS, Coakley, *Oscar Wilde: The Importance of Being Irish,* Dublín, Town House, 1994.

ELLMANN, Richard, *Oscar Wilde,* Londres, Hamish Hamilton, 1987.

HART-DAVIS, Rupert (ed.), *The Letters of Oscar Wilde,* Nueva York, Harcourt, 1962.

— (ed.), *More Letters of Oscar Wilde,* Nueva York, Vanguard, 1985.

HOLLAND, Vyvyan, *Son of Oscar Wilde,* Londres, Hart-Davis, 1954.

—, *Oscar Wilde: A Pictorial Biography,* Londres, Thames and Hudson, 1960.

HYDE, H. Montgomery (ed.), *The Trials of Oscar Wilde,* Londres, Hodge, 1948.

HYDE, H. Montgomery, *Oscar Wilde,* Nueva York, Farrar, Straus and Giroux, 1975.

MIKHAIL, E. H. (ed.), *Oscar Wilde: Interviews and Recollections,* Londres, Macmillan, 1979.

PAGE, Norman, *An Oscar Wilde Chronology,* Londres, Macmillan, 1991.

PEARSON, Hesketh, *The Life of Oscar Wilde,* Londres, Methuen, 1946 (ed. revisada, 1954).

SCHROEDER, Horst, *Additions and Corrections to Richard Ellmann's 'Oscar Wilde',* Braunschweig, 1989.

ESTUDIOS CRÍTICOS

BECKSON, Karl (ed.), *Oscar Wilde: The Critical Heritage,* Londres, Routledge and Kegan Paul, 1970.

—, *London in the 1890s: A Cultural History,* Nueva York, Norton, 1992.

—, *The Oscar Wilde Encyclopedia,* Nueva York, AMS Press, 1995.

BEHRENDT, Patricia Flangan, *Oscar Wilde: Eros and Aesthetics,* Londres, Macmillan, 1991.

BIRD, Alan, *The Plays of Oscar Wilde,* Londres, Vision Press, 1977.

CHAMBERLIN, J. E., *Ripe Was the Drowsy Hour: The Age of Oscar Wilde,* Nueva York, Seabury, 1977.

COHEN, Ed., *Talk on the Wilde Side: Toward a Genealogy of a Discourse on Male Sexualities,* Nueva York, Routledge, 1993.

COHEN, Philip K., *The Moral Vision of Oscar Wilde,* Londres, Associated University Press, 1978.

DOLLIMORE, Jonathan, *Sexual Dissidence: Augustine to Wilde, Freud to Foucault,* Oxford, Clarendon Press, 1991.

DOWLING, Linda, *Language and Decadence in the Victorian Fin de Siècle,* Princeton, Princeton University Press, 1986.

ELLMANN, Richard (ed.), *Oscar Wilde: A Collection of Critical Essays,* Englewood Cliffs, N. J., Prentice Hall, 1969.

ELTIS, Sos, *Revising Wilde: Society and Subversion in the Plays of Oscar Wilde,* Oxford, Clarendon Press, 1996.

ERICKSEN, Donald H., *Oscar Wilde,* Nueva York, Twayne, 1977.

GAGNIER, Regenia A., *Idylls of the Marketplace: Oscar Wilde and the Victorian Public,* Stanford, Stanford University Press, 1986.

—(ed.), *Critical Essays on Oscar Wilde,* Nueva York, Twayne, 1991.

KAPLAN, Joel (ed.), *Modern Drama*, 12:1 (1994) (número especial sobre Wilde).

KAPLAN, Joel, y STOWELL, Sheila, *Theatre and Fashion: Oscar Wilde to the Suffragettes,* Cambridge, Cambridge University Press, 1994.

KNOX, Melissa, *Oscar Wilde: A Long and Lovely Suicide,* New Haven, Yale University Press, 1994.

KOHL, Norbert, *Oscar Wilde: The Works of a Conformist Rebel,* Cambridge, Cambridge University Press, 1988.

MORGAN, Margery, *File on Wilde,* Londres, Methuen, 1990.

NASSAAR, Christopher, *Into the Demon Universe: A Literary Exploration of Oscar Wilde,* New Haven, Yale University Press, 1974.

PINE, Richard, *Oscar Wilde,* Dublín, Gill and Macmillan, 1983.

POWELL, Kerry, *Oscar Wilde and the Theatre of the 1890s,* Cambridge, Cambridge University Press, 1990.

RABY, Peter, *Oscar Wilde,* Cambridge, Cambridge University Press, 1988.

—, *The Importance of Being Earnest: A Reader's Companion,* Nueva York, Twayne, 1995.

—(ed.), *The Cambridge Companion to Oscar Wilde,* Cambridge, Cambridge University Press, 1997.

RODITI, Edouard, *Oscar Wilde,* Norfolk, C. T., New Directions Books, 1947.

SAN JUAN JR., Epifanio, *The Art of Oscar Wilde,* Princeton, Princeton University Press, 1967.

SANDULESCU, C. George (ed.), *Rediscovering Oscar Wilde,* Gerrards Cross, Colin Smythe, 1994.

SCHMIDGALL, Gary, *The Stranger Wilde: Interpreting Oscar,* Londres, Abacus, 1994.

SHEWAN, Rodney, *Oscar Wilde: Art and Egotism,* Londres, Macmillan, 1977.

SHOWALTER, Elaine, *Sexual Anarchy: Gender and Culture at the 'Fin de Siècle',* Londres, Bloomsbury, 1991.

SINFIELD, Alan, *The Wilde Century: Effeminacy, Oscar Wilde and the Queer Movement,* Nueva York, Columbia University Press, 1994.

SMITH, Philip E., y S. HELFAND, Michael: *Oscar Wilde's Oxford Notebooks: A Portrait of Mind in the Making,* Nueva York, Oxford University Press, 1989.

STOKES, John, *Oscar Wilde,* «British Council Writers and Their Work Series», Londres, Longman, 1978.

—, *In the Nineties,* Hemel Hempstead, Harvester Wheatsheaf, 1989.

—, *Oscar Wilde: Myths, Miracles, and Imitations,* Cambridge, Cambridge University Press, 1996.

SULLIVAN, Kevin, *Oscar Wilde,* Nueva York, Columbia University Press, 1972.

THORNTON, R. K. R., *The Decadent Dilemma,* Londres, Edward Arnold, 1983.

TYDEMAN, William (ed.), *Wilde, Comedies: A Selection of Critical Essays,* Londres, Macmillan, 1982.

WOODCOCK, George, *The Paradox of Oscar Wilde,* Londres, T. V. Boardman, 1949.

WORTH, Katharine, *The Irish Drama of Europe from Yeats to Beckett,* Londres, Athlone Press, 1978.

—, *Oscar Wilde,* Londres, Macmillan, 1980.

ESTA EDICIÓN

El abanico de lady Windermere se publicó por primera vez en inglés en noviembre de 1893, y *La importancia de llamarse Ernesto* en febrero de 1899. Pero muy pronto comenzaron a traducirse a otras lenguas, como pone de manifiesto, por ejemplo, la traducción alemana de *La importancia,* titulada *Ernst Sein,* fechada en 1906. Las traducciones españolas de estas obras datan de los años veinte y fueron hechas por Ricardo Baeza [1], muy probablemente desde el francés, porque se encuentran en ellas giros y expresiones de origen francés, así como incluso adiciones y algunos cambios en relación con

---

[1] Ricardo Baeza Durán (1890-1956) fue nuestro mejor conocedor de Wilde en el período anterior a la guerra civil y quien entonces lo tradujo y divulgó más ampliamente. Aunque nacido en Cuba, se educó en España, destacando especialmente a partir de los años veinte por sus ensayos y artículos periodísticos, así como por sus traducciones y sus libros. Alabado como «pulcrísimo prosista», tradujo al español muchas obras de Wilde, así como de Shakespeare, Wells, Joyce, Maugham, O'Neill, Ibsen, D'Annunzio, Nietzsche, Gide, Stefan Zweig, Dostoievski, etc. Fue el fundador de Atenea, el primer teatro moderno de ensayo de España, y también de la Biblioteca Atenea, donde vieron la luz muchas de sus traducciones. Entre sus libros de creación destacan *Palabras preliminares y traducción de un poema de Muley Hafid* (1912), *Marco Aurelio, meditaciones* (1919), *La isla de los Santos* (1930), *Clasicismo y romanticismo* (1930) y *En torno a Tolstoi* (1932). En 1931 fue enviado en misión diplomática por el gobierno republicano a Chile; de allí pasó a Buenos Aires, donde residió después de la guerra civil española, dirigiendo entonces la Biblioteca Emecé de Obras Universales, hasta su regreso a España en 1952.

el texto original que hacen sospechar la intervención de otro texto intermedio. No es de extrañar, porque muchos clásicos ingleses fueron vertidos al español, tanto en el siglo XIX como en la primera mitad del XX, desde traducciones francesas y no directamente del inglés.

Para esta nueva edición de las obras de Oscar Wilde se han seguido las versiones de Ricardo Baeza, dado que poseen ya cierto carácter de textos venerables, porque son esas traducciones las que mayoritariamente los espectadores españoles han conocido durante décadas sobre nuestros escenarios[2]. Sin embargo, han sido revisadas por completo para esta edición, corrigiéndose los desvíos más importantes en relación con el texto original.

El criterio que hemos seguido en la revisión y corrección se ha basado en el respeto, en principio, al estilo ágil y muchas veces ligeramente libre de la traducción de Baeza, porque nos ha parecido que reflejaba bien el propio estilo de los diálogos de Wilde. Sin embargo, y con el fin de proporcionar al lector y al mundo teatral de hoy un texto fiable, se han hecho los siguientes cambios:

a) se han restituido los fragmentos que habían sido eliminados (a veces sólo alguna pequeña frase; pero en ocasiones parlamentos completos de cierta extensión, o acotaciones de interés para seguir el desarrollo dramático);

b) hemos hecho desaparecer las adiciones innecesarias que se habían incorporado al texto, que en ocasiones podían dar la impresión de «embellecerlo», pero que en todo caso nada sustancial añadían al original y tergiversaban gravemente el texto creado por Wilde; y

c) hemos eliminado igualmente los errores de sentido e interpretación que tenía la traducción de Baeza, a veces muy probablemente debidos al texto francés que debió de usar como base.

---

[2] *El abanico de lady Windermere* se publicó en septiembre de 1920 y *La importancia de llamarse Ernesto,* en noviembre del mismo año, ambas en la colección Universal. (Agradezco este dato a la gentileza de Celia Torroja).

Estas alteraciones son mucho más evidentes en el texto de *La importancia de llamarse Ernesto* que en el de *El abanico de lady Windermere,* pues la versión española del primero posee muchas más imperfecciones que la del segundo. Baste considerar, por ejemplo, la peculiar manera en que se tradujeron los nombres de los personajes de *La importancia de llamarse Ernesto*. Dejando a un lado el hecho de que se optó (como era costumbre en la época) por traducir los nombres propios —algo que hemos respetado por no desvirtuar el aire de época que tiene esa traducción, así como ciertos juegos de palabras a los que dan lugar—, en esa obra se cometieron errores difíciles de entender y, mucho menos, de admitir hoy en día. Así, los nombres de los criados en la obra, Lane y Merriman, que son claramente apellidos, fueron vertidos por Baeza como Esteban y Anselmo respectivamente. En ese caso hemos preferido mantener los apellidos originales, dado que se hace así en el caso de otros personajes, como lady Bracknell, o en todos los de *El abanico de lady Windermere*. Además, lo más curioso e inexplicable es que los apellidos de otros personajes de *La importancia de llamarse Ernesto* fueran modificados, pero no para cambiarlos por españoles, sino por otros ingleses; de ese modo, John Worthing pasó a ser «Juan Gresford», el reverendo Chasuble se convirtió en «Ascot», y Cecily Cardew en «Cecilia Morris». En esta revisión han sido restituidos los originales, manteniéndose sólo la españolización de los nombres propios —John es Juan; Algernon, Archibaldo; Cecily, Cecilia—. En el caso del personaje de Gwendolen Fairfax, Baeza había optado por llamarla Susana, algo quizá innecesario hoy en día, cuando la hispanización del nombre es relativamente común: Gwendolin, que tan de moda se puso a raíz de una canción muy popular en los años sesenta y setenta[3].

---

[3] Julio Gómez de la Serna, con mejor juicio que Baeza, en mi opinión, optó, en su traducción para las *Obras completas* ya citada más arriba, por mantener algunos nombres —como Merriman, Lane, lady Bracknell, Algernon Moncrieff, miss Prism—, españolizando, sin embargo, otros: Juan Worthing, el reverendo canónigo Casulla, Gundelinda Fairfax y Cecilia Cardew.

Otro de los problemas textuales que presenta *La importancia de llamarse Ernesto* es la existencia de dos versiones diferentes de la obra. La primera, que compuso Wilde para la escena, era en cuatro actos; pero George Alexander le pidió, para que la representación ganara en agilidad y teatralidad, que la redujera a tres actos. Wilde le hizo caso y efectuó diversos cambios y cortes en los actos segundo y tercero de su manuscrito, de manera que se comprimieron para formar el acto segundo que se puso sobre el escenario. Esa versión fue la que se imprimió por primera vez en 1899 y la que ha venido reeditándose habitualmente desde entonces. Sólo en 1956 se publicó por vez primera la versión íntegra en cuatro actos escrita originalmente por el autor (véase en la Bibliografía la edición de Sarah Augusta Dickson). Aunque la versión original ha sido representada alguna vez, la recortada sigue siendo la más difundida y la que suele publicarse. Así hacemos aquí también. Mas para proporcionar al lector una idea de los cambios efectuados por Wilde, se ofrece en este volumen, como apéndice, una escena conocida como «el episodio Gribsby» que formaba parte originalmente del manuscrito de Wilde.

Esta edición viene acompañada, además, de notas explicativas y aclaratorias, referidas por lo general a aspectos geográficos, sociales, culturales e históricos de interés para entender las alusiones e ironías presentes en la obra, que tal vez —si no fueran anotados— podrían escapar a la atención de un lector culto no anglosajón. Para este fin me he servido especialmente de la obra de H. Montgomery Hyde, *The Annotated Oscar Wilde,* así como de otras fuentes que aparecen recogidas en la Bibliografía.

F. G.

EL ABANICO DE LADY WINDERMERE [1]

[1] Junto al título, Oscar Wilde añadió el subtítulo «Obra sobre una buena mujer». El estreno tuvo lugar el 20 de febrero de 1892 en el teatro St. James de Londres, con gran éxito. Se mantuvo en cartel durante ocho meses, incluyendo un recorrido por provincias. En 1949 se rodó en Hollywood la versión cinematográfica *The Fan (El abanico),* con guión de Dorothy Parker, Ross Evans y Walter Reisch, y dirección de Otto Preminger. En junio de 1954 Noël Coward estrenó en el teatro Globe de Londres una versión musical titulada *After the Ball (Después del baile).*

PERSONAJES

LORD WINDERMERE
LORD DARLINGTON
LORD AUGUSTO LORTON
SEÑOR DUMBY
SEÑOR CECILIO GRAHAM
SEÑOR HOPPER
PARKER, mayordomo

LADY WINDERMERE
SEÑORA ERLYNNE
LA DUQUESA DE BERWICK
LADY AGATHA CARLISLE
LADY PLYMDALE
LADY STUTFIELD
LADY JEDBURGH
SEÑORA COWPER-COWPER
ROSALÍA, doncella

Lugar de la acción: Londres
La acción de la obra tiene lugar dentro de las veinticuatro horas, comenzando un martes, a las cinco de la tarde, y concluyendo al día siguiente, a la una y media de la tarde

ACTO PRIMERO

Gabinete en casa de LORD WINDERMERE *en Carlton House Terrace, Londres*[2]*. Puertas al fondo y a la derecha.* Bureau *cargado de libros y papeles a la derecha. Sofá y la mesita de té a la izquierda. Puerta acristalada que conduce a la terraza, a la izquierda. Mesa a la derecha.* LADY WINDERMERE *junto a la mesa de la derecha, arreglando unas rosas en un jarrón azul.*

Entra PARKER.

PARKER.—¿Está en casa la señora esta tarde?

LADY WINDERMERE.—Sí... ¿Ha venido alguien?

PARKER.—Lord Darlington.

LADY WINDERMERE.—*(Después de un instante de vacilación.)* Que suba..., y estoy en casa para todo el mundo[3].

PARKER.—Sí, señora. *(Se inclina y sale por el fondo.)*

LADY WINDERMERE.—Prefiero verle antes de la noche. Me alegro de que haya venido.

Entra PARKER *por el fondo.*

---

[2] En la época, en esta zona de Londres vivían muchos diplomáticos y políticos de renombre.

[3] La hora habitual para recibir visitas era de tres a seis de la tarde, y generalmente las amistades cercanas eran recibidas entre cinco y seis. Las visitas de hombres solos, como la de lord Darlington, eran raras.

PARKER.—Lord Darlington.

Entra LORD DARLINGTON. *Sale* PARKER.

LORD DARLINGTON.—¿Cómo está usted, lady Windermere?

LADY WINDERMERE.—¿Cómo está usted, lord Darlington? No, no puedo darle la mano [4]. Las tengo todas mojadas, de arreglar estas rosas. ¿Verdad que son preciosas? Me han llegado de Selby esta mañana [5].

LORD DARLINGTON.—¡Admirables! *(Viendo el abanico sobre la mesa.)* Y ¡qué maravilloso abanico! ¿Me permite usted que lo vea?

LADY WINDERMERE.—Véalo usted. ¿Es bonito, verdad? Y tiene pintado mi nombre. Acabo de recibirlo. Es el regalo de mi marido. ¿No sabe usted que hoy es mi cumpleaños?

LORD DARLINGTON.—¿Sí? ¿De veras?

LADY WINDERMERE.—Sí, hoy entro en mi mayoría de edad. Día importantísimo en mi vida, ¿eh? Por eso esta noche doy un baile. Pero siéntese usted. *(Continúa arreglando las flores.)*

LORD DARLINGTON.—*(Sentándose.)* Siento no haber sabido que era su cumpleaños, lady Windermere. Habría alfombrado de flores su calle, para que usted las pisara. ¿Qué más hubieran podido desear ellas? *(Pausa breve.)*

LADY WINDERMERE.—La otra noche, en el baile del Ministerio de Estado [6], estuvo usted un tanto inconveniente, lord Darlington. Y lamentaría volviese usted a las andadas.

---

[4] Aparentemente lord Darlington ha extendido primero la mano para saludar a lady Windermere, contra lo establecido por la etiqueta, por lo que ésta aduce una buena disculpa para no saludarlo.

[5] Selby Royal era el nombre de la casa de campo de Dorian Gray.

[6] Se hace referencia al Foreign Office, equivalente al Ministerio de Asuntos Exteriores español, por lo que se confirma la impresión de hallarse en un ambiente de diplomáticos y políticos, derivada del hecho de situarse la acción en Carlton House Terrace.

LORD DARLINGTON.—¿Que estuve inconveniente, lady Windermere? ¿Pues qué hice?

Entra PARKER, *seguido de un criado, por el fondo, con una mesita y un servicio de té.*

LADY WINDERMERE.—Póngalo usted ahí, Parker. Está bien. *(Se seca las manos con su pañuelo, se dirige hacia la mesita del té, a la izquierda, y se sienta.)* ¿Quiere usted acercarse, lord Darlington?

Salen PARKER *y el criado por el fondo.*

LORD DARLINGTON.—*(Coge una silla y se acerca al fondo izquierda.)* Me tiene usted con el alma en un hilo, lady Windermere. Hasta que me explique usted qué es lo que hice, no podré tranquilizarme. *(Se sienta a la mesita a la izquierda.)*

LADY WINDERMERE.—¿Y me lo pregunta usted? Pues, estarme diciendo cumplidos toda la noche.

LORD DARLINGTON.—*(Sonriendo.)* ¿Y eso es estar inconveniente?

LADY WINDERMERE.—*(Moviendo la cabeza.)* No, no se sonría usted. Le estoy hablando muy en serio. No me gustan, ni poco ni mucho, los cumplidos, y me parece absurdo que haya quien se figure halagar extraordinariamente a una mujer por el mero hecho de decirle un sinfín de cosas de las que él mismo no cree una palabra.

LORD DARLINGTON.—¡Ah! Pero es que yo las creo todas. *(Tomando la taza de té que ella le tiende.)*

LADY WINDERMERE.—*(Gravemente.)* Espero que no. Sentiría tener que regañar con usted, lord Darlington. Ya sabe usted que le tengo una sincera simpatía. Pero se la perdería por completo si me convenciese de que es usted como la mayoría de los hombres. Créame, usted es mejor que la mayoría de los hombres, aunque a veces quiera usted parecer peor.

LORD DARLINGTON.—Todos tenemos nuestras pequeñas vanidades.

LADY WINDERMERE.—¿Y por qué cifra usted la suya en eso? *(Aún sentada a la izquierda de la mesita.)*

LORD DARLINGTON.—*(Todavía sentado al fondo izquierda.)* ¡Oh! Hay tanta gente que va por ahí echándoselas de buena, que casi me parece una prueba de modestia echárselas de malo. Además, todo hay que tenerlo en cuenta; si se las echa uno de bueno, el mundo le toma a uno muy en serio, y si se las echa de malo, creen que uno bromea. Tal es la estupefaciente necedad del optimismo.

LADY WINDERMERE.—Entonces, ¿usted no quiere que el mundo le tome en serio, lord Darlington?

LORD DARLINGTON.—¡No, no, por Dios; el mundo, no! ¿A quién toma el mundo en serio? A toda la gente insulsa en la que pueda pensarse, desde los obispos a los pelmazos. En cambio, sí me gustaría que me tomara usted en serio, lady Windermere; usted más que nadie.

LADY WINDERMERE.—¿Y por qué yo?

LORD DARLINGTON.—*(Después de una ligera vacilación.)* Pues, porque creo que podríamos ser grandes amigos. ¿Quiere usted que lo seamos? ¡Quién sabe! Puede que algún día tenga usted necesidad de un verdadero amigo.

LADY WINDERMERE.—¿Por qué dice usted eso?

LORD DARLINGTON.—¡Oh! Todos necesitamos a veces de amigos.

LADY WINDERMERE.—Pero me parece que ya somos excelentes amigos, lord Darlington. Y espero que lo seamos siempre, mientras usted no...

LORD DARLINGTON.—¿No qué?

LADY WINDERMERE.—No eche a perder nuestra amistad diciéndome tonterías. ¿Qué piensa usted? ¿Que soy una puritana? Pues, sí, señor; algo tengo de puritana. Así me educaron. De lo que me alegro mucho. Mi madre murió cuando yo era niña. Toda mi infancia y toda mi juventud las pasé con mi tía Julia, la hermana mayor de mi padre, como usted sabe. Era muy severa conmigo, es cierto; pero, en cambio, me enseñó una cosa que el mundo empieza a olvidar: la diferencia que hay entre lo que está bien y lo que está mal. Tratándose de cosas morales, ella no transigía nunca. Como yo tampoco transijo.

LORD DARLINGTON.—¡Por Dios, lady Windermere!

LADY WINDERMERE.—*(Reclinándose en el sofá.)* Me mira usted como a una mujer de otros tiempos, ¿verdad? Pues, sí, señor, lo soy. Y sentiría muchísimo estar al mismo nivel de un tiempo como éste.

LORD DARLINGTON.—¿Tan malo lo encuentra usted?

LADY WINDERMERE.—Malísimo. Hoy día, todo el mundo parece considerar la vida como una especulación. ¡Pues no es una especulación! Es un sacramento. Su ideal es el amor. Su purificación, el sacrificio.

LORD DARLINGTON.—*(Sonriendo.)* ¡Oh, todo menos que le sacrifiquen a uno!

LADY WINDERMERE.—*(Inclinándose hacia delante.)* ¡No diga usted eso!

LORD DARLINGTON.—Pues sí que lo digo. Y lo siento. Y sé que tengo razón.

PARKER.—*(Entrando.)* Señora, los hombres preguntan si hay que poner las alfombras en la terraza para esta noche.

LADY WINDERMERE.—¿Qué le parece a usted, lord Darlington, lloverá?

LORD DARLINGTON.—¿El día del cumpleaños de usted? ¡No faltaba más!

LADY WINDERMERE.—Diga usted que las pongan, Parker.

Sale PARKER.

LORD DARLINGTON.—*(Aún sentado.)* Entonces, ¿cree usted —claro que pongo un ejemplo imaginario—, cree usted que en el caso de un matrimonio joven, casi recién casado —pongamos dos años, a lo sumo—, si el marido se convirtiese de pronto en el amigo íntimo de una mujer de..., sí, de vida un tanto dudosa, y si se le viese en todas partes con ella y, probablemente, pagase sus cuentas..., cree usted que la mujer de ese hombre no tendría derecho a buscar algún consuelo?

LADY WINDERMERE.—*(Frunciendo el ceño.)* ¿A buscar algún consuelo?

LORD DARLINGTON.—Sí; yo creo que estaría en su perfectísimo derecho.

LADY WINDERMERE.—¿De modo que, porque el marido es abyecto, la mujer también debe serlo?

LORD DARLINGTON.—¿Abyecto? Un poco fuerte parece la palabra, lady Windermere.

LADY WINDERMERE.—Peor es el hecho, lord Darlington.

LORD DARLINGTON.—¡Ay!, lady Windermere, mucho me temo que la gente buena esté haciendo un daño atroz en el mundo. El mayor, dar tanta importancia a la maldad. Es absurdo dividir a las personas en buenas y malas. La gente se divide en agradable y desagradable, simplemente. Yo siempre me pongo del lado de la agradable, y usted, lady Windermere, mal que le pese, se halla en este número.

LADY WINDERMERE.—Es usted muy amable, lord Darlington. *(Se levanta y pasa por delante de él hacia la derecha.)* No, no se mueva usted. Voy a acabar de arreglar esas flores. *(Se acerca a la mesa donde está el jarrón.)*

LORD DARLINGTON.—*(Levantándose también.)* Y debo también decirle, lady Windermere, que sus ideas sobre la vida moderna son demasiado rígidas. Ya sé que ésta dista mucho de ser buena; conformes. Así, por ejemplo, la mayor parte de las mujeres hoy día son bastante venales...

LADY WINDERMERE.—¡Oh! No hable usted de esa gente.

LORD DARLINGTON.—Pero dejando a un lado a esa gente venal que, desde luego, es siempre lamentable, ¿cree usted seriamente que las mujeres que han cometido eso que en el mundo llaman una falta no deben nunca ser perdonadas?

LADY WINDERMERE.—*(En pie junto a la mesa.)* ¡Nunca!

LORD DARLINGTON.—¿Y los hombres? ¿Cree usted que debe ser la misma ley para los hombres que para las mujeres?

LADY WINDERMERE.—¡La misma!

LORD DARLINGTON.—¿No será demasiado compleja la vida para poder gobernarla con esas reglas tan estrictas y tan duras?

LADY WINDERMERE.—Si todos tuviésemos «esas reglas tan estrictas y tan duras», encontraríamos la vida mucho más sencilla.

LORD DARLINGTON.—¿No admitiría usted ninguna excepción?

LADY WINDERMERE.—¡Ninguna!

LORD DARLINGTON.—¡Oh, qué puritana tan encantadora es usted, lady Windermere!

LADY WINDERMERE.—El adjetivo era innecesario, lord Darlington.

LORD DARLINGTON.—No me fue posible contenerlo. Yo puedo resistir a todo, menos a la tentación.

LADY WINDERMERE.—Tiene usted la *pose* moderna de la debilidad.

LORD DARLINGTON.—*(Mirándola.)* ¡Oh! No, es más que una *pose,* lady Windermere.

PARKER.—*(Entrando, anuncia.)* La duquesa de Berwick y lady Agatha Carlisle.

Entran por el fondo la DUQUESA DE BERWICK *y* LADY AGATHA.

Sale PARKER.

DUQUESA.—*(Viniendo a estrechar la mano de* LADY WINDERMERE.) Querida Margarita, ¡cuánto tiempo sin verla! Mi hija Agatha. ¿No se acuerda usted de ella? *(Dirigiéndose hacia* LORD DARLINGTON.) ¿Qué tal, lord Darlington? A usted no le presento a mi hija; es usted demasiado malo.

LORD DARLINGTON.—No diga usted eso, duquesa. Como hombre malo, soy un completo fracasado. ¿No hay por ahí quien dice que en toda mi vida he hecho nada realmente malo? ¡Claro que eso lo dicen a espaldas mías!

DUQUESA.—¿Sí? ¡Qué malvado! Agatha, te presento a lord Darlington. Mucho ojo con creerle una sola palabra. (LORD DARLINGTON *pasa a la derecha de la escena.)* No, no, gracias; ya he tomado el té, querida. *(Sentándose en el sofá.)* Lo acabamos de tomar en casa de lady Markby. Un té bastante malo, por cierto. Como que apenas pudimos probarlo. No tiene nada de extraño. Se lo suministra su propio yerno[7]. Agatha está loca de contento pensando en su baile de esta noche, querida Margarita.

LADY WINDERMERE.—*(Sentada a la izquierda.)* ¡Oh! No crea usted que va a ser un baile de gala, duquesa. No es más que una reunión de íntimos, en honor de mi cumpleaños. Acabará muy temprano.

LORD DARLINGTON.—*(De pie a la izquierda.)* Muy temprano, muy poca gente, y toda muy escogida, duquesa.

DUQUESA.—*(En el sofá, a la izquierda.)* ¡Oh! Tratándose de usted, querida Margarita, ya es de suponer que toda será gente muy escogida. Su casa es una de las pocas, en Londres, a que puedo llevar sin miedo a Agatha y a mi marido. ¡Ay! No sé qué va a ser de la sociedad al paso que vamos. ¡Se ve cada señora por esos salones!... En los míos, por ejemplo. Y no es culpa mía. Los hombres se ponen furiosos si no se les invita. Realmente, deberíamos hacer una campaña contra ello.

LADY WINDERMERE.—Yo la haré, duquesa. Lo que es en mi casa, le aseguro a usted que no entrará nadie que haya dado que hablar.

LORD DARLINGTON.—*(A la derecha.)* ¡Oh! No diga usted eso, lady Windermere. Tendría usted que cerrarme la puerta. *(Se sienta.)*

---

[7] La insinuación es que el yerno de lady Markby es un comerciante, indigno de pertenecer a la sociedad de aristócratas. Posiblemente Wilde estuviera aludiendo al caso del tendero Thomas Lipton (1850-1931), que se especializó en vender té, adquiriendo su propia plantación en Ceilán. El príncipe de Gales (que luego fue Eduardo VII) y su esposa le facilitaron su incorporación a los círculos más selectos de la sociedad. (Véase también nota 19 de *La importancia de llamarse Ernesto,* pág. 159).

DUQUESA.—¡Oh! Los hombres no importa. Las mujeres ya es muy distinto. ¡Somos demasiado buenas! Algunas, por lo menos. Pero nos están arrinconando demasiado. Me parece que nuestros maridos acabarían por olvidar nuestra existencia si de cuando en cuando no les molestáramos un poco. ¡Oh!, lo preciso nada más para hacerles recordar que tenemos derecho a hacerlo.

LORD DARLINGTON.—¡Qué curioso es el juego del matrimonio, duquesa! Juego que, dicho entre paréntesis, está cayendo bastante en desuso. La mujer tiene todos los triunfos y, sin embargo, invariablemente, pierde la baza.

DUQUESA.—¿La baza? ¿Llama usted baza al marido?

LORD DARLINGTON.—¿Qué, encuentra usted demasiado bonito el nombre?

DUQUESA.—¡Cuidado que es usted perverso, mi querido lord Darlington!

LADY WINDERMERE.—Lord Darlington habla siempre sin pensar lo que dice.

LORD DARLINGTON.—Le aseguro a usted que no, lady Windermere.

LADY WINDERMERE.—¿Entonces, por qué habla usted de la vida con esa ligereza?

LORD DARLINGTON.—Porque, a mi juicio, la vida es una cosa demasiado importante para hablar de ella en serio. *(Se pone de pie.)*

DUQUESA.—¿Qué ha querido usted decir con eso? Apiádese usted de mis pocas luces, lord Darlington, y explíqueme qué ha querido decir.

LORD DARLINGTON.—*(Acercándose por detrás de la mesa.)* Prefiero no hacerlo, duquesa. Hoy día ser comprensible es una falta de habilidad. A los pies de usted, duquesa. *(Estrechando la mano de la* DUQUESA.) Y ahora *(Adelantándose)*, lady Windermere, hasta la vista. ¿Tiene usted inconveniente en que venga esta noche? ¡Déjeme usted venir!

LADY WINDERMERE.—*(Poniéndose de pie junto a* LORD DARLINGTON.) Venga usted, si quiere. Pero con la condición de que no dirá a nadie tonterías que no siente.

LORD DARLINGTON.—*(Sonriendo.)* ¡Ah, empieza usted a corregirme! Cosa muy peligrosa, lady Windermere, corregir a nadie. *(Se inclina y sale.)*

DUQUESA.—*(Levantándose.)* ¡Qué mala cabeza tan simpática! Me gusta mucho. Me alegro de que se haya ido. ¡Qué bonita está usted! ¿Dónde se hace usted los trajes?... Ahora, querida Margarita, debo decirle lo apenadísima que estoy por usted. *(Yendo hacia el sofá y sentándose en él con* LADY WINDERMERE.) ¡Agatha, querida!

AGATHA.—*(Levantándose.)* ¿Qué, mamá?

DUQUESA.—¿Querrías ponerte a ver aquel álbum de fotografías que está allí?

AGATHA.—Sí, mamá. *(Se dirige a la mesa de la izquierda.)*

DUQUESA.—¡Qué buena es! ¡Y tan aficionada a las fotografías de Suiza! Un gusto purísimo, ¿verdad? Pues sí, querida Margarita, estoy apenadísima por usted.

LADY WINDERMERE.—*(Sonriendo.)* ¿Por qué, duquesa?

DUQUESA.—¿Por qué ha de ser? Por esa horrible mujer. Y todavía, si no se vistiera tan bien, lo que es mucho peor, al dar tan mal ejemplo. Augusto, mi lamentable hermano —usted le conoce—, un castigo para todos nosotros; bueno, pues Augusto está completamente chiflado por ella. Figúrese usted: un escándalo; una mujer que no se puede admitir en sociedad. Hay muchas mujeres que tienen un pasado; pero ésta me han dicho que tiene, por lo menos, una docena, y todos ellos de gente *bien.*

LADY WINDERMERE.—Pero ¿a quién se refiere usted, duquesa?

DUQUESA.—A la señora Erlynne.

LADY WINDERMERE.—¿La señora Erlynne? Es la primera vez que oigo ese nombre, duquesa. ¿Y qué tengo yo que ver con la señora Erlynne?

DUQUESA.—¡Pobre Margarita!... ¡Agatha, querida!

AGATHA.—¿Qué, mamá?

DUQUESA.—¿Quieres salir a la terraza a ver la puesta de sol?

AGATHA.—*(Levantándose y saliendo a la terraza.)* Sí, mamá.

DUQUESA.—¡Qué obediente es! Y aficionadísima a las puestas de sol. Cosa que demuestra una sensibilidad muy refinada, ¿verdad? Al fin y al cabo, no hay nada como la Naturaleza.

LADY WINDERMERE.—Pero ¿qué es lo que ocurre, duquesa? ¿Por qué me habla usted de esa mujer?

DUQUESA.—¿Pero realmente no sabe usted? Le aseguro que todos estamos consternados. Anoche mismo, en casa de lady Jansen, todo el mundo hablaba de lo extraordinario que era que, entre todos los hombres de Londres, fuera Windermere el que se portara así.

LADY WINDERMERE.—¿Mi marido? ¿Y qué tiene que ver mi marido con una mujer semejante?

DUQUESA.—¡Ah! Ésa es precisamente la cuestión, querida. Por lo menos, él va a verla continuamente, y se pasa horas y horas en su casa, y mientras él está allí, ella no recibe a nadie. No es que vayan a verla muchas señoras, no; pero, en cambio, tiene un sinfín de amistades del sexo masculino, todos ellos calaveras de profesión, y mi hermano entre otros, como le dije a usted; y esto es justamente lo que agrava la conducta de Windermere. ¡Y nosotros que le teníamos por un marido modelo! Pero me temo que no hay ningún tipo de dudas. Mis sobrinas, las de Saville —usted las conoce, creo—, unas muchachas muy caseras, y feas, horrorosamente feas, pero ¡tan buenas! —se pasan la vida al balcón haciendo labores de fantasía. Y esos trajes para los pobres, horribles, sí, pero muy útiles en estos tiempos tremendos de socialismo—[8]. Pues, figúrese usted que esa mujer ha tomado una casa en Curzon Street, frente a la

---

[8] En los últimos años se había fundado la Sociedad Fabiana (1884), impulsada por intelectuales y artistas como Sidney Webb (1859-1947), Beatrice Webb (1858-1943) y George Bernard Shaw (1856-1950), que poco a poco fue atrayéndose a la causa del Socialismo a muchos miembros de la intelectualidad y de la clase política inglesa.

de ellas. ¡Parece mentira, una calle tan respetable! No sé, realmente, adónde iremos a parar. Bueno; pues ellas me han dicho que Windermere va a verla cuatro y cinco veces por semana. Ellas le ven entrar; no tienen más remedio. Y aunque no sean aficionadas a chismes y cuentos, pues, claro, no han podido menos de contárselo a todo el mundo. Y lo peor, según parece, es que esa mujer vive, y muy bien, a costa de alguien, pues hace seis meses, cuando llegó a Londres, no traía, por decirlo así, ni un céntimo, y ahora tiene esa casa divinamente puesta en Mayfair[9], según dicen los que la han visto, y coche propio, y ¡qué sé yo! Todo ello desde que conoce a ese pobre Windermere.

LADY WINDERMERE.—¡Oh, no puedo creerlo!

DUQUESA.—Pues es la pura verdad, querida. Todo Londres lo sabe. Por eso he creído mi deber venir a hablar con usted para aconsejarle que se lleve a Windermere una temporadita fuera de Londres, a Homburg, por ejemplo, o a Aix[10], o a algún sitio donde se distraiga, y donde usted pueda vigilarle durante todo el día. No sabe usted, querida, las veces que en mi vida de casada he tenido que fingir alguna enfermedad y resignarme a beber las aguas minerales más desagradables, con tal de sacar a Berwick de Londres. ¡Era de un corazón tan sensible! Aunque, eso sí, puedo asegurar que nunca dio mucho dinero a nadie. En esto, por lo menos, es de principios muy elevados.

LADY WINDERMERE.—*(Interrumpiéndola.)* ¡Es imposible, duquesa; le digo a usted que es imposible! *(Levantándose y dirigiéndose hacia el centro.)* No hace más que dos años que estamos casados. Nuestro hijo no tiene más que seis meses... *(Se sienta en una silla junto a la mesa.)*

---

[9] Barrio elegante del centro de Londres, entre Oxford Street y Piccadilly, rodeado por Hyde Park y Green Park.

[10] Eran dos sitios —el primero cerca de Fráncfort, y el segundo (Aix-les-Bains) al lado de Ginebra— donde la gente elegante solía acudir para «beber las aguas» y recuperarse del exceso de bebida y comida una vez acababa la «temporada social» en Londres.

DUQUESA.—¡Ah!, ¿y ese encanto, cómo sigue? ¿Es niño o niña? Espero que niña... ¡Ah, no; ahora recuerdo que es niño! Lo siento. Los niños son muy malos. El mío es de una inmoralidad atroz. No puede usted figurarse a qué horas vuelve a casa. Y eso que acaba de salir de Oxford hace pocos meses. No sé, realmente, qué les enseñan allí.

LADY WINDERMERE.—¿Cree usted que todos los hombres son malos?

DUQUESA.—Absolutamente todos, sin excepción, querida. Y que nunca mejoran. Se vuelven viejos; pero mejores jamás.

LADY WINDERMERE.—Windermere y yo nos casamos por amor.

DUQUESA.—Sí, así empezamos nosotros. Sólo las amenazas constantes y brutales de suicidio de Berwick me hicieron aceptar su mano y, sin embargo, antes del año ya estaba corriendo detrás de toda clase de faldas, negras y blancas, finas y ordinarias. Y todavía en la luna de miel, le pesqué con una de mis doncellas, una muchacha muy bonita y muy decente. Claro que la despedí en seguida, sin certificado. O no; recuerdo que se la cedí a mi hermana. ¡Ese pobre sir Jorge es tan corto de vista, que creí que no importaba! Pero importó, importó según parece, ¡qué desgracia! *(Levantándose.)* Bueno, hija mía, tengo que irme; esta noche comemos fuera. No vaya usted a tomar demasiado a pecho esa pequeña aberración de Windermere. Lléveselo usted al extranjero, y ya verá cómo vuelve a usted.

LADY WINDERMERE.—¿Cómo vuelve a mí? *(En el centro.)*

DUQUESA.—*(En el centro, hacia la izquierda.)* Sí, hija mía; esas condenadas mujeres nos quitan nuestros maridos; pero ellos acaban siempre por volver a nosotras; aunque, eso sí, un tanto averiados. Y no le haga usted ninguna escena; los hombres detestan las escenas.

LADY WINDERMERE.—Ha sido usted muy buena, duquesa, en venir a contarme todo eso. Pero no puedo creer que mi marido me sea infiel.

DUQUESA.—¡Ay, hija mía! ¡Así era yo antes! Ahora sé ya que todos los hombres son unos monstruos. (LADY WINDER-

MERE *tira de la campanilla.)* Lo único que se puede hacer es dar bien de comer a esos bandidos. Un buen cocinero hace maravillas; y eso ya lo tiene usted. Pero ¿no irá usted a llorar, mi querida Margarita?

LADY WINDERMERE.—No tema usted, duquesa; yo nunca lloro.

DUQUESA.—Hace usted muy bien, querida. Las lágrimas son el refugio de las feas y la ruina de las bonitas. ¡Agatha, querida!

AGATHA.—*(Entrando por la izquierda.)* ¿Qué, mamá? *(De pie tras la mesa.)*

DUQUESA.—Di adiós a lady Windermere y dale las gracias por tu deliciosa visita. *(Volviéndose otra vez hacia atrás.)* Y por cierto: muchas gracias por haber enviado una invitación al señor Hopper.... ese joven australiano tan rico y de quien tanto se está hablando ahora. Su padre hizo una fortuna enorme vendiendo no sé qué clase de conservas, deliciosas, creo; me imagino que es lo que los criados siempre se niegan a comer. Pero él es muy interesante, y me parece que se interesa mucho por la inteligente conversación de Agatha. Claro que nosotros sentiríamos mucho tener que separarnos de ella; pero, a mi juicio, una madre que no se separa de una hija todos los años no es buena madre. Vendremos esta noche, querida. (PARKER *abre la puerta del centro.)* Y acuérdese usted de mi consejo: lléveselo de Londres lo antes posible. Es el único remedio. Adiós otra vez, querida. Vamos, Agatha.

Salen la DUQUESA *y* LADY AGATHA.

LADY WINDERMERE.—¡Qué horror! Ahora comprendo lo que quería decir lord Darlington con su ejemplo del matrimonio que no llevaban más que dos años de casados. ¡No, no es posible!... La duquesa hablaba de grandes cantidades entregadas, sin duda, a esa mujer. Yo sé dónde Arturo guarda su libreta de cheques... Sí, en uno de los cajones de ese *bureau.* Si yo quisiera podría enterarme. ¡Ah, lo sabré!... *(Abre el cajón.)* No, no; debe ser algún error. Indudablemente... *(Se levanta y se dirige hacia el centro de la escena.)* Alguna habladuría estúpida. ¡Él me quiere! ¡Me quiere! Pero... ¿y por qué no mirar? Al fin y al cabo, soy su mujer; tengo derecho a hacerlo. *(Vuelve al* bureau, *coge el libro de cheques y lo examina página por página. Al acabar, sonríe y exhala un suspiro de alivio.)* ¡Estaba segura! ¡No hay una sola palabra de verdad en esa historia absurda! *(Vuelve a dejar el libro en el cajón. Al hacerlo así, tiene un estremecimiento y saca otro libro de cheques.)* ¡Otro libro!... ¡Personal!... ¡Y cerrado con llave! *(Trata de abrirlo inútilmente. Echa de ver entonces un cortapapel del* bureau, *y con él corta la cubierta del libro.)* ¡Señora Erlynne... 600 libras!... ¡Señora Erlynne... 700 libras!... ¡Señora Erlynne... 400 libras!... ¡Oh, era verdad! ¡Qué horror! *(Arroja el libro al suelo. Entra* LORD WINDERMERE *por el fondo.)*

LORD WINDERMERE—¿Qué, han traído ya el abanico? *(Al dirigirse hacia ella ve el libro de cheques en el suelo.)* Margarita, ¿tú has abierto a la fuerza el libro de cheques? ¡No tenías ningún derecho a ello!

LADY WINDERMERE.—¿Te parece mal que te haya desenmascarado, eh?

LORD WINDERMERE.—Me parece mal que una mujer espíe a su marido.

LADY WINDERMERE.—Yo no te he espiado. Hasta hace media hora no he sabido que existía esa mujer. Una persona compasiva tuvo la bondad de decirme lo que ya sabe todo Londres: tus visitas diarias a esa casa, tu absurda pasión, las enormes cantidades que te cuesta esa mujerzuela... *(Dirigiéndose a la izquierda.)*

LORD WINDERMERE.—¡Margarita, no hables así de la señora Erlynne! ¡Tú no sabes lo injusta que eres!

LADY WINDERMERE.—*(Volviéndose hacia él.)* ¡Cuánto te preocupa el honor de la señora Erlynne! ¡Ojalá te preocupase tanto el mío!

LORD WINDERMERE.—Tu honor está intacto, Margarita. Tú no puedes creer un instante que yo... *(Guardando de nuevo el libro de cheques en el* bureau.)

LADY WINDERMERE.—Lo que creo es que gastas tu dinero absurdamente. Eso es todo. ¡Oh, no vayas a creer que es el dinero lo que me preocupa! Por mí, puedes tirar todo el que tenemos. No; lo que me asombra y me confunde es que tú, que me has querido; tú, que me has enseñado a quererte, puedas pasar así del amor que se da al amor que se vende. ¡Eso es lo horrible! *(Se sienta en el sofá.)* ¡Me siento como degradada! Tú no sientes nada; pero yo me siento manchada, envilecida. Tú no puedes comprender lo odioso, lo repugnante que me parecen ahora estos seis últimos meses. Cada beso que me diste lo tengo ahora aquí, quemándome la memoria.

LORD WINDERMERE.—*(Yendo hacia ella.)* ¡No digas eso, Margarita! ¡Tú eres la única mujer que yo he querido en el mundo!

LADY WINDERMERE.—*(Levantándose.)* ¿Quién es esa mujer, entonces? ¿Por qué has tomado una casa para ella?

LORD WINDERMERE.—Yo no he tomado una casa para ella.

LADY WINDERMERE.—Le has dado el dinero para tomarla, que es lo mismo.

LORD WINDERMERE.—Margarita, desde que yo conozco a la señora Erlynne...

LADY WINDERMERE.—Pero, ¿existe realmente el señor Erlynne, o es un mito?

LORD WINDERMERE.—Su marido murió hace años. Está sola en el mundo.

LADY WINDERMERE.—¿Sin ningún pariente? *(Un momento de silencio.)*

LORD WINDERMERE.—Sin ninguno.

LADY WINDERMERE.—Un poco raro parece, ¿no? *(A la izquierda.)*

LORD WINDERMERE.—*(Izquierda y centro.)* Margarita, iba a decirte —y te ruego que me escuches— que desde que yo conozco a la señora Erlynne su conducta ha sido intachable. Si en otros tiempos...

LADY WINDERMERE.—*(Hacia la derecha y centro.)* ¡Oh, basta, basta! ¡No necesito detalles de su vida!

LORD WINDERMERE.—*(Centro.)* No voy a darte detalles de su vida. Lo único que quiero decirte es que la señora Erlynne fue en otro tiempo una mujer honrada, querida, respetada. Era de una gran familia, ocupaba una gran posición... Pues bien; lo perdió todo, renunció a todo si quieres. Esto hace el caso todavía más amargo. Las desgracias que vienen de fuera, de los demás, o del destino, pueden siquiera soportarse; son accidentes inevitables. ¡Pero sufrir por culpa propia..., ah, ésa es la verdadera maldición de la vida!... Además, fue hace veinte años. Era poco más que una niña. Llevaba todavía menos tiempo de casada que tú.

LADY WINDERMERE.—Te advierto que no me interesa lo más mínimo esa mujer... Y creo que deberías abstenerte de hablar de mí al mismo tiempo que de ella. Es una falta de tacto. *(Se sienta delante del* bureau.)

LORD WINDERMERE.—Margarita, tú podrías salvar, si quisieras, a esa mujer. Ella necesita volver a entrar en sociedad y necesita que tú la ayudes. *(Acercándose a ella.)*

LADY WINDERMERE.—¿Yo?

LORD WINDERMERE.—Sí, tú.

LADY WINDERMERE.—¡Habráse visto insolencia! *(Pausa.)*

LORD WINDERMERE.—Margarita, quiero pedirte un gran favor, y te lo pido, a pesar de que hayas descubierto lo que creí poder ocultarte siempre, es decir: que he dado cantidades bastante crecidas a la señora Erlynne. Necesito que le envíes una invitación para el baile de esta noche. *(De pie, a la izquierda de ella.)*

LADY WINDERMERE.—¡Estás loco! *(Poniéndose en pie.)*

LORD WINDERMERE.—Te lo suplico. La gente puede hablar de ella lo que quiera, y así lo hacen, en efecto; pero nadie sabe nada concreto en contra suya. Ella ha estado en varias casas... No en casas a las que tú irías, desde luego; pero, al fin y al cabo, en casas adonde van muchas señoras de eso que llaman la buena sociedad. Pero esto no la satisface. Ella quiere que tú la recibas.

LADY WINDERMERE.—¿Como un triunfo para ella, no es eso?

LORD WINDERMERE.—No; sino porque sabe que tú eres una mujer honrada..., y que si viene aquí una vez sola, esto podrá ayudarla a vivir más tranquila y feliz de lo que vive ahora. Te aseguro que no hará el menor esfuerzo por que vuelvas a recibirla. ¿Te negarás tú a ayudar a una mujer que trata de rehabilitarse?

LADY WINDERMERE.—¡Me niego! Cuando una mujer está realmente arrepentida, no desea volver a la sociedad que causó o vio su ruina.

LORD WINDERMERE.—¡Te lo suplico!

LADY WINDERMERE.—*(Dirigiéndose hacia la puerta de la derecha.)* Voy a vestirme para la cena, y te ruego que no vuelvas a hablarme de la cuestión esta noche. *(Volviéndose hacia él.)* Tú te figuras, Arturo, que porque no tengo padre ni madre, estoy sola en el mundo, y que puedes tratarme como se te antoje. Estás equivocado; yo también tengo amigos, muchos amigos.

LORD WINDERMERE.—*(Izquierda centro.)* Margarita, no sabes lo que dices. Estás hablando a tontas y a locas. No quiero discutir contigo; pero insisto en que invites a la señora Erlynne para esta noche.

LADY WINDERMERE.—*(Derecha centro.)* ¡No haré semejante cosa! *(Dirigiéndose hacia izquierda centro.)*

LORD WINDERMERE.—¿Te niegas?

LADY WINDERMERE.—¡Resueltamente!

LORD WINDERMERE.—¡Hazlo por mí, Margarita! ¡Te lo suplico otra vez! ¡Es su última oportunidad!

LADY WINDERMERE.—¿Y a mí qué me importa?

LORD WINDERMERE.—¡Qué duras sois las mujeres buenas!

LADY WINDERMERE.—¡Y los hombres malos, qué blandos!

LORD WINDERMERE.—Cierto que ningún hombre puede ser bastante bueno para la mujer con quien se casa... Pero no vayas a imaginar que yo... ¡Oh! ¡La idea sola sería monstruosa!

LADY WINDERMERE.—¿Y por qué ibas a ser tú diferente de los demás? He oído decir que apenas hay un marido en todo Londres que no consuma su vida en alguna pasión vergonzosa fuera de su hogar.

LORD WINDERMERE.—Yo no soy uno de ellos.

LADY WINDERMERE.—¿Y a mí quién me lo asegura?

LORD WINDERMERE.—Tu propio corazón. Pero no abramos más abismos entre nosotros. Dios sabe que estos últimos minutos ya nos han separado bastante. Siéntate y escribe la invitación.

LADY WINDERMERE.—Por nada del mundo la escribiré.

LORD WINDERMERE.—*(Dirigiéndose hacia el* bureau.) ¡Lo haré yo entonces! *(Hace sonar la campanilla eléctrica, se sienta y escribe una tarjeta.)*

LADY WINDERMERE.—¿Estás decidido a invitar a esa mujer? *(Dirigiéndose a él.)*

LORD WINDERMERE.—Sí. *(Pausa. Entra* PARKER.) ¡Parker!

PARKER.—Sí, señor. *(Se acerca por la izquierda.)*

LORD WINDERMERE.—Envía esta carta a la señora Erlynne, Curzon Street, número ochenta y cuatro A. *(Dirigiéndose a la izquierda, entrega la carta a* PARKER.) No se espera contestación. (PARKER *coge la carta, se inclina y sale.)*

LADY WINDERMERE.—Arturo, si esa mujer viene aquí, la insultaré.

LORD WINDERMERE.—No digas eso, Margarita.

LADY WINDERMERE.—Lo digo, y lo haré.

LORD WINDERMERE.—Si hicieras semejante cosa, Margarita, no hay una mujer en todo Londres que no te compadeciese.

LADY WINDERMERE.—No hay mujer *honrada* en todo Londres que no me aplaudiese. Hemos sido demasiado cobardes las mujeres. Es preciso que demos un ejemplo. Yo lo daré esta noche, si llega el caso. *(Cogiendo el abanico de encima de la mesa.)* Tú me has regalado hoy este abanico; ha sido tu regalo por mi cumpleaños, ¿verdad? Pues si esa mujer entra en mi casa, yo te aseguro que le cruzaré la cara con él.

LORD WINDERMERE.—Tú no harás semejante cosa, Margarita.

LADY WINDERMERE.—Tú no me conoces. *(Se dirige hacia la derecha. Entra* PARKER.) ¡Parker!

PARKER.—¿Qué manda la señora?

LADY WINDERMERE.—Comeré en mis habitaciones. O, mejor dicho, no comeré. Procure usted que todo esté listo para las diez y media. Y tenga usted cuidado, Parker, de pronunciar los nombres de los invitados con toda claridad. A veces habla usted tan de prisa que no lo entiendo. Esta noche, para que no se equivoque, tengo mucho interés en oírlos claramente. ¿Me ha comprendido, Parker?

PARKER.—Perfectamente. Descuide la señora.

LADY WINDERMERE.—¡Bien! *(Sale* PARKER.) *(Dirigiéndose a* LORD WINDERMERE.) Arturo, si esa mujer viene aquí, te lo advierto...

LORD WINDERMERE.—¡Nos perderás, Margarita!

LADY WINDERMERE.—¿Nos? Desde este instante, mi vida está separada de la tuya. Pero si deseas evitar un escándalo, escribe inmediatamente a esa mujer diciéndole que le prohíbo que venga aquí.

LORD WINDERMERE.—¡Imposible!... ¡No puedo!... ¡Debe venir!

LADY WINDERMERE.—¡Atente, entonces, a las consecuencias! *(Se dirige a la derecha.)* ¡Tú lo habrás querido! *(Sale por la derecha.)*

LORD WINDERMERE.—*(Llamándola.)* ¡Margarita! ¡Margarita! *(Pausa.)* ¡Dios mío! ¿Qué hacer? ¿Cómo decirle quién es realmente esa mujer? No, no me atrevo. Se moriría de vergüenza... *(Se deja caer en un sillón y esconde el rostro entre las manos.)*

TELÓN

ACTO SEGUNDO

Salón en casa de LORD WINDERMERE. *Puerta a la derecha que conduce al salón de baile, donde toca la orquesta. Puerta a la izquierda, por la que entran los invitados. Puerta en el fondo a la izquierda, sobre la terraza iluminada. Palmeras, flores y muchas luces. El salón atestado de gente.* LADY WINDERMERE *cerca de la puerta, recibiendo a los invitados.*

DUQUESA DE BERWICK, *entrando por el fondo.*

DUQUESA.—¡Qué raro que no esté aquí lord Windermere! ¡Y cuánto tarda el señor Hopper! ¿Le reservaste los cinco bailes, Agatha? *(Viniendo hacia adelante.)*

AGATHA.— Sí, mamá.

DUQUESA.—*(Sentándose en el sofá.)* Déjame ver tu carné. Me alegro de que lady Windermere haya resucitado los carnés. Son la única salvaguarda de las madres. ¡Tontuela! *(Tachando dos nombres.)* ¡A qué muchacha bonita se le ocurre bailar con unos chicos tan jóvenes! Parece demasiado rápido. Los últimos valses podrías pasarlos en la terraza con el señor Hopper.

Entran el SEÑOR DUMBY *y* LADY PLYMDALE, *viniendo del salón de baile.*

AGATHA.—Bueno, mamá.

DUQUESA.—*(Abanicándose.)* ¡Hace allí un fresco tan agradable!

PARKER.—*(Anunciando.)* La señora Cowper-Cowper, lady Stutfield, sir Jaime Royston, el señor Guy Berkeley. *(Van entrando a medida que se les anuncia.)*

DUMBY.—Buenas noches, lady Stutfield. Supongo que éste será el último baile de la temporada [11]...

LADY STUTFIELD.—Yo también lo supongo, señor Dumby. Una temporada deliciosa, ¿verdad?

DUMBY.—¡Deliciosísima! ¡Buenas noches, duquesa! Supongo que éste será el último baile de la temporada...

DUQUESA.—Yo también lo supongo, señor Dumby. Qué temporada tan aburrida, ¿verdad?

DUMBY.—¡Aburridísima! ¡Aburridísima!

COWPER.—¡Buenas noches, señor Dumby! Supongo que éste será el último baile de la temporada...

DUMBY.—¡Oh!, no creo. Probablemente habrá dos más. *(Se dirige hacia* LADY PLYMDALE.)

PARKER.—*(Anunciando.)* El señor Rufford, lady Jedburgh y la señorita Graham. ¡El señor Hopper! *(Van entrando a medida que se les anuncia.)*

HOPPER.—¿Cómo está usted, lady Windermere? ¿Cómo está usted, duquesa? *(Se inclina ante* AGATHA.)

DUQUESA.—¡Querido señor Hopper! ¡Qué amable en haber venido tan temprano! Todos sabemos lo solicitado que está usted en Londres.

HOPPER.—¡Londres, magnífica ciudad! ¡Aquí no son tan exclusivistas como en Sydney!

---

[11] La «temporada» alude al período comprendido entre principios de mayo, con la inauguración del Espectáculo de Verano de la Royal Academy, y finales de julio, cuando se celebraban las carreras de Goodwood y las regatas Cowes. El final de la «temporada» significaba el retiro de la aristocracia a las mansiones del campo, donde se dedicaban a la caza, mientras que se reanudaba otra vez cuando se cerraba la temporada de caza y los caballeros volvían a estar disponibles en Londres.

DUQUESA.—¡Ah! Nosotros sabemos lo que usted vale, señor Hopper. ¡Ojalá hubiese muchos hombres como usted! ¡Cuánto más agradable y más fácil sería la vida! Sabe usted, señor Hopper, Agatha y yo estamos interesadísimas por Australia. Debe de ser preciosa; con todos esos canguritos corriendo por todos lados. Agatha la ha encontrado en el mapa. ¡Qué forma tan curiosa tiene! Lo mismo, lo mismo que un gran paquete. Sin embargo, es un país muy joven, ¿verdad?

HOPPER.—Pero, ¿no fue hecho al mismo tiempo que los demás, duquesa?

DUQUESA.—¡Bromista! ¡Cuánto ingenio tiene usted, señor Hopper! Un ingenio completamente peculiar. Bueno; no le detenemos más.

HOPPER.—Pero yo querría bailar con lady Agatha, duquesa.

DUQUESA.—No sé si le quedará libre algún baile. ¿Te queda libre algún baile, Agatha?

AGATHA.—Sí, mamá.

DUQUESA.—¿El próximo?

AGATHA.—Sí, mamá.

HOPPER.—¿Podría entonces tener el honor...? (LADY AGATHA *se inclina afirmativamente.)*

DUQUESA.—¡Que cuide usted bien de mi pequeña parlanchina, señor Hopper!

LADY AGATHA *y el* SEÑOR HOPPER *entran en la sala de baile.*

Entra LORD WINDERMERE *por la izquierda.*

LORD WINDERMERE.—Margarita, tengo necesidad de hablarte.

LADY WINDERMERE.—Dentro de un instante. *(Cesa la música.)*

PARKER.—*(Anunciando.)* ¡Lord Augusto Lorton!

AUGUSTO.—¡Buenas noches, lady Windermere!

DUQUESA.—Sir Jaime, ¿quiere usted conducirme al salón de baile? Augusto ha estado hoy cenando con nosotros y ya es bastante Augusto por esta noche. (SIR JAIME ROYSTON *da el brazo a la* DUQUESA *y la escolta hasta el salón de baile.)*

PARKER.—*(Anunciando.)* Señor Arturo Bowden y señora. Lord y lady Paisley. Lord Darlington. *(Van entrando a medida que se les anuncia.)*

AUGUSTO.—*(Acercándose a* LORD WINDERMERE.) Necesito hablar contigo en particular, querido amigo. Estoy hecho una sombra. Sí, ya sé que lo parezco. Pero nadie es realmente lo que parece. Lo que yo necesito saber es: ¿quién es ella? ¿De dónde sale? ¿Por qué demonios no tiene ningún condenado pariente? ¡Malditos parientes! ¡Lástima que le den a uno cierta respetabilidad!

LORD WINDERMERE.—¿Te refieres a la señora Erlynne, supongo? Y, ¿qué sé yo? Hace seis meses nada más que la conozco. Hasta entonces, ni siquiera sabía que existiese.

AUGUSTO.—Pero desde entonces acá me parece que la has conocido bastante, ¿eh?

LORD WINDERMERE.—*(Fríamente.)* Sí, la he visto bastante. Precisamente ahora vengo de verla.

AUGUSTO.—¡Ay! No te puedes figurar cómo la detestan las mujeres. Esta noche he estado cenando con Arabela. ¡Por Júpiter! Me gustaría que hubieses oído lo que dijo de la señora Erlynne. ¡Buena la puso!... Le sacó la piel a tiras. *(Aparte.)* Berwick y yo comentamos que no tenía importancia, ya que la dama en cuestión debe de tener una figura magnífica. Tenías que haber visto la expresión de Arabela. La verdad, querido, que no sé qué hacer con la señora Erlynne. Me trata con una indiferencia que ni que estuviéramos casados. Eso sí, es más lista que una ardilla. Lo explica todo. ¡Con decirte que te explica a ti! Sí, sobre ti tiene un montón de explicaciones... Y todas distintas.

LORD WINDERMERE.—Mi amistad con la señora Erlynne no necesita ninguna explicación.

AUGUSTO.—¡Jem!... Bueno; oye, querido amigo, hablando de otra cosa: ¿crees tú que la señora Erlynne conseguirá alguna vez entrar en esa condenada cosa que llaman sociedad? ¿La presentarías tú a tu mujer? Sin rodeos, ¿la presentarías tú?

LORD WINDERMERE.—La señora Erlynne va a venir aquí esta noche.

AUGUSTO.—¿Tu mujer le ha enviado una invitación?

LORD WINDERMERE.—La señora Erlynne ha recibido una invitación.

AUGUSTO.—¡Magnífico, querido! ¿Por qué no me lo dijiste antes? Me habría evitado una porción de cavilaciones.

> LADY AGATHA *y el* SEÑOR HOPPER *cruzan la escena y salen a la terraza.*

PARKER.—*(Anunciando.)* El señor Cecilio Graham.

GRAHAM.—*(Después de inclinarse ante* LADY WINDERMERE *continúa y estrecha la mano de* LORD WINDERMERE.) Buenas noches, Arturo. ¿Por qué no me pregunta cómo estoy? Me encanta que la gente me pregunte cómo estoy y se interese por mi salud. Esta noche no me siento completamente bien. He comido con la familia. ¿Por qué serán siempre tan aburridos los parientes? Figúrate que mi padre se puso a hablar de moral en la sobremesa. Yo le dije que ya tenía suficiente edad para hablar de algo más interesante. Pero mi experiencia es que a medida que la gente se hace lo suficiente mayor como para conocer algo más, de hecho no conocen nada de nada. ¡Hola, Tuppy! *(A* AUGUSTO.) Me han dicho que vuelves a casarte otra vez; pensé que ya estarías cansado de ese juego.

AUGUSTO.—¡Qué frívolo eres, querido, qué frívolo!

GRAHAM.—Lo que quieras, Tuppy. Pero dime: ¿estuviste dos veces casado y una divorciado, o dos veces divorciado y una casado? Yo más bien me inclino a creer lo último. Parece mucho más probable.

AUGUSTO.—Tengo una memoria pésima. Realmente, no me acuerdo. *(Se aleja hacia la derecha.)*

LADY PLYMDALE.—Lord Windermere, quiero preguntarle a usted una cosa.

LORD WINDERMERE.—Perdón. Dentro de un momento estoy con usted. Ahora tengo que hablar con mi mujer.

LADY PLYMDALE.—¡No se le ocurra a usted semejante cosa! Hoy día es sumamente peligroso para un marido estar cariñoso con su mujer en público. Hace siempre pensar que le pega cuando están solos. ¡La gente se ha vuelto tan escéptica ante lo que pueda parecer una vida matrimonial feliz! Pero bueno; ya se lo diré a usted en la mesa. (LADY PLYMDALE *se dirige hacia el salón de baile.)*

LORD WINDERMERE.—*(Acercándose a su mujer.)* ¡Margarita! Necesito hablarte.

LADY WINDERMERE.—¿Quiere usted tenerme el abanico, lord Darlington? Gracias. *(Apartándose un poco con* LORD WINDERMERE.)

LORD WINDERMERE.—Margarita, no pensarás ya lo que dijiste antes, ¿verdad?

LADY WINDERMERE.—Esa mujer no vendrá aquí esta noche.

LORD WINDERMERE.—Sí, la señora Erlynne vendrá; pero piensa que si la insultas, si promueves algún escándalo, a ambos, a ti y a mí, nos cubrirás de dolor y de vergüenza. ¡Recuerda lo que te digo! ¡Ah, Margarita!, ¿por qué no fías en mí? ¡Una mujer debe tener siempre confianza en su marido!

LADY WINDERMERE.—Londres está lleno de mujeres que tienen confianza en sus maridos. Es muy fácil reconocerlas. Todas tienen la cara muy triste. Yo no quiero ser una de ellas. *(Separándose de él.)* Lord Darlington, ¿quiere usted devolverme mi abanico? ¡Gracias! Un abanico es a veces muy útil, ¿verdad? Tengo necesidad de un verdadero amigo esta noche, lord Darlington. No sabía que lo iba a necesitar tan pronto.

LORD DARLINGTON.—Yo sí tenía la seguridad de que ese día no tardaría en llegar. Pero ¿por qué precisamente esta noche, lady Windermere?

LORD WINDERMERE.—*(Aparte.)* Sí, se lo diré... No hay más remedio... Sería terrible un escándalo... ¡Margarita!

PARKER.—*(Anunciando.)* ¡Señora Erlynne!

LORD WINDERMERE *se estremece. Entra la* SEÑORA ERLYNNE, *muy digna y muy elegante.*

LADY WINDERMERE *aprieta convulsivamente el abanico, y luego lo deja caer al suelo. Hace una reverencia glacial a la* SEÑORA ERLYNNE, *que se inclina, a su vez, con mucha gentileza, y avanza por el salón.*

LORD DARLINGTON.—Ha dejado usted caer el abanico, lady Windermere. *(Lo recoge del suelo y se lo tiende.)*

SEÑORA ERLYNNE.—¿Cómo sigue usted, lord Windermere? ¡Qué preciosa está su mujer! ¡Un verdadero cuadro!

LORD WINDERMERE.—*(En voz baja.)* ¡Ha sido una temeridad de usted el venir!

SEÑORA ERLYNNE.—*(Sonriendo.)* Lo más sensato que he hecho en toda mi vida. ¡Ah!, no vaya usted a dejarme sola mucho tiempo esta noche. Me dan un miedo terrible las mujeres. Debe usted presentarme a alguna. Con los hombres sé yo arreglármelas. ¿Qué tal, lord Augusto? Me ha tenido usted muy olvidada estos últimos tiempos. Desde ayer que no le he visto, ¿a que ya me es usted infiel? Sí, sí, me lo han contado.

AUGUSTO.—Verá usted, señora Erlynne. Yo le explicaré a usted...

SEÑORA ERLYNNE.—No, no, mi querido lord Augusto; usted no es capaz de explicar nada. Es su principal encanto.

AUGUSTO.—¡Ah, desde el momento que me encuentra usted algún encanto, señora Erlynne!...

Siguen conversando juntos. LORD WINDERMERE *va de un lado a otro por el salón, presa de cierto malestar, observando a la* SEÑORA ERLYNNE.

LORD DARLINGTON.—*(A* LADY WINDERMERE.) ¡Qué pálida se ha puesto usted!

LADY WINDERMERE.—¡Todos los cobardes se ponen pálidos!

LORD DARLINGTON.—Parece como si se sintiera usted mal. ¿Quiere usted que salgamos a la terraza?

LADY WINDERMERE.—¡Bueno! *(A* PARKER.) ¡Parker, que me envíen mi capa a la terraza!

SEÑORA ERLYNNE.—*(Dirigiéndose hacia* LADY WINDERMERE.) ¡Qué artísticamente iluminada está su terraza lady Windermere! Me recuerda la del príncipe Doria [12], en Roma.

LADY WINDERMERE *se inclina fríamente, y sale con* LORD DARLINGTON.

SEÑORA ERLYNNE.—¡Ah! ¿Es usted, señor Graham? ¿Qué tal? ¿No es ésa su tía, lady Jedburgh? Me gustaría conocerla.

GRAHAM.—*(Después de un momento de vacilación y de embarazo.)* ¡Oh, con mucho gusto! ¡Tía Carolina, permítame usted que le presente a la señora Erlynne!

SEÑORA ERLYNNE.—¡Encantada de conocerla, lady Jedburgh! *(Sentándose en el sofá junto a ella.)* Su sobrino y yo somos grandes amigos. A mí me interesa muchísimo su carrera política. Estoy segura de que ha de llegar a donde se proponga. Piensa como un conservador, y habla como un radical [13]; cosa tan importante hoy día. Además, ¡habla tan bien! Claro que tiene de quién sacarlo. Ayer mismo me decía lord Allendale, en el parque, que el señor Graham habla casi tan bien como su tía.

LADY JEDBURGH.—¡Oh, es usted muy amable, amiga mía! *(La* SEÑORA ERLYNNE *sonríe y continúa la conversación.)*

DUMBY.—*(A* GRAHAM.) Pero ¿has presentado a la señora Erlynne a tu tía?

GRAHAM.—¿Y qué hacer, querido? No tuve más remedio. Esa mujer consigue todo lo que se propone. ¿Cómo? ¡No lo sé!

---

12 Se alude al príncipe Alfonso Doria-Pamphili (1863-1914), que se había casado con una noble inglesa, lady Emily Pelham-Clinton, hija del sexto duque de Newcastle. El palacio Doria, del siglo XVII, frente al Corso, es uno de los más bellos palacios de Roma, y contiene valiosos cuadros, entre ellos el retrato que hizo Velázquez al papa Inocencio X (1574-1655).

13 Éstas eran las cualidades más apreciadas del político conservador del momento, ejemplificadas por el primer ministro Benjamin Disraeli (1804-1881).

DUMBY.—Espero que no se le ocurrirá venir a hablarme. *(Se acerca a* LADY PLYMDALE.)

SEÑORA ERLYNNE.—*(A* LADY JEDBURGH.) ¿El jueves? ¡Encantada! *(Se levanta y habla aparte con* LORD WINDERMERE, *riendo.)* ¡Qué fastidio tener que estar amable con estas ancianas! ¡Pero, en fin, resignación!

LADY PLYMDALE.—*(Al* SEÑOR DUMBY.) ¿Quién es esa señora tan bien vestida que está hablando con Windermere?

DUMBY.—¡No tengo la menor idea! Parece una edición de lujo de una de esas perversas novelas francesas destinadas al mercado inglés.

SEÑORA ERLYNNE.—Mire usted allí al pobre Dumby, acaparado por lady Plymdale. Me han dicho que es horriblemente celosa. Él parece tener muy pocas ganas de hablar conmigo esta noche. Supongo que tendrá miedo de ella. Esas mujeres de cabellos pajizos suelen tener un carácter tremendo. Bueno; ¿quiere usted que demos una vuelta de vals por el salón? (LORD WINDERMERE *se muerde los labios y frunce el ceño.)* Así, lord Augusto rabiará de celos. ¡Lord Augusto! *(Se acerca* LORD AUGUSTO.) Lord Windermere se empeña en bailar conmigo el primero, y como está en su casa, no puedo decirle que no. Usted sabe que yo bailaría con usted de mucha mejor gana.

AUGUSTO.—*(Inclinándose.)* ¡Ojalá fuera eso cierto, señora Erlynne!

SEÑORA ERLYNNE.—De sobra lo sabe usted. Usted es un hombre con el que se podría bailar a través de la vida casi sin sentir.

AUGUSTO.—*(Poniéndose la mano sobre la pechera.)* ¡Oh, gracias, gracias! ¡Es usted la más adorable de las mujeres!

SEÑORA ERLYNNE.—¡Delicioso discurso! ¡Tan sencillo y tan sincero! Así deberían ser todos los discursos. Bueno; téngame usted el ramo mientras tanto. *(Se dirige hacia el salón de baile, del brazo de* LORD WINDERMERE.) ¡Hola, señor Dumby! ¿Cómo está usted? ¡Cuánto siento no haber estado en casa las tres últimas veces que fue usted! Venga a comer el viernes.

DUMBY.—*(Con perfecto aplomo.)* ¡Encantado!

LADY PLYMDALE *le lanza una mirada de indignación.* LORD AUGUSTO *sigue a la* SEÑORA ERLYNNE *y a* LORD WINDERMERE *al salón de baile, con el ramo en la mano.*

LADY PLYMDALE.—*(Al* SEÑOR DUMBY.) ¡Embustero! ¡No se le puede a usted creer una palabra! ¿Por qué me dijo que no la conocía? ¿Qué significan esas tres visitas de que hablaba? Supongo que no tendrá usted la desfachatez de ir a comer allí el viernes, ¿eh?

DUMBY.—¡Pero, mi querida Laura, ni qué decir tiene!

LADY PLYMDALE.—¡Todavía no me ha dicho usted cómo se llama! ¿Quién es?

DUMBY.—*(Tosiendo ligeramente y pasándose la mano por la cabeza.)* Una tal señora Erlynne.

LADY PLYMDALE.—¿Esa mujer?...

DUMBY.—Sí; así la llama todo el mundo.

LADY PLYMDALE.—¡Qué interesante! ¡Qué verdaderamente interesante! Tengo que fijarme mejor. *(Yendo a la puerta del salón de baile y mirando hacia adentro.)* Cuentan de ella una porción de horrores. Dicen que está arruinando al pobre Windermere. ¿Y lady Windermere, que pasa por tan digna, la invita? ¡Qué divertido! No hay como una mujer buena para hacer tonterías. El viernes irá usted a comer a su casa.

DUMBY.—¿Yo? ¿Por qué?

LADY PLYMDALE.—Porque quiero que lleve con usted a mi marido. En estos tiempos está tan solícito conmigo que no sé ya qué hacer para que me deje en paz. Una mujer así, que le distraiga, es lo que le está haciendo falta. Le prestará todas las atenciones a ella, si así se lo permite, y me dejará a mí en paz. Usted no sabe lo útiles que son estas mujeres. Como que son la verdadera base de los demás matrimonios.

DUMBY.—¡Es usted un enigma!

LADY PLYMDALE.—*(Mirándole.)* ¡Ojalá lo fuese usted también!

DUMBY.—Y lo soy..., para mí, por lo menos. Soy la única persona en el mundo que me gustaría conocer a fondo; pero hasta ahora no veo la posibilidad de conseguirlo.

Entran en el salón de baile, en el momento en que LADY WINDERMERE *y* LORD DARLINGTON *vuelven de la terraza.*

LADY WINDERMERE.—Sí; su venida aquí es monstruosa, intolerable. Ahora comprendo lo que quería usted decirme esta tarde. ¿Por qué no me habló usted francamente? ¡Era su deber!

LORD DARLINGTON.—¡No podía! Un hombre no puede contar estas cosas de otro hombre. Pero si yo hubiese sabido que iba a obligarla a usted a que invitase a esa mujer, quizá lo habría hecho. Este insulto, por lo menos, lo hubiera usted evitado.

LADY WINDERMERE.—Yo no la he invitado. Fue él quien se empeñó en que viniera..., a pesar de mis súplicas..., a pesar de mis órdenes... ¡Ah!, siento como si esta casa estuviese ya mancillada para siempre; como si todas las mujeres que me rodean hiciesen burla de mí al verla bailar con mi marido... ¿Qué he hecho yo para merecer esto? Yo le entregué mi vida entera... Él la tomó... la usó... y la perdió... ¡Me siento degradada ante mis propios ojos! Y me falta el valor... Y me siento cobarde... *(Se sienta en el sofá.)*

LORD DARLINGTON.—Y yo la conozco a usted mal, o usted no es capaz de seguir viviendo con un hombre que la trata a usted así. ¿Qué vida sería la de usted a su lado? ¿No pensaría usted, acaso, que todo lo que decía era mentira? Sí, su misma mirada le parecería a usted falsa, y falsa su voz, y falsas sus caricias, y falso su amor. Él vendría a usted cuando estuviese cansado de las otras; y usted tendría que consolarlo. Vendría a usted cuando no estuviese consagrado a las otras; y usted tendría que hacerle la vida agradable. Tendría usted que ser la careta de su vida real, el manto que tapase su secreto.

LADY WINDERMERE.—Tiene usted razón..., una terrible razón... Pero ¿adónde volverme? Usted dijo que quería ser para mí un verdadero amigo, lord Darlington... Dígame usted: ¿qué debo hacer? Sea usted mi amigo en este momento.

LORD DARLINGTON.—Entre un hombre y una mujer no hay amistad posible. Hay amor, odio, pasión, pero no amistad. Yo la quiero a usted...

LADY WINDERMERE.—*(Poniéndose en pie.)* ¡No, no!

LORD DARLINGTON.—¡Sí, yo la quiero a usted! Usted es más para mí que el mundo entero. ¿Qué le da a usted su marido? ¡Nada! Todo lo que hay en él, se lo da él a esa miserable mujer, que se ha atrevido a presentarle a usted, a traerla a su casa, para humillarla a usted delante de todo el mundo. Yo le ofrezco a usted mi vida...

LADY WINDERMERE.—¡Lord Darlington!

LORD DARLINGTON.—Mi vida..., mi vida entera. Tómela usted; haga con ella lo que se le antoje... Yo la quiero a usted..., la quiero como no he querido nunca nada en el mundo. ¡Desde el momento en que la conocí a usted, la he querido ciegamente, locamente! Usted no se dio cuenta entonces... Ahora, ya lo sabe usted. Salga usted hoy mismo de esta casa. Yo no le diré a usted que el mundo no importa, ni el qué dirán. No; importan mucho. Importan demasiado. Pero hay momentos en que es preciso escoger entre vivir la vida propia de uno plenamente, hondamente, o arrastrar una de esas existencias falsas, superficiales, degradantes, que el mundo en su hipocresía exige. Ese momento se le ha presentado a usted ahora. ¡Elija! ¡Oh, amor amío, elija!

LADY WINDERMERE.—*(Apartándose lentamente de él y mirándole con ojos medrosos.)* No me atrevo...

LORD DARLINGTON.—*(Siguiéndola.)* Sí; es preciso que usted se atreva... Serán seis meses de dolor, de desesperación acaso; pero cuando, en vez de su nombre, lleve usted el mío, todo cambiará. Tenga usted valor. Margarita, amor mío..., esposa mía, pues un día habrá de ser usted mi esposa. ¡Reflexione usted! ¿Qué es usted ahora? Esa mujer ocupa el sitio que le pertenece por derecho propio a usted. ¡Oh, salga, salga usted de esta casa, alta la cabeza, con la sonrisa en los labios, con valor en la mirada! Todo Londres sabrá por qué lo hizo usted; y ¿quién se atreverá a censurarla? ¡Nadie! Y si lo hacen, ¿qué importa? ¿Qué está mal? ¿Qué es lo que está mal? Mal está que un marido abandone a su mujer por otra, indigna y sin pudor. Mal está que una mujer permanezca con el hombre que la deshonra. Usted decía antes que nunca transigiría. Pues bien, ¡no transija usted ahora! ¡Valor! ¡Atrévase a ser usted misma!

LADY WINDERMERE.—Me da miedo ser yo misma... ¡Déjeme usted reflexionar! ¡Aguardemos! ¡Mi marido puede volver a mí! *(Se sienta de nuevo en el sofá.)*

LORD DARLINGTON.—¿Y usted lo recibiría? No es usted entonces la mujer que yo creía. Es usted como todas. Dispuesta a soportarlo todo antes que arrostrar la censura de un mundo cuya alabanza usted misma desprecia. No pasará una semana sin que se le vea a usted paseando por el parque en compañía de esa mujer[14]. Será su amiga más íntima, su inseparable. Usted lo soportará todo antes que cortar de un golpe ese nudo monstruoso. Decía usted bien: es usted muy cobarde.

LADY WINDERMERE.—¡Ah, deme usted tiempo de pensar! No me es posible contestarle ahora. *(Se pasa febrilmente la mano por la frente.)*

LORD DARLINGTON.—Tiene que ser ahora o nunca.

LADY WINDERMERE.—*(Levantándose del sofá.)* Entonces... ¡nunca! *(Pausa.)*

LORD DARLINGTON.—¡Me destroza usted el corazón!

LADY WINDERMERE.—¡El mío ya está destrozado!

LORD DARLINGTON.—Mañana saldré de Inglaterra. Ésta es la última vez que la veo a usted. No volveremos a encontrar-

---

[14] Los paseos por Hyde Park en coches de caballos eran muy comunes entre la aristocracia elegante y constituían una ocasión para hacer públicas determinadas relaciones o amistades. Aquí hay una alusión a un hecho de la realidad, pues lady Londonderry, esposa del sexto marqués de Londonderry, llevó de paseo en su compañía a lady Trafford, amante de su marido, a la hora en que el parque estaba más concurrido, para mostrar en público que existía una amistad entre ambas.

nos nunca. Durante un instante nuestras vidas se han cruzado, nuestras almas se han tocado. Ya no volverán a cruzarse nunca... Adiós, Margarita. *(Sale.)*

LADY WINDERMERE.—¡Qué sola estoy en la vida! ¡Qué espantosamente sola!

Cesa la música. Entran la DUQUESA DE BERWICK *y* LORD PAISLEY, *hablando y riendo. Salen otros invitados del salón de baile.*

DUQUESA.—Querida Margarita, acabo de tener una conversación deliciosa con la señora Erlynne. Siento mucho haberle dicho a usted lo que le dije esta tarde. Por otra parte, no cabe duda que debe de ser una persona *bien* desde el momento en que usted la invita. Es muy atractiva y muy sensata, al parecer. Me ha dicho que no aprueba que nadie se case por segunda vez; así que ya me siento tranquila por el pobre Augusto. No sé por qué la gente habla tan mal de ella. Culpa, sin duda, de esas horrendas sobrinas mías —las chicas de Saville—, que están siempre trayendo y llevando chismes. Sin embargo, yo que usted me iría una temporadita a Homburg, querida. Por si acaso. Es demasiado atractiva. Pero ¿dónde está Agatha? ¡Ah!... allí viene. *(Entran de la terraza* LADY AGATHA *y el* SEÑOR HOPPER.) Estoy muy enfadada con usted, señor Hopper. ¿Por qué, con lo delicada que es, se la ha llevado usted a la terraza?

HOPPER.—*(Izquierda centro.)* ¡Cuánto lo siento, duquesa! No salimos más que por un momento; pero hablando, hablando se nos pasó el tiempo.

DUQUESA.—*(Centro.)* ¡Ah, hablando! ¿Sin duda de la querida Australia?

HOPPER.—¡Exacto!

DUQUESA.—¡Agatha, querida! *(Llamándola aparte.)*

AGATHA.—¿Qué, mamá?

DUQUESA.—*(Aparte.)* ¿Qué?... ¿Al fin, el señor Hopper...?

AGATHA.—Sí, mamá.

DUQUESA.—¿Y tú, qué le has contestado, mi alma?

AGATHA.—Que sí, mamá.

DUQUESA.—*(Muy afectuosamente.)* ¡Mi encanto! Tú siempre oportuna. ¡Señor Hopper! ¡Jaime! Agatha acaba de contármelo todo. ¡Qué bien han guardado ustedes el secreto!

HOPPER.—¿Entonces no se opone usted a que me lleve a Agatha a Australia, duquesa?

DUQUESA.—*(Con gran indignación.)* ¿A Australia? ¡Oh, no me hable usted de ese país horrendo y vulgar!

HOPPER.—Pues ella me ha dicho que le gustaría ir allí conmigo.

DUQUESA.—*(Severamente.)* ¿Tú has dicho eso, Agatha?

AGATHA.—Sí, mamá.

DUQUESA.—Tú siempre diciendo tonterías, Agatha. La plaza de Grosvenor me parece un sitio mucho más sano para vivir [15]. Ya sé que hay una porción de gente vulgar que vive en la plaza de Grosvenor; pero al menos no son esos horribles canguros corriendo por todos los lados. Pero bueno; ya hablaremos de esto mañana. Jaime, puede usted acompañar a Agatha. Venga usted a almorzar a casa, como es natural. A la una y media, en lugar de a las dos. Estoy segura de que el duque querrá hablar un rato con usted.

HOPPER.—Yo también me alegraré de hablar con el duque, duquesa. Todavía no me ha dicho una sola palabra.

DUQUESA.—Pues mañana ya verá usted cómo tiene mucho que decirle. *(Salen* AGATHA *y el* SEÑOR HOPPER.) Y ahora, buenas noches, Margarita. Nada, la historia de siempre, querida: el amor... El amor..., bueno, no el amor a primera vista, sino el amor al final de la temporada, que es mucho más satisfactorio.

LADY WINDERMERE.—¡Buenas noches, duquesa!

---

[15] La plaza de Grosvenor está situada en pleno centro del barrio de Mayfair, la zona más elegante del Londres de la época.

Salen la DUQUESA DE BERWICK *y* LORD PAISLEY, *del brazo.*

LADY PLYMDALE.—¡Mi querida Margarita, qué mujer tan preciosa esa con que bailaba su marido! Yo, en lugar de usted, me sentiría celosa. ¿Es amiga de usted?

LADY WINDERMERE.—No.

LADY PLYMDALE.—¿De veras? Buenas noches, querida. *(Dirige una mirada al* SEÑOR DUMBY, *y sale.)*

DUMBY.—¡Qué modales tan ordinarios tiene ese Hopper!

GRAHAM.—¡Ah!, es un *gentleman* de la Naturaleza. El tipo más desagradable de *gentleman* que conozco.

DUMBY.—¡Qué mujer tan sensata lady Windermere! ¿Eh? ¡Cuántas, en su caso, se hubieran opuesto a recibir a la señora Erlynne! Eso prueba que lady Windermere tiene esa cosa tan poco corriente que se llama sentido común.

GRAHAM.—Y que Windermere sabe que nada se parece tanto a la inocencia como una indiscreción.

DUMBY.—¡Sí; el querido Windermere se está volviendo casi moderno! ¡Quién lo hubiera creído! *(Saludan a* LADY WINDERMERE, *y salen.)*

LADY JEDBURGH.—¡Buenas noches, lady Windermere! ¡Qué mujer tan seductora esa señora Erlynne! El jueves vendrá a comer a casa. ¿Quiere usted venir también? Espero al obispo y a lady Merton.

LADY WINDERMERE.—Lo siento mucho, lady Jedburgh; pero estoy comprometida.

LADY JEDBURGH.—Yo también lo siento. ¡Otro día será! ¡Vamos, querida!

Salen LADY JEDBURGH *y la* SEÑORITA GRAHAM. *Entran la* SEÑORA ERLYNNE *y* LORD WINDERMERE.

SEÑORA ERLYNNE.—¡Ha sido una fiesta deliciosa! Me ha recordado tiempos pasados. *(Se sienta en el sofá.)* Y he visto que sigue habiendo en sociedad tantos tontos como antes. ¡Qué agradable ver que nada ha cambiado! Excepto Margarita. Se ha puesto preciosa. La última vez que la vi, hace veinte años, era un esperpento vestido de franela; un verdadero esperpento, se lo aseguro a usted... ¡Y la querida duquesa! ¡Y esa dulce lady Agatha! ¡Justo el tipo de muchacha que me gusta! Bueno; ¿no sabe usted que es muy posible que llegue a ser cuñada de la duquesa?

LORD WINDERMERE.—*(Sentándose a la izquierda de ella.)* ¡Cómo! ¿Pero...?

> *Salen el* SEÑOR GRAHAM *y el resto de los invitados.* LADY WINDERMERE *observa con una mirada de sarcasmo y de tristeza a la* SEÑORA ERLYNNE *y a su marido. Ninguno de los dos se ha dado cuenta de la presencia de ella.*

SEÑORA ERLYNNE.—¡Naturalmente! Mañana, a mediodía, vendrá a casa. Él quería hacer su declaración esta noche. Y, en realidad, no ha hecho otra cosa. Usted sabe lo que el pobre Augusto se repite. ¡Una pésima costumbre! Pero yo le he dicho que hasta mañana no podré contestarle. Claro que le diré que sí. Y me atrevo a asegurar que seré una esposa perfecta. Todo lo perfecta que puede ser una esposa. Además, lord Augusto tiene también sus cualidades. Y, afortunadamente, todas en la superficie; como deben estar siempre las buenas cualidades. Espero, como es natural, que usted me ayudará en este asunto.

LORD WINDERMERE.—¿Supongo que no querrá usted que yo me encargue de alentar a lord Augusto?

SEÑORA ERLYNNE.—¡Oh, no! Para alentarle me basto yo. Pero usted me asegurará una pequeña posición, ¿verdad, Windermere?

LORD WINDERMERE.—*(Frunciendo el ceño.)* ¿Es de eso de lo que quería usted hablarme esta noche?

SEÑORA ERLYNNE.—Precisamente.

LORD WINDERMERE.—*(Con un gesto de impaciencia.)* No me parece oportuno aquí.

SEÑORA ERLYNNE.—*(Riendo.)* Vayamos entonces a la terraza. Hasta los negocios requieren un fondo pintoresco, ¿no le parece a usted, Windermere? Con un fondo apropiado, una mujer puede permitírselo todo.

LORD WINDERMERE.—¿Y no sería lo mismo mañana?

SEÑORA ERLYNNE.—No; mañana tengo que contestar a lord Augusto. Y creo que no estaría mal que le dijese que contaba... ¿Qué cantidad le parece a usted?.... ¿Dos mil libras al año? Herencia de un primo tercero..., o un segundo marido..., o cualquier otro pariente lejano por el estilo. ¿No cree usted que sería un atractivo más? A ver, se le presenta a usted una deliciosa ocasión de decirme un cumplido. Pero no; no tiene usted disposición para los cumplidos. Sin duda Margarita le tiene a usted muy mal acostumbrado. Y hace mal. Cuando los hombres dejan de decir cosas agradables, dejan también de pensarlas. Bueno, en serio; volviendo a lo que hablábamos, ¿le parece a usted dos mil libras? O mejor, dos mil quinientas. En la vida moderna hay que contar con los extraordinarios. ¿No encuentra usted, Windermere, que el mundo es una cosa muy divertida? Yo sí lo encuentro.

Salen ambos a la terraza. Vuelve a dejarse oír la música.

LADY WINDERMERE.—¡No es posible continuar en esta casa, no es posible!... Esta noche, un hombre que me quiere me ofreció su vida; y yo la rechacé. ¡Fue una locura!... ¡Ah! ¡Yo le ofreceré ahora la mía! ¡Yo le daré la mía! *(Se pone la capa y se dirige hacia la puerta. Luego vuelve atrás, se sienta a una mesita y escribe una carta, que deja en un sobre encima de la mesa.)* Arturo nunca me ha comprendido. Cuando lea esto me comprenderá. Que haga lo que guste de su vida. Yo hago con la mía lo que puedo; lo que debo. Él es quien ha roto el lazo del matrimonio... No yo. Yo sólo rompo su esclavitud. *(Sale.)*

Entra PARKER *por la izquierda, cruzando la escena en dirección al salón de baile. Entra la* SEÑORA ERLYNNE.

SEÑORA ERLYNNE.—¿Está lady Windermere en el salón de baile?

PARKER.—La señora acaba de salir.

SEÑORA ERLYNNE.—¿De salir? ¿No está en la terraza?

PARKER.—No, señora. La señora acaba de salir de casa.

SEÑORA ERLYNNE.—*(Se estremece y mira al criado con expresión de asombro.)* ¿De la casa?

PARKER.—Sí, señora. Me ha dicho que había dejado una carta para el señor sobre la mesa.

SEÑORA ERLYNNE.—¿Una carta para lord Windermere?

PARKER.—Sí, señora.

SEÑORA ERLYNNE.—¡Gracias! *(Sale* PARKER. *Cesa la música en el salón de baile.)* ¡Ha salido de la casa! ¡Una carta para su marido! *(Se dirige a la mesa y mira la carta, la coge y vuelve a dejarla, con un estremecimiento de espanto.)* ¡No! ¡No! ¡Imposible! ¡La vida no repite así sus tragedias! ¿Cómo puede habérseme ocurrido semejante absurdo? ¿Por qué me viene ahora a la memoria el único momento de mi vida que querría olvidar? ¿Sería posible que la vida repitiese sus tragedias? *(Abre el sobre y lee la carta. En seguida se desploma en un sillón con un gesto de agonía.)* ¡Horrible! ¡Horrible! ¡Las mismas palabras que hace veinte años escribí yo a su padre! ¡Y qué duramente he sido castigada por ellas! ¡Ah, no; mi castigo, mi verdadero castigo empieza esta noche, ahora!

Entra LORD WINDERMERE.

LORD WINDERMERE.—¿Se ha despedido usted ya de Margarita?

SEÑORA ERLYNNE.—*(Estrujando la carta para ocultarla.)* Sí.

LORD WINDERMERE.—¿Dónde está?

SEÑORA ERLYNNE.—Está muy cansada... Se ha ido a descansar... Dijo que le dolía un poco la cabeza.

LORD WINDERMERE.—Voy a verla. Con su permiso.

SEÑORA ERLYNNE.—*(Poniéndose en pie precipitadamente.)* ¡Oh, no, no es nada! Un poco de cansancio, simplemente. Además, todavía quedan invitados en el comedor. Tiene usted que disculparla. Dijo que deseaba que no la molestasen. *(Se le cae la carta.)* Me encargó se lo dijese a usted.

LORD WINDERMERE.—*(Recogiendo la carta.)* Se le ha caído a usted una cosa.

SEÑORA ERLYNNE.—¡Ah, sí, gracias, es mía! *(Extendiendo la mano para cogerla.)*

LORD WINDERMERE.—*(Mirando todavía la carta.)* ¿Pero no es ésta letra de mi mujer?

SEÑORA ERLYNNE.—*(Apoderándose de la carta rápidamente.)* Sí..., es... una dirección. ¿Quiere usted decir que avisen a mi coche?

LORD WINDERMERE.—¡Con mucho gusto! *(Se dirige a la izquierda y sale.)*

SEÑORA ERLYNNE.—¡Gracias! ¿Qué hacer? ¿Qué hacer? Siento despertarse dentro de mí un sentimiento que yo no conocía. ¿Qué quiere decir esto?... No; la hija no debe ser como la madre; no lo será... ¡Sería horrible! Pero, ¿cómo salvarla? ¿Cómo salvar a mi hija? Un momento de retraso puede arruinar para siempre su vida. ¿Quién puede saberlo mejor que yo? Es preciso que Windermere se ausente de casa; sí, es indispensable... *(Se dirige hacia la izquierda.)* Pero, ¿cómo conseguirlo? ¡Hay que hacer algo! ¡Ah![16].

---

[16] Esta referencia claramente explícita de la señora Erlynne, que aclara definitivamente su frase anterior al leer la carta («¡Las mismas palabras que hace veinte años escribí yo a su padre!») obedece a la insistencia de George Alexander y de otros amigos de Wilde, que creían mejor ir desvelando al público la verdadera condición de la señora Erlynne, y no dejarlo para el acto cuarto, como pretendía inicialmente Wilde.

Entra LORD AUGUSTO *con el ramo todavía en la mano* [17].

AUGUSTO.—¡Amiga mía, me tiene usted con el alma en un hilo! ¿No podría usted darme ya una respuesta definitiva?

SEÑORA ERLYNNE.—Escúcheme bien, lord Augusto. Va usted a llevarse a lord Windermere a su club inmediatamente, y tratará usted de retenerlo allí todo el tiempo que le sea posible. ¿Me ha comprendido usted?

AUGUSTO.—Pero ¿no decía usted que deseaba verme madrugar?

SEÑORA ERLYNNE.—*(Febrilmente.)* ¡Haga usted lo que le digo! ¡Haga usted lo que le digo!

AUGUSTO.—¿Y qué recompensa obtengo?

SEÑORA ERLYNNE.—¿Qué recompensa? ¡Oh, pídamela usted mañana! Pero, ¡por Dios!, no pierda usted de vista esta noche a Windermere. Si le deja usted escapar, no se lo perdonaré en mi vida. No volveré a dirigirle la palabra, ni querré saber más de usted. Tenga usted presente que es preciso que retenga a Windermere en el club toda la noche, y que vuelva a su casa, lo más pronto, al amanecer. *(Sale.)*

AUGUSTO.—Bueno; no sé qué más puedo pedir. Realmente, me trata ya como si fuera su marido. ¡No sé qué más puedo pedir! *(La sigue con aire desconcertado.)*

TELÓN

---

[17] Estas líneas, con la aparición de lord Augusto, y especialmente sus palabras finales, fueron asimismo un añadido recomendado por Alexander, que creía más acertado bajar el telón con un espíritu cómico, en lugar de la escena melodramática de la señora Erlynne, desesperada y lanzada a la búsqueda de lady Windermere.

ACTO TERCERO

Habitación en casa de LORD DARLINGTON. *Un ancho diván frente a la chimenea, a la derecha. Al fondo, una cortina corrida, ocultando la ventana. Puertas a izquierda y derecha. Mesa a la derecha, con material para escribir. Velador en el centro, con sifones, vasos y estructura de Tántalo*[18]*. Velador a la izquierda, con caja de puros y cigarrillos. Encendidas las lámparas.*

LADY WINDERMERE.—*(En pie junto a la chimenea.)* ¿Por qué no vendrá? ¡Esta espera es horrible! ¡Ya debería estar aquí!... ¿Por qué no está aquí, para despertar mi fuego interior con sus palabras de pasión? Me siento helada..., helada como un ser sin amor... Ya Arturo, a estas horas, debe de haber leído mi carta. Si realmente me quisiera un poco, habría venido a

---

[18] Se alude a una estructura de madera abierta donde se colocaban las botellas de vino o de licor, por lo general tres, que quedaban a la vista, pero que no podían extraerse si no se abría previamente dicha estructura, por lo que era conocida como «de Tántalo», en referencia al personaje mitológico clásico que después de invitar a los dioses del Olimpo a un festín en el que les dio a comer porciones del cuerpo de su propio hijo, al que había matado, fue condenado a sufrir un hambre y sed eternas. Tántalo estaba rodeado de agua y de ricos árboles frutales, pero cada vez que intentaba beber o comer tanto el agua como las frutas se apartaban de él, impidiéndole así saciar su hambre o su sed.

buscarme, me hubiera llevado de aquí a la fuerza... Pero ¿qué soy ya para él? ¡Menos que nada! Él está encadenado a esa mujer... Fascinado por ella..., dominado. Para dominar a un hombre no hay como acudir a lo que hay de peor en él. Nosotras hacemos dioses de los hombres, y éstos nos abandonan. Otras los hacen sus animales, y ellos las acarician y son fieles. ¡Qué repugnante es la vida!... ¡Oh!, fue una locura venir aquí, una locura; sin embargo, ¿qué es peor? ¿Estar a merced de un hombre que me quiere o ser la mujer de un hombre que en mi propia casa me deshonra?... ¿Qué mujer puede saberlo? ¿Qué mujer en todo el mundo? Pero ¿me querrá siempre, acaso, este hombre al que voy a entregar mi vida? ¿Qué le doy yo al fin y al cabo? Unos labios que han perdido el acento de la alegría, unos ojos cegados por las lágrimas, unas manos frías y un corazón helado... No le doy nada. Debo irme, sí... No, no puedo irme; mi carta me ha puesto en su poder. Arturo no me recibiría... ¡Esa carta fatal! No, lord Darlington sale de Inglaterra mañana. Me iré con él... No me queda otro camino. *(Cae sentada en una silla durante un momento. Al fin, con un estremecimiento, se levanta y se envuelve de nuevo en su capa.)* ¡No, no! Me vuelvo a casa. Que Arturo haga de mí lo que quiera. No puedo aguardar aquí. Fue una locura el venir. ¡Debo irme! En cuanto a lord Darlington... ¡Ah!, ¡ahí está! ¿Qué hacer? ¿Qué decirle? ¿Se opondrá a que me vaya? He oído decir que los hombres son terribles. ¡Qué horror! ¡Oh! *(Esconde el rostro entre las manos.)*

Entra la SEÑORA ERLYNNE *por la izquierda.*

SEÑORA ERLYNNE.—¡Lady Windermere! (LADY WINDERMERE *se estremece y levanta los ojos. Luego retrocede, con un gesto de desprecio.)* ¡Gracias a Dios que he llegado a tiempo! ¡Es preciso que vuelva usted inmediatamente a casa de su marido!

LADY WINDERMERE.—¿Preciso?

SEÑORA ERLYNNE.—*(Autoritariamente.)* ¡Sí, preciso! No hay un segundo que perder. Lord Darlington puede volver de un momento a otro.

LADY WINDERMERE.—¡No se acerque usted!

SEÑORA ERLYNNE.—¡Ah! Está usted al borde de la ruina. A la orilla de un espantoso precipicio. Es preciso que salga usted inmediatamente de aquí. Abajo, en la esquina, tengo el coche. Venga usted conmigo, directamente a casa. (LADY WINDERMERE *se despoja de la capa, que tira sobre el diván.)* Pero, ¿qué hace usted?

LADY WINDERMERE.—Señora Erlynne... Si no llega usted a venir, yo sola habría vuelto. Pero ahora que la veo a usted, comprendo que por nada del mundo me sería ya posible vivir bajo el mismo techo que lord Windermere. ¡Me da usted asco! Hay en usted un no sé qué que me llena de ira. Y sé por qué ha venido usted aquí. Mi marido la envía para que me convenza de que vuelva a casa y les sirva a ustedes de pantalla.

SEÑORA ERLYNNE.—¡Oh! ¡No es posible que usted piense eso, no es posible!

LADY WINDERMERE.—Vuelva usted a mi marido, señora Erlynne. Suyo es, y no mío... Sin duda, es el escándalo lo que teme, ¿verdad? ¡Qué cobardes son los hombres! Infringen las leyes del mundo, y temen luego el qué dirán del mundo. Pero ya puede irse preparando. Tendrá escándalo. Un escándalo como hace muchos años que no lo ha habido en Londres. Verá su nombre y el mío en los periódicos más inmundos.

SEÑORA ERLYNNE.—¡No!... ¡No!

LADY WINDERMERE.—¡Sí! Lo tendrá... Si hubiera venido él mismo, acaso hubiese vuelto a esa vida de degradación que usted y él me preparaban... Sí, a punto de volver estaba ya. ¡Pero quedarse él en casa y enviarme a usted de embajadora!... ¡Qué infamia!

SEÑORA ERLYNNE.—¡Lady Windermere, es usted terriblemente injusta conmigo... e injusta también con su marido! Él no sabe que está usted aquí. Él cree que usted está sana y salva en su casa, durmiendo en su propia alcoba. ¡Él no ha leído la carta insensata que usted le ha escrito!

LADY WINDERMERE.—¿Que no la ha leído?

SEÑORA ERLYNNE.—No... Él no sabe nada.

LADY WINDERMERE.—¡Qué inocente me cree usted! *(Dirigiéndose hacia ella.)* ¡Está usted mintiendo!

SEÑORA ERLYNNE.—*(Dando un paso atrás.)* No miento. Le estoy diciendo a usted la verdad.

LADY WINDERMERE.—Si mi marido no ha leído mi carta, ¿cómo es posible que esté usted aquí? ¿Quién le dijo a usted que yo había abandonado la casa donde usted había tenido la desvergüenza de entrar? ¿Quién le dijo a usted dónde estaba yo? ¿Quién sino mi marido pudo ser? Él la ha enviado para que me convenza usted de que vuelva. *(Alejándose de ella.)*

SEÑORA ERLYNNE.—Su marido no ha visto esa carta. Yo fui quien la vi..., y la abrí..., y la leí.

LADY WINDERMERE.—*(Volviéndose hacia ella.)* ¿Cómo? ¿Usted ha abierto la carta que yo dejé para mi marido? ¿Cómo se ha atrevido?...

SEÑORA ERLYNNE.—¿Atrevido? ¡Oh! para salvarla a usted del abismo en que está a punto de caer, no hay nada en el mundo a que yo no me atreviera, ¡nada! Aquí tiene usted la carta. Su marido repito que no la ha leído, ni la leerá nunca. *(Dirigiéndose a la chimenea.)* ¡Nunca debería haber sido escrita! *(La rompe y arroja los pedazos al fuego.)*

LADY WINDERMERE.—*(Con un infinito desprecio en la voz y en la mirada.)* ¿Y qué me prueba que ésta fuera realmente mi carta? ¡Usted se figura que se me puede coger en el lazo más burdo!

SEÑORA ERLYNNE.—¡Ay! ¿Por qué no cree usted nada de lo que le digo? ¿Qué objeto piensa usted que puedo yo tener al venir aquí, sino salvarla a usted de la ruina, salvarla de las consecuencias de un error funesto? Esa carta que acabo de quemar era la de usted. ¡Se lo juro!

LADY WINDERMERE.—*(Lentamente.)* Mucha prisa se dio usted en quemarla, antes de dejármela ver. No puedo creerla. ¿Cómo usted, cuya vida es toda una mentira, iba a poder decir alguna vez la verdad? *(Se sienta.)*

SEÑORA ERLYNNE.—*(Apresuradamente.)* Piense usted de mí lo que quiera... Diga contra mí lo que se le antoje..., pero venga usted conmigo. Venga usted a reunirse de nuevo con un marido que usted quiere.

LADY WINDERMERE.—*(Tristemente.)* ¡Ya no lo quiero!

SEÑORA ERLYNNE.—Sí, lo quiere usted; y usted sabe que él la adora.

LADY WINDERMERE.—Él no sabe lo que es el amor. Tan ignorante está de él como usted... Pero de sobra veo lo que usted quiere... Sería para usted un gran triunfo hacerme volver a casa. ¡Dios santo! ¿Y qué vida sería entonces la mía? ¡Vivir a merced de una mujer despiadada y perversa; una mujer cuyo contacto es infamante, cuyo conocimiento es deshonroso; una mujer vil, una mujer que viene a interponerse entre marido y mujer!

SEÑORA ERLYNNE.—*(Con gesto de desesperación.)* ¡Lady Windermere, lady Windermere, no diga usted esas cosas terribles! ¡Usted no sabe lo terribles que son, lo terribles y lo injustas! ¡Escúcheme usted! ¡Es preciso que me escuche! ¡Vuelva usted junto a su marido, y le prometo que de aquí en adelante no tendré ya la menor relación con él, ni volveré a verle..., ni intervendré para nada en su vida ni en la de usted! El dinero que él me dio, no me lo dio por amor, sino por odio; no porque me quisiera, sino porque me despreciaba. La influencia que yo tengo sobre él...

LADY WINDERMERE.—*(Levantándose.)* ¡Ah! ¿Luego confiesa usted que tiene influencia?

SEÑORA ERLYNNE.—Sí; y voy a decirle a usted cuál es... Es el amor que le tiene a usted, lady Windermere.

LADY WINDERMERE.—¿Y se figura usted que voy a creerlo?

SEÑORA ERLYNNE.—¡Debe usted creerlo! Es la verdad. Su amor a usted fue lo que hizo que se sometiera a mi... ¡Oh! Llámelo usted como quiera: mi tiranía, mis amenazas, lo que usted quiera. Sí, su amor a usted. Su deseo de evitarle... una vergüenza, sí, vergüenza y sufrimiento.

LADY WINDERMERE.—¿Qué quiere usted decir? ¡Es usted una insolente! ¿Qué tengo yo que ver con usted?

SEÑORA ERLYNNE.—*(Humildemente.)* Nada. Lo sé... Pero yo le digo a usted que su marido la quiere..., que jamás podrá usted volver a encontrar un amor semejante en toda su vida..., jamás..., y que si renuncia usted a él, día llegará en que tenga usted sed de amor y no lo encuentre, en que mendigue usted amor y le sea negado... ¡Ah, Arturo la quiere a usted!

LADY WINDERMERE.—¿Arturo? ¿Le llama usted Arturo? ¿Y dice que no hay nada entre ustedes?

SEÑORA ERLYNNE.—Lady Windermere, ante el cielo le juro a usted que su marido es inocente de toda culpa contra usted... Y yo..., yo le aseguro a usted que si hubiera podido ocurrírseme que una sospecha semejante podía nacer en usted, habría preferido cien veces morir que interponerme en su vida... Sí, cien veces. *(Se dirige hacia el diván a la derecha.)*

LADY WINDERMERE.—Habla usted como si, realmente, tuviese corazón. Las mujeres como usted no tienen corazón. Se compran y se venden. *(Se sienta a la izquierda.)*

SEÑORA ERLYNNE.—*(Se estremece con un gesto de dolor. Luego se contiene y dirígese hacia donde está sentada* LADY WINDERMERE. *Al hablar, tiende las manos hacia ella, pero sin atreverse a tocarla.)* Crea usted de mí lo que quiera. Yo no merezco un solo minuto de tristeza. ¡Pero no arruine usted su vida por mi causa! Usted no sabe lo que le reserva el Destino, si no sale usted inmediatamente de esta casa. Usted no sabe lo que es caer en el abismo, ser despreciada, abandonada de todos, convertirse en un objeto de burla... ¡Ser un paria! ¡Encontrar cerradas todas las puertas, tener que vivir casi a escondidas, temiendo que a cada momento le arranquen a una la careta; y mientras tanto, tener que estar oyendo de continuo la risa del mundo, una risa horrenda, mucho más trágica que todas las lágrimas! ¡Usted no sabe lo que es eso! ¡Paga una su pecado, y vuelve a pagarlo una y otra vez y toda la vida! Usted no debe conocer jamás esto... En cuanto a mí, si el sufrimiento es una expiación, pues bien, en este momento acabo de expiar todas mis faltas, por grandes que hayan sido. Esta noche usted ha dado un corazón a quien no lo tenía... Lo ha dado, y lo ha roto... Pero ¿qué importa? Yo puedo haber arruinado mi vida; pero no le dejaré a usted que arruine la suya. Usted es todavía una niña, y se perdería. Usted no tiene el carácter que hace falta para que una mujer pueda volver atrás. No; usted no tiene ni la habilidad ni el valor necesarios. ¡Usted no podría soportar el deshonor! ¡No! ¡Vuelva usted, lady Windermere, con su marido, que la quiere a usted, y a quien usted quiere!... Además, usted tiene un niño, lady Windermere. Vuelva usted con su niño, que acaso en este mismo momento, con dolor o con alegría, la está llamando a usted... (LADY WINDERMERE *se pone en pie.)* Dios le dio a usted ese hijo para que usted velase por él y le preparase una vida tranquila. ¿Qué contestará usted a Dios si esa vida queda destrozada por culpa de usted? ¡Vuelva usted a su casa, lady Windermere!... Su marido la quiere. Ni un solo momento ha faltado a ese amor. Pero aunque él tuviese mil amores distintos, usted debe quedarse al lado de su hijo. ¡Aunque fuera duro con usted, usted debe quedarse al lado de su hijo! ¡Aunque la maltratase, usted debe quedarse al lado de su hijo! ¡Aunque la abandonase, el sitio de usted es al lado de su hijo! (LADY WINDERMERE *rompe a llorar, escondiendo el rostro entre las manos. La* SEÑORA ERLYNNE, *precipitándose hacia ella.)* ¡Lady Windermere!

LADY WINDERMERE.—*(Tendiéndole las manos instintivamente, como haría una niña.)* Lléveme usted a casa..., lléveme usted a casa.

SEÑORA ERLYNNE.—*(Está a punto de abrazarla, pero se contiene. Un resplandor de suprema alegría anima su rostro.)* ¡Vamos! ¿Dónde está su capa? *(Recogiéndola del diván.)* Aquí está. Póngasela usted. ¡Vamos en seguida! *(Se dirigen hacia la puerta.)*

LADY WINDERMERE.—¡Silencio! ¿No oye usted voces?

SEÑORA ERLYNNE.—¡No, no! ¡No es nada!

LADY WINDERMERE.—¡Sí es! ¡Escuche! ¡Oh, es la voz de mi marido! ¡Viene hacia aquí! ¡Sálveme usted! ¡Ah, esto debe ser algún complot! ¡Usted lo ha mandado a buscar! *(Voces dentro.)*

SEÑORA ERLYNNE.—¡Silencio! Yo estoy aquí para salvarla a usted, si puedo. ¡Pero temo que sea demasiado tarde! ¡Allí!

(Apunta hacia la cortina que tapa la ventana.) A la primera oportunidad se escabulle usted, si surge la ocasión.

LADY WINDERMERE.—¿Y usted?

SEÑORA ERLYNNE.—¡Oh! No se preocupe por mí. Les haré frente.

LADY WINDERMERE *se esconde detrás de la cortina.*

AUGUSTO.—*(Dentro.)* ¡Es absurdo, mi querido Arturo! ¡Nada, que no te dejamos ir!

SEÑORA ERLYNNE.—¡Lord Augusto! ¡Entonces soy yo la que estoy perdida! *(Titubea un momento, mira en torno suyo y, al fin, viendo la puerta de la derecha, se mete por ella.)*

Entran LORD DARLINGTON, *el señor* DUMBY, LORD WINDERMERE, LORD AUGUSTO LORTON *y el señor* CECILIO GRAHAM[19].

DUMBY.—¡Qué fastidio que nos echen del club a esta hora! ¡Si no son más que las dos! *(Dejándose caer en un sillón.)* La hora más a propósito para divertirse apenas acaba de empezar. *(Bosteza y cierra los ojos.)*

LORD WINDERMERE.—Realmente, lord Darlington, es usted muy amable permitiendo a Augusto que le imponga así nuestra compañía; pero siento no poder estar más que un momento.

LORD DARLINGTON.—El que lo siente soy yo. Fumará usted siquiera un puro, ¿no?

LORD WINDERMERE.—¡Gracias! *(Se sienta.)*

AUGUSTO.—*(Dirigiéndose a* LORD WINDERMERE.) Querido amigo, no pienses ni en sueños en irte. Tengo que hablar

---

[19] La entrada de estos personajes da ocasión a Wilde para presentar uno de los diálogos más brillantes de la obra, pues los personajes de Graham y Dumby, en particular, hacen todo un alarde de ingeniosidad verbal, comportándose con la frivolidad y el cinismo esperables en un dandi.

mucho contigo y de cosas de suma importancia. *(Se sienta con él junto a la mesa de la izquierda.)*

GRAHAM.—¡Ya, ya sabemos de lo que se trata! ¿De qué va a hablar Tuppy sino de la señora Erlynne?

LORD WINDERMERE.—Pero eso no creo que tenga que ver nada contigo, ¿eh, Cecilio?

GRAHAM.—¡En absoluto! Por eso me interesa. Mis cosas siempre me aburren mortalmente. Prefiero las ajenas.

LORD DARLINGTON.—¿Quieren ustedes beber algo? ¿Quieres tú un whisky con soda, Cecilio?

GRAHAM.—Gracias. *(Se dirige hacia el velador en que está* LORD DARLINGTON.) ¿Te fijaste lo guapa que estaba la señora Erlynne esta noche?

LORD DARLINGTON.—Confieso que no soy uno de sus admiradores.

GRAHAM.—Yo no lo era; pero ahora lo soy. ¡Figúrate que me hizo que la presentara a la pobre tía Carolina! Y uno de estos días creo que va a comer allí.

LORD DARLINGTON.—*(Sorprendido.)* ¿Es posible?

GRAHAM.—¡Y tan posible!

LORD DARLINGTON.—Ustedes me dispensarán, pero me voy mañana de viaje, y tengo que escribir algunas cartas. *(Se sienta a la mesa y se pone a escribir.)*

DUMBY.—¡Mujer muy inteligente, la tal señora Erlynne!

GRAHAM.—¡Caramba, Dumby! Yo te creía dormido.

DUMBY.—¡Y generalmente lo estoy!

AUGUSTO.—¡Una mujer inteligentísima! ¡Ah! Ella sabe lo rematadamente tonto que soy yo...; lo sabe tan bien como yo mismo. (GRAHAM *se vuelve hacia él, riendo.)* Sí, sí, ríete, querido; pero tú no sabes la suerte que es encontrar una mujer que nos comprenda.

DUMBY.—¡Una cosa peligrosísima! Siempre acaban por casarse con uno.

GRAHAM.—¡Pero yo creía, Tuppy, que habías decidido no volver a verla! Sí, anoche mismo me lo dijiste en el club. Me dijiste que te habían contado... *(Le habla al oído.)*

AUGUSTO.—¡Oh! Ella me lo explicó todo.

GRAHAM.—¿Y la historia de Wiesbaden?

AUGUSTO.—También me la explicó.

DUMBY.—¿Y sus medios de existencia, Tuppy? ¿Te explicó también eso?

AUGUSTO.—*(Con mucha seriedad.)* Me lo explicará mañana.

GRAHAM *vuelve junto a la mesa del centro.*

DUMBY.—Las mujeres de hoy son terriblemente comerciales. Nuestras abuelas ponían el ojo en el dinero, desde luego, pero, por Júpiter, sus nietas pierden la vista de tanto buscarlo.

AUGUSTO.—Pretendes convertirla en una mala mujer. ¡Ella no es así!

GRAHAM.—¡Oh! Las malas mujeres te fastidian. Las buenas te aburren. Ésa es la única diferencia entre ellas.

AUGUSTO.—*(Dando chupadas a un puro.)* La señora Erlynne tiene ante sí un magnífico porvenir.

DUMBY.—¿Un porvenir? ¡Lo que tiene ante sí la señora Erlynne es un pasado!

AUGUSTO.—Prefiero las mujeres que tienen un pasado. Son las únicas con las que se puede hablar.

GRAHAM.—*(Levantándose y dirigiéndose de nuevo hacia él.)* ¿Sí? Pues lo que es con la señora Erlynne me parece que no ha de faltarle conversación, querido Tuppy.

AUGUSTO.—Querido amigo, te estás volviendo insoportable; endemoniadamente insoportable.

GRAHAM.—*(Poniéndole las manos en los hombros.)* Bueno, Tuppy, has perdido tu figura y tu personalidad. No pierdas el humor; es lo único que te queda.

AUGUSTO.—Querido amigo, si yo no fuera el hombre de mejor carácter y más bonachón que hay en Londres...

GRAHAM.—Te hablaríamos con más respeto; ¿no es eso, Tuppy? *(Pasea de arriba abajo.)*

DUMBY.—La juventud de hoy día es tremenda. No tiene el menor respeto a los cabellos teñidos.

LORD AUGUSTO *lanza en torno suyo una mirada colérica.*

GRAHAM.—La señora Erlynne respeta muchísimo al querido Tuppy.

DUMBY.—En ese caso, la señora Erlynne da un admirable ejemplo al resto de su sexo. Es monstruoso cómo se portan hoy día la mayor parte de las mujeres con los hombres que no son sus maridos.

LORD WINDERMERE.—No digas tonterías, Dumby; y tú, Cecilio, procura contener un poco la lengua. Me parece que ya es hora de que dejéis en paz a la señora Erlynne. Realmente, no sabéis nada en contra suya y, sin embargo, os pasáis el día difamándola.

GRAHAM.—*(Acercándose a él por la izquierda.)* Mi querido Arturo, yo nunca difamo a nadie. Me contento con chismorrear lo que puedo.

LORD WINDERMERE.—¿Y qué diferencia ves tú entre la difamación y la chismografía?

GRAHAM.—¡Oh, la chismografía es siempre deliciosa! La Historia no es más que una simple chismografía. La difamación, en cambio, es la chismografía echada a perder por la moral. Y yo jamás moralizo. Un hombre que moraliza es, generalmente, un hipócrita. Y una mujer que moraliza es, invariablemente, fea. No hay nada en el mundo tan molesto como la conciencia de una puritana. Afortunadamente, casi todas lo saben.

AUGUSTO.—Lo mismo pienso yo, querido; exactamente lo mismo.

GRAHAM.—Lo siento, Tuppy; en cuanto alguien está de acuerdo conmigo, se me antoja que debo de estar equivocado.

AUGUSTO.—Querido amigo, cuando yo tenía tu edad...

GRAHAM.—¡Pero si nunca la has tenido, Tuppy! ¡Ni la tendrás! *(Dirigiéndose a la mesa donde está* LORD DARLINGTON.) Oye, Darlington, ¿tendrías por ahí unas cartas? ¿Tú jugarás, eh, Arturo?

LORD WINDERMERE.—No, gracias, Cecilio.

DUMBY.—*(Suspirando.)* ¡Santo Dios! ¡Cómo estropea el matrimonio a un hombre! Es tan perjudicial como el fumar, y mucho más costoso.

GRAHAM.—Tú sí jugarás, ¿verdad, Tuppy?

AUGUSTO.—*(Sirviéndose un brandy con soda en la mesa.)* Imposible, querido. He jurado a la señora Erlynne no volver a jugar ni a beber.

GRAHAM.—Mi querido Tuppy, no vayas ahora a dejarte extraviar por los senderos de la virtud. En cuanto te corrijas serás una perfecta calamidad, y no habrá quien te soporte. Eso es lo peor que tienen las mujeres. Todas se empeñan en que seamos buenos. Y si por casualidad lo somos cuando las conocemos, no se enamoran de nosotros. Les gusta encontrarnos malos, con todos los defectos, y dejarnos buenos, sin ningún atractivo.

LORD DARLINGTON.—*(Levantándose de la mesa a la derecha, donde ha estado escribiendo cartas.)* ¡Siempre nos encuentran malos!

DUMBY.—No creo que seamos malos. Al contrario, todos somos buenos, exceptuando a Tuppy.

LORD DARLINGTON.—No; todos vivimos en el cieno, pero algunos levantamos los ojos hacia las estrellas. *(Se sienta junto al velador del centro.)*

DUMBY.—¿Todos vivimos en el cieno, pero algunos levantamos los ojos hacia las estrellas? ¡Caramba, Darlington! ¿Sabes que estás romántico esta noche?

GRAHAM.—¡Demasiado romántico! Debe de andar enamorado. ¿Quién es ella?

LORD DARLINGTON.—*(Mirando instintivamente hacia* LORD WINDERMERE *mientras habla.)* La mujer que yo quiero no es libre, o cree no serlo.

GRAHAM.—¡Una mujer casada, entonces! ¿Nada menos? ¡Ah! No hay nada como el cariño de una mujer casada. Ésa es una cosa de la que ningún marido tiene la menor idea.

LORD DARLINGTON.—¡Oh! Ella no me corresponde. Es una mujer honrada. La única mujer honrada que he encontrado en mi vida.

GRAHAM.—¿La única mujer honrada que has encontrado en tu vida?

LORD DARLINGTON.—¡Sí!

DUMBY.—*(Encendiendo un cigarrillo.)* ¡Caramba, qué suerte tienes! Yo, en cambio, he encontrado un sinfín de mujeres honradas. Creo que nunca he conocido otras. Como que el mundo está literalmente atestado de ellas. Conocerlas es propio de la educación de la clase media.

LORD DARLINGTON.—Esta mujer que yo digo es la inocencia y la pureza personificadas. Tiene todo lo que los hombres hemos perdido.

GRAHAM.—¿Y qué demonios iban a hacer los hombres con la inocencia y la pureza, querido mío? Una buena flor bien colocada en el ojal es de mucho más efecto.

DUMBY.—Entonces, ¿quedamos en que ella no te quiere?

LORD DARLINGTON.—¡No, no me quiere!

DUMBY.—Pues te doy la enhorabuena. En este mundo no hay más que dos tragedias: una, no conseguir lo que se desea; otra, conseguirlo. La segunda es la peor de las dos. ¡Ah, ésa sí que es una verdadera tragedia! Por eso me alegro de saber que no te quiere. Oye, Cecilio, ¿cuánto tiempo podrías tú querer a una mujer que no te correspondiese?

GRAHAM.—¿A una mujer que no me correspondiese? ¡Oh, toda la vida!

DUMBY.—Como yo. Pero ¡es tan difícil encontrarla!

LORD DARLINGTON.—¿Cómo puedes ser tan presuntuoso, Dumby?

DUMBY.—Te aseguro que no lo digo por presunción. Lo digo con pena. El caso es que me han querido ciegamente, locamente. Y lo deploro. No sabes lo molesto que ha sido. A mí me gusta, de cuando en cuando, tener algún tiempo libre.

AUGUSTO.—*(Mirando a su alrededor.)* ¿Para educarte, sin duda?

DUMBY.—No, para olvidar lo aprendido. Que es mucho más importante, querido Tuppy. (LORD AUGUSTO *se mueve incómodo en su sillón.)*

LORD DARLINGTON —¡Qué partida de cínicos sois!

GRAHAM.—¿Y qué es un cínico? *(Sentándose en el respaldo del sofá.)*

LORD DARLINGTON.—Un hombre que conoce el precio de todo y el valor de nada.

GRAHAM.—Y un sentimental, mi querido Darlington, es un hombre que atribuye a todas las cosas un valor absurdo y no conoce el precio fijo de ninguna.

LORD DARLINGTON.—¡Qué divertido eres, Cecilio! Hablas como un hombre de experiencia.

GRAHAM.—*(Acercándose a la chimenea.)* Y lo soy.

LORD DARLINGTON.—¡Eres todavía demasiado joven!

GRAHAM.—¡Gran error! La experiencia es una cuestión de intuición de la vida. Yo la tengo. Tuppy, en cambio, no la tiene. Experiencia es el nombre que da Tuppy a sus errores. Eso es todo. (LORD AUGUSTO *lanza en torno suyo una mirada de indignación.)*

DUMBY.—Experiencia llama todo el mundo a sus errores.

GRAHAM.—*(De espaldas a la chimenea.)* ¡Lástima que se tengan que cometer! *(En este momento repara en el abanico de* LADY WINDERMERE *sobre el sofá.)*

DUMBY.—La vida sería muy aburrida sin ellos.

GRAHAM.—Conque quedamos en que estás enamorado de una mujer honrada y, como es natural, le guardas fidelidad absoluta. ¿No es eso, Darlington?

LORD DARLINGTON.—Cuando uno está enamorado de una mujer, todas las demás mujeres le tienen a uno sin cuidado, Cecilio. El amor le cambia a uno.... y yo me siento cambiado.

GRAHAM.—¿De verdad? ¿Qué me dices?... Oye, Tuppy, un momento. (LORD AUGUSTO *no se entera.)*

DUMBY.—Es inútil que llames a Tuppy. En este instante es lo mismo que si hablases a una pared.

GRAHAM.—Te advierto que a mí me gusta hablar con las paredes. Son las únicas que jamás me contradicen. ¡Tuppy!

AUGUSTO.—¿Qué, qué ocurre? ¿Qué ocurre? *(Se levanta y se dirige hacia* GRAHAM.)

GRAHAM.—Ven aquí, es un secreto. *(Aparte.)* ¿Podrás creer que Darlington, que nos ha estado predicando de moral, y de la pureza del amor, y de otras zarandajas por el estilo, tenía todo este tiempo aquí, en su casa, escondida a una mujer?

AUGUSTO.—¿Qué me dices? ¡No es posible!

GRAHAM.—*(En voz baja.)* ¡Te digo que sí! Mira, ahí está su abanico. *(Señalando el abanico.)*

AUGUSTO.—*(Conteniendo a duras penas la risa.)* ¡Caramba! ¡Esa sí que es buena!

LORD WINDERMERE.—*(Cerca de la puerta.)* No tengo más remedio que irme, lord Darlington. Siento que se vaya usted tan pronto de Inglaterra. Tenga usted la bondad de venir a casa cuando regrese. Mi mujer y yo tendremos mucho gusto en verle.

LORD DARLINGTON.—*(Dirigiéndose a la puerta con* LORD WINDERMERE.) Me parece que tardaré bastantes años en volver a Inglaterra. ¡Buenas noches!

GRAHAM.—¡Arturo!

LORD WINDERMERE.—¿Qué?

GRAHAM.—Espera. Tengo que decirte una cosa. ¡Ven, ven aquí!

LORD WINDERMERE.—*(Poniéndose el abrigo.)* No puedo... Tengo que irme.

GRAHAM.—Es algo muy particular. Ya verás cómo te interesa.

LORD WINDERMERE.—*(Sonriendo.)* Alguna de tus tonterías, Cecilio, sin duda.

GRAHAM.—¡Qué ha de ser! Ven y verás.

AUGUSTO.—*(Dirigiéndose hacia él.)* Querido amigo, no es posible que pienses irte. Tengo mucho que hablar contigo. Y Cecilio quiere enseñarte una cosa.

LORD WINDERMERE.—*(Caminando hacia* GRAHAM.) ¿Sí? ¿El qué?

GRAHAM.—Darlington tiene una mujer escondida en su casa. Ahí está su abanico. ¿Divertido, eh? *(Pausa.)*

LORD WINDERMERE.—*(Estremeciéndose.)* ¿Qué es esto? ¿Cómo es posible? *(Se apodera del abanico.* DUMBY *se levanta.)*

GRAHAM.—¿Qué pasa?

LORD WINDERMERE.—¡Lord Darlington!

LORD DARLINGTON.—*(Volviéndose.)* ¿Me llamaba usted?

LORD WINDERMERE.—¿Qué hace aquí, en casa de usted, el abanico de mi mujer? Déjame, Cecilio. ¡No me toques!

LORD DARLINGTON.—¿El abanico de su mujer?

LORD WINDERMERE.—Sí, éste; ahí estaba.

LORD DARLINGTON.—*(Caminando hacia él.)* ¡No sé! ¡No me lo explico!

LORD WINDERMERE.—¡Pues tendrá usted que explicármelo! ¡En seguida! *(A* GRAHAM.) Tú, haz el favor de quitarte de en medio, estúpido.

LORD DARLINGTON.—*(Para sí.)* Entonces es que ha venido, después de todo.

LORD WINDERMERE.—¡Vamos, hable usted! ¿Por qué está aquí el abanico de mi mujer? ¡Conteste! Voy a registrar toda su casa, y como mi mujer esté aquí... *(Hace ademán de moverse.)*

LORD DARLINGTON.—¡Usted no registrará mi casa! ¡No tiene usted ningún derecho a hacerlo! ¡Yo le impediré que lo haga!

LORD WINDERMERE.—¿Usted?... ¡Canalla! ¡No saldré de esta casa sin registrar hasta el último rincón! ¿Qué es lo que se mueve detrás de esa cortina? *(Se precipita hacia la cortina.)*

SEÑORA ERLYNNE.—*(Entrando por la puerta por donde salió.)* Lord Windermere.

LORD WINDERMERE.—¡Señora Erlynne! *(Todos se estremecen, y se vuelven hacia ella.* LADY WINDERMERE, *entonces, se desliza de detrás de la cortina y sale de la habitación, sin ser notada, por la puerta de la izquierda.)*

SEÑORA ERLYNNE.—Me parece que, equivocadamente, me he traído el abanico de su mujer en lugar del mío, cuando salí de su casa esta noche. Crea usted que lo siento. *(Le quita el abanico de las manos.* LORD WINDERMERE *le lanza una mirada de desprecio.* LORD DARLINGTON *pone una expresión mezcla de asombro y de ira.* LORD AUGUSTO *se vuelve a otro lado.* DUMBY *y* GRAHAM *se miran sonriendo.)*

TELÓN

ACTO CUARTO

El mismo decorado que en el acto primero.

LADY WINDERMERE.—*(Echada en el sofá.)* ¿Cómo decírselo? No puedo decírselo. Me moriría de vergüenza... ¿Qué sucedería después de salir yo? Acaso ella le dijera la verdad de todo, y por qué realmente se encontraba allí ese fatal abanico... ¡Ah! Si lo sabe, ¿cómo atreverme yo a mirarle a la cara? ¡No me lo perdonaría jamás!... *(Haciendo sonar la campanilla.)* Tan segura como cree una vivir..., lejos de toda tentación, pecado y locura... y luego, de pronto... ¡Ah! La vida es terrible. Ella es la que nos gobierna, y no nosotros a ella.

Entra ROSALÍA *por la derecha.*

ROSALÍA.—¿Me llamaba la señora?

LADY WINDERMERE.—Sí. ¿Se ha enterado usted ya de la hora a que volvió anoche el señor?

ROSALÍA.—El señor no volvió hasta las cinco.

LADY WINDERMERE.—¿Las cinco? ¿Sabe usted si esta mañana llamó a mi cuarto?

ROSALÍA.—Sí, señora, a las nueve y media. Le dije que la señora aún no se había despertado.

LADY WINDERMERE.—¿Y no dijo nada?

ROSALÍA.—Sí, algo dijo del abanico de la señora; pero no acabé de comprenderlo. ¿Se le ha perdido acaso el abanico a la señora? Yo no lo he encontrado, y Parker dice que tampoco se quedó en ninguno de los salones. Ha mirado en todos, y también en la terraza.

LADY WINDERMERE.—Bueno, no importa. Dígale a Parker que no se moleste más. Ya aparecerá. *(Sale* ROSALÍA. LADY WINDERMERE *se levanta.)* Seguramente se lo dirá. Es natural que alguien haga un acto de autoinmolación espontáneamente, sin pensar, noblemente... y que después se dé cuenta de que tiene un coste demasiado elevado. ¿Por qué iba a vacilar entre su pérdida y la mía? ¡Qué extraño! Yo quería afrentarla públicamente en mi casa, y ahora ella acepta el escándalo y la afrenta en casa de otro por salvarme a mí... ¡Qué amargas ironías tiene el Destino! ¡Qué ironía amarga la manera en la que hablamos de las mujeres buenas y malas! ¡Y qué lección para mí! ¡Lástima que en la vida recibamos estas lecciones cuando ya no nos sirven de nada! Pues si ella no habla, tendré que hacerlo yo. Es mi deber... ¡Qué vergüenza, qué vergüenza! Decirlo es volver a vivirlo todo otra vez. En la vida, las acciones son la primera tragedia; las palabras, la segunda, y acaso la peor de las dos. Las palabras son implacables... ¡Oh! *(Se estremece al entrar* LORD WINDERMERE.)

LORD WINDERMERE.—*(Besándola.)* ¡Margarita! ¡Qué pálida estás!

LADY WINDERMERE.—He dormido muy mal.

LORD WINDERMERE.—*(Sentándose en el sofá junto a ella.)* ¡Cuánto lo siento! Volví a casa muy tarde y no quise despertarte. Pero... ¿estás llorando, querida?

LADY WINDERMERE.—Sí, estoy llorando... ¡Quiero decirte una cosa, Arturo!

LORD WINDERMERE.—Querida Margarita, tú no estás bien. Has estado haciendo demasiadas cosas. Si quieres, nos iremos al campo. Estarás estupendamente en Selby. La temporada está casi acabada. No tiene sentido que nos quedemos. ¡Ah, querida mía! Sí, nos iremos hoy mismo si te parece. *(Se levanta.)* Podemos irnos fácilmente en el tren de las tres y cuarenta. Telegrafiaré a Fannen. *(Se dirige a la mesa y se sienta para escribir un telegrama.)*

LADY WINDERMERE.—Sí; vámonos hoy... No, hoy no, Arturo. Antes de irme tengo que ver a una persona..., una persona que ha sido muy buena conmigo.

LORD WINDERMERE.—*(Levantándose y apoyándose en el sofá.)* ¿Buena contigo?

LADY WINDERMERE.—Más que buena. *(Levantándose y yendo hacia él.)* Ya te diré todo, Arturo. Pero tú quiéreme, quiéreme como me querías antes.

LORD WINDERMERE.—¿Como te quería antes? ¿No pensarás en esa infame mujer que vino aquí anoche? *(Ambos se sientan, uno junto al otro.)* ¡No creerás todavía..., no, no, es imposible!

LADY WINDERMERE.—No, no lo creo. Ahora sé que me equivocaba, que era una tonta.

LORD WINDERMERE.—Fue una gran prueba de bondad en ti el recibirla anoche. Pero no debes, bajo ningún concepto, volver a verla.

LADY WINDERMERE.—¿Por qué dices eso? *(Pausa.)*

LORD WINDERMERE.—*(Cogiéndole una mano.)* Margarita, yo creía que la señora Erlynne era una mujer más víctima que culpable. Creí que quería ser buena, que volvería a ocupar un sitio que un momento de locura le había hecho perder, y a llevar de nuevo una vida respetable. Creí lo que ella misma me dijo... Ahora reconozco mi error. La señora Erlynne es mala... Todo lo mala que una mujer puede ser.

LADY WINDERMERE.—Arturo, Arturo, no hables con esa dureza de una mujer. Yo no creo que las personas puedan ser divididas en buenas y malas, como lo son en especies y razas distintas. Las mujeres que llamamos buenas también llevan en sí muchas cosas terribles, crisis de locura, de orgullo, de celos, de pecado. Las mujeres malas, como nosotros las llamamos, pueden conservar, en cambio, impulsos de arrepentimiento, de dolor, de compasión, de sacrificio... Y yo no creo que la señora Erlynne sea una mujer mala... Estoy segura de que no lo es.

LORD WINDERMERE.—¡Tú qué puedes saber de eso, Margarita! Yo te digo que es una mujer imposible. Haga lo que haga, aunque intente perjudicarnos, tú no la debes volver a ver. Es una de esas mujeres que no pueden admitirse en ninguna parte.

LADY WINDERMERE.—Pues yo quiero verla. Quiero que vuelva aquí.

LORD WINDERMERE.—¡Nunca!

LADY WINDERMERE.—¿No vino aquí una vez invitada por ti? Pues ahora quiero que venga invitada por mí. Me parece que es justo.

LORD WINDERMERE.—¡Es que no debería haber venido nunca!

LADY WINDERMERE.—Ya es demasiado tarde para decir eso, Arturo. *(Poniéndose en pie.)*

LORD WINDERMERE.—*(Poniéndose también en pie.)* Margarita, si tú supieses dónde estuvo la señora Erlynne anoche, después que salió de aquí, no te avendrías a estar en la misma habitación que ella. Fue algo innoble, absolutamente vergonzoso.

LADY WINDERMERE.—¡Arturo, no es posible que calle más tiempo! Es mi deber decírtelo. Anoche...

Entra PARKER *con el abanico de* LADY WINDERMERE *y una tarjeta encima de una bandeja.*

PARKER.—La señora Erlynne ha venido a traer el abanico de la señora, que se llevó anoche equivocadamente. Ha escrito unas palabras en la tarjeta.

LADY WINDERMERE.—Diga usted a la señora Erlynne que tenga la bondad de subir. *(Leyendo la tarjeta.)* Dígale también que me alegraré mucho de verla. *(Sale* PARKER.) Dice que quiere verme, Arturo.

LORD WINDERMERE.—*(Cogiendo la tarjeta y leyéndola.)* Margarita, te ruego que no lo hagas. Déjame, por lo menos, que hable antes con ella. Es una mujer peligrosísima; la mujer más peligrosa que conozco. Tú no sabes lo que haces.

LADY WINDERMERE.—Me conviene verla.

LORD WINDERMERE.—Querida mía, es muy posible que estés al borde de un gran dolor. No vayas, por lo menos, a su encuentro. Te aseguro que es absolutamente necesario que yo la vea antes que tú.

LADY WINDERMERE.—¿Necesario? ¿Por qué necesario?

PARKER.—*(Anunciando.)* ¡La señora Erlynne!

SEÑORA ERLYNNE.—*(Entrando.)* ¿Cómo está usted, lady Windermere? ¡Lord Windermere! ¿Cómo está usted? He sentido mucho, lady Windermere, lo del abanico. No comprendo cómo pude equivocarme así. Tiene usted que dispensarme. He aprovechado la oportunidad de pasar cerca de aquí para venir a traérselo yo misma, disculparme por el descuido, y al mismo tiempo, despedirme de usted.

LADY WINDERMERE.—¿Despedirse? *(Dirigiéndose hacia el sofá con la* SEÑORA ERLYNNE, *y sentándose junto a ella.)* ¿Es que se va usted fuera, señora Erlynne?

SEÑORA ERLYNNE.—Sí; me vuelvo a vivir al extranjero. No me sienta bien el clima de Inglaterra. El corazón se resiente un poco, y temo enfermar de veras. Prefiero vivir en el Sur. Hay demasiadas nieblas en Londres y demasiada gente seria, lord Windermere. No sé si serán las nieblas lo que produce la gente seria, o la gente seria lo que produce las nieblas; pero el caso es que ambas me atacan los nervios. Esta misma tarde pienso salir de aquí en el tren Club [20].

LADY WINDERMERE.—¿Esta misma tarde? ¡Yo que deseaba tanto ir a verla a usted!

SEÑORA ERLYNNE.—Es usted muy amable..., pero no tengo más remedio que irme.

LADY WINDERMERE.—¿Y no la volveré a ver a usted, señora Erlynne?

---

[20] El tren Club era un tren expreso de lujo entre Londres y París, que salía diariamente a las cuatro de la tarde de la estación de Cannon Street en Londres hacia Dover; después de la corta travesía del Canal de la Mancha hasta Calais, continuaba hasta París, donde llegaba a las once y media de la noche. Fue inaugurado en 1889, con ocasión de la Exposición Universal de París, y se mantuvo en funcionamiento hasta 1894.

SEÑORA ERLYNNE.—Temo que no. Nuestras vidas van por caminos muy distintos. Pero... quería pedirle a usted una cosa, lady Windermere. Me gustaría tener una fotografía suya... ¿Podría usted dármela? No sabe usted cuánto se lo agradecería.

LADY WINDERMERE.—¡Oh! Con mucho gusto. Ahí, en esa mesa, hay una. Voy a enseñársela a usted. *(Yendo hacia la mesa.)*

LORD WINDERMERE.—*(Llegando hasta la* SEÑORA ERLYNNE *y hablándole en voz baja.)* Es inaudito que, después de lo ocurrido anoche, se atreva usted a venir aquí.

SEÑORA ERLYNNE.—*(Con una sonrisa regocijada.)* ¡Mi querido Windermere, la cortesía primero, la moral después!

LADY WINDERMERE.—*(Volviéndose.)* Me parece que me han sacado un poco favorecida... Yo no soy tan bonita. *(Mostrando la fotografía.)*

SEÑORA ERLYNNE.—Es usted mucho más. Pero ¿no tiene usted alguna con su hijito?

LADY WINDERMERE.—Sí que tengo. ¿La preferiría usted?

SEÑORA ERLYNNE.—Sí.

LADY WINDERMERE.—Pues si usted me permite un momento, voy a por ella. La tengo arriba.

SEÑORA ERLYNNE.—Siento causarle tantas molestias, lady Windermere.

LADY WINDERMERE.—*(Dirigiéndose hacia la puerta derecha.)* No es ninguna molestia, señora Erlynne.

SEÑORA ERLYNNE.—Muchas gracias. *(Sale* LADY WINDERMERE.*)* Parece usted un poco de mal humor esta mañana, Windermere. ¿Cuál es la causa? Ya ve usted que Margarita y yo estamos en los mejores términos.

LORD WINDERMERE.—No puedo sufrir verla a usted con ella. Además, no me dijo usted la verdad, señora Erlynne.

SEÑORA ERLYNNE.—No le dije a ella la verdad, querrá usted decir.

LORD WINDERMERE.—*(De pie en medio de la escena.)* A veces preferiría que la hubiese usted dicho. Me habría usted, siquiera, evitado la angustia y las molestias de estos seis últimos meses. Pero con tal de que mi mujer no supiera que la madre que ella creía muerta, la madre que ella había llorado por muerta, vivía aún..., divorciada, con un nombre supuesto, sin honor, llevando una vida de infamia, como ahora sé que lleva usted...; con tal, digo, de que no supiera esto, yo estaba dispuesto a suministrarle a usted dinero, a pagar cuenta tras cuenta, extravagancia tras extravagancia; a exponerme a lo que ocurrió ayer: el primer disgusto que he tenido con mi mujer. Usted no sabe lo que esto supone para mí. ¿Cómo podría usted saberlo? Pero yo le digo a usted que las únicas palabras amargas que han salido nunca de esos labios suyos tan dulces fueron ocasionadas por usted. ¡No puedo sufrir verla al lado de usted, que mancha su inocencia!... *(Se dirige a la izquierda.)* Yo creí que, a pesar de todas las faltas cometidas, era usted sincera y honrada, y no lo es usted.

SEÑORA ERLYNNE.—¿Por qué lo dice usted?

LORD WINDERMERE.—Usted me arrancó, a fuerza de ruegos, una invitación para el baile de mi mujer.

SEÑORA ERLYNNE.—Para el baile de mi hija..., sí.

LORD WINDERMERE.—Vino usted, y una hora después de salir de aquí, se encontraba en casa de un hombre... Está usted deshonrada a los ojos de todos. *(Se dirige al centro.)*

SEÑORA ERLYNNE.—Cierto.

LORD WINDERMERE.—*(Volviéndose hacia ella.)* Por tanto, tengo derecho a considerarla a usted como lo que es..., una mujer indigna y viciosa. Tengo derecho a prohibirle que vuelva a poner los pies en esta casa ni a tratar de acercarse a mi mujer.

SEÑORA ERLYNNE.—*(Con frialdad.)* A mi hija, quiere usted decir.

LORD WINDERMERE.—No tiene usted ningún derecho a considerarla como hija. Usted la abandonó cuando estaba aún en la cuna; la abandonó usted para seguir a su amante, que a su vez la abandonó a usted más tarde.

SEÑORA ERLYNNE.—*(Levantándose.)* ¿Recuerda usted eso en honor de él, lord Windermere..., o mío?

LORD WINDERMERE.—De él, ahora que la conozco a usted.

SEÑORA ERLYNNE.—Tenga cuidado... Va usted demasiado lejos.

LORD WINDERMERE.—¡Oh! ¿A qué venir ya con eufemismos? La conozco a usted bien a fondo.

SEÑORA ERLYNNE.—*(Mirándolo fijamente.)* Permítame usted que lo dude.

LORD WINDERMERE.—Sí, la conozco a usted a fondo. Durante veinte años vivió usted sin su hija, sin un solo pensamiento para su hija; cuando un día leyó en los periódicos que se había casado con un hombre rico, vio usted los cielos abiertos. Usted sabía que para evitarle a ella la ignominia de saber que una mujer como usted era su madre, yo pasaría por todo. Y empezó el chantaje.

SEÑORA ERLYNNE.—*(Encogiéndose de hombros.)* No emplee usted palabras feas, Windermere. Es una ordinariez. Cierto que vi la posibilidad que se me ofrecía, y la aproveché.

LORD WINDERMERE.—Sí, la aprovechó usted... y la perdió anoche, al ser descubierta en casa de lord Darlington.

SEÑORA ERLYNNE.—*(Con una extraña sonrisa.)* Tiene usted razón, la perdí anoche[21].

---

[21] En el manuscrito original figuraban unas líneas más a continuación, que fueron eliminadas durante los ensayos, porque parecían innecesarias, y que no se incorporaron tampoco a la primera versión impresa. El propósito de este pasaje, que reproducimos a continuación, era insistir en el desagrado que le había causado a lord Windermere la presencia de la señora Erlynne en casa de lord Darlington:

LORD WINDERMERE.—No consigo explicarme por qué lo hizo.

SEÑORA ERLYNNE.—Yo misma me lo pregunto ahora. De repente surgieron sentimientos que una pensaba que estaban muertos, o que nunca habían existido. Surgen en la propia naturaleza, y luego mueren.

LORD WINDERMERE.—¿Están muertos?

SEÑORA ERLYNNE.—Creo que sí. Me temo que sí.

LORD WINDERMERE.—No está mal tampoco.

SEÑORA ERLYNNE.—Posiblemente. *(Pausa.)*

LORD WINDERMERE.—Y encima, por si fuera poco, se lleva usted de aquí el abanico de mi mujer y se lo deja luego olvidado en el sofá de lord Darlington. Fue una equivocación imperdonable. Me parece que no podré ya soportar la vista de ese maldito abanico. No permitiré que mi mujer vuelva a usarlo. Está maldito. Preferiría que lo hubiese usted guardado en vez de devolverlo.

SEÑORA ERLYNNE.—Pues lo guardaré. *(Se adelanta.)* Es precioso. *(Cogiendo el abanico.)* Se lo pediré a Margarita.

LORD WINDERMERE.—Espero que se lo dé.

SEÑORA ERLYNNE.—¡Oh! Estoy segura de que no opondrá ninguna objeción.

LORD WINDERMERE.—¡Ojalá le diese también la miniatura que besa todas las noches antes de rezar! Es la miniatura de una muchacha pura, inocente, de hermosos cabellos negros...

SEÑORA ERLYNNE.—¡Ah, sí, la recuerdo! ¡Qué lejano parece ya ese tiempo! *(Se acerca al sofá y se sienta.)* La hicieron antes de casarme. Los cabellos negros y la expresión inocente eran la moda entonces, Windermere. *(Pausa.)*

LORD WINDERMERE.—¿Y qué objeto la ha traído a usted aquí esta mañana, si puede saberse? *(Se dirige a la izquierda y se sienta.)*

SEÑORA ERLYNNE.—*(Con un ligero acento de ironía.)* Decir adiós a mi querida hija, como es natural. (LORD WINDERMERE *se muerde los labios de ira. La* SEÑORA ERLYNNE *lo mira, y su voz y su gesto se tornan graves. En su acento, mientras habla, palpita una nota hondamente trágica. Por un momento se revela del todo.)* ¡Oh, no vaya a creer que pienso tener con ella una escena patética, ni llorar en sus brazos y

---

LORD WINDERMERE.—Señora Erlynne, ¿qué está tramando ahora? No crea que va a poder lavar su reputación otra vez. La ha tirado por la borda. Ir a casa de Darlington fue monstruoso.

SEÑORA ERLYNNE.—Fue una estupidez, ¿verdad?

LORD WINDERMERE.—Una absoluta estupidez.

SEÑORA ERLYNNE.—Sí; supongo que sí.

decirle quién soy!... No. No tengo la menor ambición de desempeñar el papel de madre. Sólo una vez en la vida he conocido los sentimientos de una madre. Fue anoche, y fue terrible... No sabe usted lo que sufrí... demasiado. Durante veinte años, como usted dice, he vivido sin hija..., y sin hija quiero seguir viviendo. *(Ocultando su sentimiento con una risa banal.)* Además, mi querido Windermere, ¿qué iba yo a hacer con una hija tan crecida? Margarita tiene veintiún años, yo nunca he confesado más de veintinueve, o treinta, a lo sumo; según la luz. Ya ve usted que sería imposible. No; por mí puede usted dejar a su mujer que continúe venerando la memoria de esa madre muerta y sin mácula. ¿A qué quitarle las ilusiones? Ya me cuesta a mí bastante conservar las mías. Anoche perdí una. Creí que no tenía corazón, y resulta que lo tengo. Figúrese usted, Windermere: ¿qué voy yo a hacer con el corazón? El corazón no va con lo moderno. Le hace parecer a una más vieja. *(Cogiendo de la mesa un espejito de mano y mirándose en él.)* Y echa a perder nuestra carrera en los momentos críticos.

LORD WINDERMERE.—¡Me produce usted horror, un horror absoluto!

SEÑORA ERLYNNE.—*(Levantándose.)* Usted, sin duda, querría verme retirada en un convento, o entrar de enfermera en un hospital, o algo por el estilo, ¿verdad, Windermere? Una tontería, amigo mío. Esas cosas pasan en las novelas modernas, pero no en la vida real... Por lo menos, mientras conservamos un buen tipo. No..., hoy lo que consuela no es el arrepentimiento, sino el placer. El arrepentimiento está completamente pasado de moda. Además, cuando una mujer se arrepiente, si quiere que alguien la crea, tiene que vestirse en casa de una mala modista. Si no es así, nadie la creerá. Y por nada del mundo me decidiría yo a una cosa semejante. No; me contento con desaparecer por completo de la vida de ustedes dos. Mi venida aquí ha sido un error. Anoche lo descubrí.

LORD WINDERMERE.—Sí; un error fatal.

SEÑORA ERLYNNE.—*(Sonriendo.)* Casi fatal.

LORD WINDERMERE.—Ahora siento no haberle dicho toda la verdad a mi mujer.

SEÑORA ERLYNNE.—Yo siento mis malas acciones. Usted siente las buenas...; ésa es la diferencia que hay entre nosotros.

LORD WINDERMERE.—No me inspira usted confianza. Prefiero decírselo todo a mi mujer. Es mejor que lo sepa; y que lo sepa por mí. Le causará un dolor infinito... La humillará espantosamente; pero es justo que lo sepa.

SEÑORA ERLYNNE.—¿Qué? ¿Tiene usted la intención de decirle?...

LORD WINDERMERE.—Sí; y en seguida.

SEÑORA ERLYNNE.—*(Acercándose a él.)* ¡Si lo hace usted, yo haré mi nombre tan infame que el recuerdo de él amargue cada momento de su vida, y la cubra de dolor y de vergüenza! ¡Si se atreve usted a decírselo, no hay abismo de degradación a que yo no sea capaz de bajar, ni precipicio de ignominia en que yo no me arroje! ¡Usted no se lo dirá!... ¡Se lo prohíbo!

LORD WINDERMERE.—¿Por qué?

SEÑORA ERLYNNE.—*(Después de una pausa.)* Si le dijese a usted que ella me interesa, y hasta que la quiero..., ¿usted se burlaría de mí, verdad?

LORD WINDERMERE.—Comprendería que no era cierto. El amor materno quiere decir abnegación, altruismo, sacrificio. ¿Qué podría usted saber de todo eso?

SEÑORA ERLYNNE.—Tiene usted razón. ¿Qué puedo yo saber de todo eso?... Bueno; no hablemos más de la cuestión. Quedamos en que no le dirá usted a mi hija quién soy. Es mi secreto, y no el de usted. Si me decido a decírselo, y puede que así lo haga, yo misma se lo diré antes de salir de esta casa... En caso contrario, no lo sabrá nunca.

LORD WINDERMERE.—*(Con irritación.)* Entonces, permítame usted que le suplique que salga de esta casa inmediatamente. Yo la disculparé con Margarita.

Entra LADY WINDERMERE *por la derecha. Se dirige hacia la* SEÑORA ERLYNNE *con la fotografía en la mano.* LORD WINDERMERE *se coloca detrás del sofá vigilando anhelosamente a la* SEÑORA ERLYNNE *durante toda la escena.*

LADY WINDERMERE.—Usted perdonará, señora Erlynne, que la haya hecho esperar tanto tiempo; pero no podía dar con la fotografía. Al fin la descubrí en el tocador de mi marido... Me la había robado.

SEÑORA ERLYNNE.—*(Cogiendo la fotografía y contemplándola.)* No me extraña... Es deliciosa. *(Sentándose de nuevo en el sofá junto a* LADY WINDERMERE *y contemplando aún la fotografía.)* De modo que éste es su hijo... ¿Cómo se llama?

LADY WINDERMERE.—Gerardo, por mi difunto padre.

SEÑORA ERLYNNE.—*(Dejando la fotografía.)* ¿Sí?

LADY WINDERMERE.—Sí. Si hubiera sido una niña, le habría puesto el nombre de mi madre. Mi madre se llamaba como yo: Margarita.

SEÑORA ERLYNNE.—Yo también me llamo Margarita.

LADY WINDERMERE.—¿De veras?

SEÑORA ERLYNNE.—Sí. *(Pausa.)* Usted tiene una gran devoción por la memoria de su madre, me ha dicho su marido, lady Windermere...

LADY WINDERMERE.—Todos tenemos nuestro ideal en la vida. Por lo menos, todos deberíamos tenerlo. El mío es mi madre.

SEÑORA ERLYNNE.—Los ideales son siempre peligrosos. Prefiero las realidades. Hieren, pero son preferibles.

LADY WINDERMERE.—*(Moviendo la cabeza.)* Si yo perdiese mis ideales, habría perdido todo.

SEÑORA ERLYNNE.—¿Todo?

LADY WINDERMERE.—Sí, todo.

SEÑORA ERLYNNE.—¿Le hablaba a usted muy a menudo su padre de su madre?

LADY WINDERMERE.—No; le daba demasiada pena. Él mismo me contó cómo mi madre murió pocos meses después de nacer yo. Y tenía, mientras hablaba, los ojos llenos de lágrimas. Luego me pidió que no volviese a pronunciar su nombre delante de él. Oírlo sólo le hacía sufrir. Realmente, puede decirse que mi padre murió de pena. ¡No he conocido vida más desgraciada que la suya!

SEÑORA ERLYNNE.—*(Levantándose.)* No tengo más remedio que irme, lady Windermere.

LADY WINDERMERE.—*(Levantándose.)* ¡Oh, no, todavía no! ¿Qué apuro tiene?

SEÑORA ERLYNNE.—Se me hace un poco tarde. Ya debe de haber vuelto mi coche. Lo envié a casa de lady Jedburgh con una tarjeta.

LADY WINDERMERE.—Arturo, ¿querrías ver si ya ha vuelto el coche de la señora Erlynne?

SEÑORA ERLYNNE.—¡Oh, no, no se moleste usted, lord Windermere!

LADY WINDERMERE.—Sí, Arturo, ve a ver, haz el favor. (LORD WINDERMERE *titubea un instante, mirando a la* SEÑORA ERLYNNE. *Ésta permanece impasible.* LORD WINDERMERE *sale.)* ¡Oh! ¿Cómo decirle a usted lo que siento? ¡Anoche me salvó usted! *(Se acerca a ella.)*

SEÑORA ERLYNNE.—¡Chis!... No hablemos más de eso.

LADY WINDERMERE.—No; es preciso que hablemos. Yo no puedo dejar que usted crea que voy a aceptar su sacrificio. No, no puedo aceptarlo. Es demasiado grande. Yo se lo diré todo a mi marido. Es mi deber.

SEÑORA ERLYNNE.—No hay tal cosa. No es el deber de usted... Por lo menos, usted tiene también deberes con otras personas además de él. ¿No dice usted que también a mí me debe algo?

LADY WINDERMERE.—¡Todo!

SEÑORA ERLYNNE.—Entonces, pague usted su deuda con el silencio. Es el único modo de pagarla. No eche usted a perder lo único bueno que he hecho en mi vida, revelándolo a los demás. Prométame que lo ocurrido anoche será siempre un secreto entre ambas. Usted no debe traer ningún sufrimiento a la vida de su marido. ¿Para qué corromper su amor? No, usted no debe hacerlo. ¡Si usted supiera lo fácilmente que se mata el amor! Deme usted su palabra, lady Windermere, de que no se lo dirá nunca. ¡Se lo suplico!

LADY WINDERMERE.—*(Inclinando la cabeza.)* ¡Hágase como usted quiera! ¡Es su voluntad, y no la mía!

SEÑORA ERLYNNE.—Sí, es mi voluntad. Y no se olvide nunca de su hijo... Me gusta verla a usted de madre; y saber que lo es usted tan de veras.

LADY WINDERMERE.—*(Levantando los ojos.)* Y cada vez lo seré más. Sólo una vez en mi vida me he olvidado yo de mi madre... ¡y fue anoche! ¡Ah! Si yo me hubiera acordado de ella, no habría hecho el disparate, la locura que hice.

SEÑORA ERLYNNE.—*(Con leve temblor.)* ¡Chis!... ¿Quién se acuerda ya de anoche?

LORD WINDERMERE.—*(Entrando.)* Todavía no ha vuelto su coche, señora Erlynne.

SEÑORA ERLYNNE.—No importa. Tomaré uno de alquiler... No hay nada en el mundo tan respetable como un buen Shrewsbury y Talbot[22]. Ahora sí que no tengo más remedio que irme, mi querida lady Windermere. *(Dirigiéndose hacia el centro de la escena.)* ¡Ah, se me olvidaba! Va usted a encontrarme un poco absurda; pero el caso es que me he encaprichado con ese abanico que sin darme cuenta me llevé anoche. ¿Tendría usted inconveniente en dármelo como recuerdo? Sé que es un regalo de lord Windermere; pero éste me ha asegurado que usted no tendría inconveniente.

LADY WINDERMERE.—¡Oh! Claro que no; encantada. Pero tiene pintado mi nombre: Margarita.

SEÑORA ERLYNNE.—Como nos llamamos igual...

LADY WINDERMERE.—Es verdad; lo olvidaba. Pues nada, llévVeselo usted. ¡Qué casualidad que nos llamemos igual!

---

[22] Coche de alquiler introducido hacia 1880 por Charles Talbot, vigésimo conde de Shrewsbury y quinto conde Talbot, que se hizo muy popular, al mejorar las condiciones (ruedas de goma, que no hacían ruido) del modelo anterior, llamado «hansom» en honor a su diseñador Joseph Aloysius Hansom, que lo introdujo en 1834.

SEÑORA ERLYNNE.—Sí, una casualidad. Gracias... Siempre que lo vea pensaré en usted. *(Estrecha la mano de* LADY WINDERMERE.)

Entra PARKER.

PARKER.—¡Lord Augusto Lorton! El coche de la señora Erlynne acaba de llegar.

AUGUSTO.—*(Entrando.)* ¡Buenos días, querido! ¡Buenos días, lady Windermere! *(Viendo a la* SEÑORA ERLYNNE.) ¡Señora Erlynne!

SEÑORA ERLYNNE.—¿Qué tal, lord Augusto? ¿Sigue usted bien esta mañana?

AUGUSTO.—*(Fríamente.)* Muy bien, gracias, señora Erlynne.

SEÑORA ERLYNNE.—Pues no tiene usted buena cara, lord Augusto. Se acuesta usted demasiado tarde... y eso le sienta malísimamente. Debiera usted cuidarse más. ¡Adiós, lord Windermere! *(Se dirige hacia la puerta después de hacer una inclinación de cabeza a* LORD AUGUSTO. *De pronto sonríe y se vuelve hacia él.)* ¡Lord Augusto! ¿Querría usted acompañarme hasta el coche? Podría usted llevarme el abanico.

LORD WINDERMERE.—Permítame usted...

SEÑORA ERLYNNE.—No; prefiero que venga lord Augusto. Tengo un recado que darle para la duquesa. ¿Qué, no quiere usted llevarme el abanico, lord Augusto?

AUGUSTO.—Si realmente usted se empeña, señora Erlynne...

SEÑORA ERLYNNE.—*(Riendo.)* Claro que me empeño. ¡Lo llevará usted con tanta gracia! Pero ¿qué no llevaría usted con gracia, mi querido lord Augusto? *(Al llegar a la puerta se vuelve por un instante hacia* LADY WINDERMERE. *Sus ojos se encuentran. Luego da media vuelta y sale, seguida de* LORD AUGUSTO.)

LADY WINDERMERE.—¿No volverás a hablarme mal de la señora Erlynne, verdad, Arturo?

LORD WINDERMERE.—*(Gravemente.)* Es mejor de lo que parecía.

LADY WINDERMERE.—¡Es mejor que yo!

LORD WINDERMERE.—*(Sonriendo y acariciándole los cabellos.)* ¡No seas niña! Ella y tú pertenecéis a mundos distintos. En el tuyo, el mal nunca ha entrado.

LADY WINDERMERE.—No digas eso, Arturo. El mundo es el mismo para todos, y el bien y el mal, el pecado y la inocencia, se pasean por él cogidos de la mano. Cerrar los ojos a esa mitad de la vida, con la esperanza de poder vivir en sosiego, es como si nos cegásemos voluntariamente, a fin de caminar sin miedo por un terreno lleno de precipicios.

LORD WINDERMERE.—*(Llevándola cogida del talle.)* ¿Por qué dices eso, amor mío?

LADY WINDERMERE.—Porque yo, que había cerrado los ojos a la vida, he estado al borde del precipicio. Y alguien, que nos había separado...

LORD WINDERMERE.—¡Pero si nosotros no hemos estado nunca separados!

LADY WINDERMERE.—No debemos volver a estarlo. ¡Oh Arturo, no me quieras menos, y yo tendré en ti más confianza! Una confianza absoluta. Vámonos fuera, a Selby. En el jardín de rosas de Selby las rosas son blancas y rojas.

AUGUSTO.—*(Entrando.)* ¡Arturo, me lo ha explicado todo! (LADY WINDERMERE *le mira asustada.* LORD WINDERMERE *se estremece.* LORD AUGUSTO *lo coge de un brazo y lo lleva un poco aparte. Habla de prisa y en voz baja.* LADY WINDERMERE *los observa, en pie, pálida de emoción.)* Sí, querido, me lo ha explicado todo. Todos hemos sido horriblemente injustos con ella. Figúrate que precisamente fui yo la causa de que ella fuera a casa de Darlington. Llamó primero al club queriendo sacarme de la incertidumbre en que yo me encontraba... y como le dijeron que había salido... me siguió y..., asustada, como es natural, al oír entrar a tanta gente..., pues claro, se retiró a otra habitación... Ya ves que la cosa no puede ser más satisfactoria para mí. Nos hemos portado con ella lo mismo que unos patanes. ¡Ah, ésa es la mujer que a mí me convenía! ¡Ni hecha de encargo! La única condición que impone es que vivamos siempre fuera de Inglaterra. ¡Figúrate, qué más quiero yo! Precisamente estaba harto de esos malditos clubs, de este maldito clima y de esta condenada cocina inglesa... Sí, hasta la coronilla estaba ya de todo ello.

LADY WINDERMERE.—*(Trémula.)* ¿De modo que la señora Erlynne...?

AUGUSTO.—*(Haciéndole una reverencia.)* Sí, lady Windermere... La señora Erlynne me ha hecho el honor de aceptar mi mano.

LORD WINDERMERE.—¡Ah, no cabe duda de que te llevas una mujer muy inteligente!

LADY WINDERMERE.—*(Cogiendo la mano de su marido.)* ¡Y muy buena, lord Augusto, muy buena!

TELÓN

LA IMPORTANCIA DE LLAMARSE ERNESTO [1]

[1] En el título original, *The Importance of Being Earnest* («La importancia de ser formal»), se produce una homofonía entre *earnest* («serio, formal») y *Ernest* («Ernesto»), que no es posible mantener en español, por lo que parece preferible traducir por el nombre propio, dado que a lo largo de la obra se juega con ese nombre. La obra se estrenó el 14 de febrero de 1895 en el teatro St. James de Londres, obteniendo un gran éxito, pero tuvo que retirarse el 8 de mayo debido a los juicios y la condena a cárcel de Oscar Wilde. Volvió a los escenarios de Londres en 1902, y posteriormente en 1909, 1911 y 1913, bajo la dirección siempre de George Alexander. Ha seguido representándose desde entonces innumerables veces, y fue adaptada al cine por Anthony Asquith en 1952.

PERSONAJES

JUAN WORTHING
ARCHIBALDO MONCRIEFF
EL REVERENDO CANÓNIGO CHASUBLE
MERRIMAN, mayordomo
LANE, criado
LADY BRACKNELL
HON. GWENDOLIN FAIRFAX[2]
CECILIA CARDEW
SEÑORITA PRISM, institutriz

---

[2] El prefijo Hon. («Honorable») indica en el caso de este personaje que se trata de la hija de un vizconde o barón, en este caso lord Bracknell; pero no se usa normalmente. En la obra los demás personajes se refieren a éste como «señorita Fairfax», que es la denominación formal y correcta que correspondía en la época.

ACTO PRIMERO

Un saloncito en casa de ARCHIBALDO, *en Half-Moon Street*[3], *Londres, en la actualidad. El saloncito está amueblado lujosa y artísticamente. Óyese un piano dentro.*

LANE, *arreglando todo para el té en una mesita y, después que cesa la música, entra* ARCHIBALDO.

ARCHIBALDO.—¿Oíste lo que estaba tocando, Lane?

LANE.—No me pareció correcto escuchar, señorito.

ARCHIBALDO.—Lo siento por ti. No es que yo tenga mucha ejecución, no —esto está al alcance de todo el mundo—; pero, en cambio, toco con una expresión... Sí, mi fuerte en el piano es el sentimiento. La ciencia la guardo para la vida.

LANE.—Sí, señorito.

ARCHIBALDO.—Y ya que hablamos de la ciencia de la vida, ¿te has acordado de preparar los sándwiches de pepino para lady Bracknell?

LANE.—*(Presentándole una fuente.)* Sí, señorito.

ARCHIBALDO.—*(Inspeccionándola, coge dos y se sienta en el sofá.)* ¡Ah!... A propósito, Lane: he visto en tu agenda que el

---

[3] Esta calle se encuentra entre Piccadilly y Curzon Street, en la zona elegante de Mayfair (véase nota 9 de *El abanico de lady Windermere,* pág. 72 de esta misma edición). La calle estaba entonces de moda como lugar apropiado para alojamiento de solteros.

jueves por la noche, cuando vinieron a cenar lord Shoreman y el señor Worthing, se consumieron ocho botellas de champán.

LANE.—Sí, señorito; ocho botellas y media.

ARCHIBALDO.—¿Por qué será que en todas las casas de solteros son tan aficionados al champán los criados? Lo pregunto solamente a título de curiosidad.

LANE.—Yo lo atribuyo a la buena calidad del vino, señorito. He observado una porción de veces que en casa de los hombres casados raramente es de primera el champán.

ARCHIBALDO.—¡Caramba! ¿Tan desmoralizador es el matrimonio?

LANE.—A mí me parece un estado muy agradable, señorito. Claro que yo, hasta el presente, apenas lo he experimentado. No he estado casado más que una vez. Fue de resultas de una equivocación que tuvimos una joven y yo...

ARCHIBALDO.—*(Displicentemente.)* No creo que me interese gran cosa tu vida doméstica, Lane.

LANE.—Verdad, señorito. No tiene nada de interesante. Yo nunca pienso en ella.

ARCHIBALDO.—Es natural. Bueno, Lane; puedes retirarte.

LANE.—Muchas gracias, señorito.

LANE *sale.*

ARCHIBALDO.—Las ideas de Lane sobre el matrimonio me parecen un tanto relajadas. Y, realmente, si las clases inferiores no nos dan un buen ejemplo, ¿para qué demonios sirven? Lo que es como clase, me parece que no tiene el menor sentido de responsabilidad moral.

Entra LANE.

LANE.—¡El señor Ernesto Worthing!

Entra JUAN. *Sale* LANE.

ARCHIBALDO.—¿Cómo te va, querido Ernesto? ¿Qué te trae a Londres?

JUAN.—¡Oh, nada; el divertirme un poco! Lo que trae a todo el mundo. Siempre comiendo, ¿eh?

ARCHIBALDO.—*(Con cierta sequedad.)* Me parece que es costumbre en la buena sociedad tomar algún refrigerio a las cinco[4]. ¿Dónde has estado desde el jueves?

JUAN.—*(Sentándose en el sofá.)* En el campo.

ARCHIBALDO.—¿Y qué diablos haces allí?

JUAN.—*(Quitándose los guantes.)* Cuando uno está en Londres, se divierte. Cuando está en el campo, divierte a los demás. Una cosa bastante aburrida, te lo aseguro.

ARCHIBALDO.—¿Y qué gente es ésa a quien diviertes?

JUAN.—*(Con un gesto de indiferencia.)* ¡Oh, vecinos, vecinos!

ARCHIBALDO.—¿Y has encontrado vecinos agradables en esa zona de Shropshire[5]?

JUAN.—¡Lamentable! No me trato con ninguno.

ARCHIBALDO.—¡Pues sí que debes divertirles! *(Levantándose y cogiendo otro sándwich.)* A propósito: ¿tu finca está en el condado de Shropshire, verdad?

JUAN.—¿Cómo en Shropshire? ¡Ah, sí, sí! ¡Naturalmente! Pero, oye, ¿por qué todas esas tazas? ¿Y esos sándwiches de pepino? ¿A qué tanto derroche? ¡Qué barbaridad! ¿A quién esperas para el té?

ARCHIBALDO.—Pues, simplemente, a mi tía Augusta y a Gwendolin.

JUAN.—¡Hombre, magnífico!

ARCHIBALDO.—Sí, todo lo magnífico que quieras; pero me temo que a tía Augusta no le agrade demasiado tu presencia.

---

[4] No se consideraba apropiado comer con el té de las cinco, ya que esa hora era la adecuada para recibir visitas, a las que se les invitaba a té, y no a una comida formal.

[5] Shropshire es un condado de Inglaterra que linda con Gales, cuya capital está en Shrewsbury, al norte de Birmingham. Desde 1974 se denomina Salop.

JUAN.—¿Puedo preguntar por qué?

ARCHIBALDO.—Hijo, tu manera de hacer el amor a Gwendolin es calamitosa. Casi tan calamitosa como la manera que tiene Gwendolin de hacerte el amor a ti.

JUAN.—Estoy enamorado de Gwendolin. He venido a Londres expresamente para declararme a ella.

ARCHIBALDO.—¿No me dijiste que habías venido a divertirte? ¡Eso es venir a negocios!

JUAN.—¡Cuidado que eres prosaico!

ARCHIBALDO.—No veo que el declararse tenga nada de romántico. El estar enamorado sí que es romántico; extraordinariamente romántico. ¡Pero el declararse! ¿No has pensado en que pueden decirle a uno que sí? Y casi siempre se lo dicen. Y entonces, ¡adiós interés! La esencia misma del romanticismo es la incertidumbre. Lo cierto es que si alguna vez me caso haré todo lo posible por olvidarlo.

JUAN.—No lo dudo, querido Archi. Las leyes de divorcio se inventaron precisamente para las personas de memoria tan flaca[6].

ARCHIBALDO.—Bueno; ¿a qué discutirlo? Los divorcios se hacen en el cielo... (JUAN *alarga la mano para coger un sándwich.* ARCHIBALDO *interviene en seguida.)* No, no; ten la bondad de no tocar los sándwiches de pepino. Los han preparado especialmente para la tía Augusta. *(Coge uno y se lo come.)*

JUAN.—¡Pero tú te los has estado comiendo todo este rato!

ARCHIBALDO.—¡Ah, es muy distinto! Es mi tía. *(Ofreciéndole otra fuente.)* Toma, aquí tienes pan con mantequilla. El pan con mantequilla es para Gwendolin. Gwendolin es aficionadísima al pan con mantequilla.

JUAN.—*(Acercándose a la mesa y sirviéndose él mismo.)* Y le alabo el gusto.

---

[6] Hasta 1857 no se estableció en Inglaterra un procedimiento civil de divorcio (la ley de Causas Matrimoniales). Hasta entonces la única posibilidad de conseguir un divorcio era a través de una disposición del Parlamento, lo que era muy caro y difícil.

ARCHIBALDO.—Sí, pero no vayas a comértelo todo. ¿Sabes que parece como si ya estuvierais casados? Y todavía no lo estáis; ni lo estaréis nunca, probablemente.

JUAN.—¿Por qué demonios dices eso?

ARCHIBALDO.—¡Bueno! En primer lugar, las muchachas no se casan nunca con el hombre con quien flirtean. No lo encuentran decoroso.

JUAN.—¡Valiente tontería!

ARCHIBALDO.—No hay tal. Es una verdad como un templo. Esto explica la abundancia de solteros que se ven en todas partes. En segundo lugar, yo no doy mi consentimiento.

JUAN.—¿Tu consentimiento?

ARCHIBALDO.—Querido Ernesto, Gwendolin es prima hermana mía. Y antes de consentir en tu casamiento con ella tienes que ponerme en claro la cuestión de Cecilia. *(Llama al timbre.)*

JUAN.—¿De Cecilia? ¿Qué quieres decir? ¿Qué significa eso de Cecilia, Archibaldo? No conozco a nadie que se llame Cecilia.

Entra LANE.

ARCHIBALDO.—Trae la pitillera que el señor Worthing se dejó olvidada la otra noche en la sala de fumar.

LANE.—En seguida, señorito. *(Sale.)*

JUAN.—¿Eso quiere decir que has tenido mi pitillera todo ese tiempo sin decirme una palabra? Bien podías haberme avisado. Me habrías ahorrado unas cuantas cartas furibundas a Scotland Yard. Como que ya estaba a punto de ofrecer una crecida gratificación.

ARCHIBALDO.—¡Hombre, haberlo dicho! Precisamente me encuentro más seco que nunca.

JUAN.—Sí; pero una vez encontrada, ya no tiene objeto.

Entra LANE *con la pitillera sobre una bandeja.* ARCHIBALDO *se apodera de ella inmediatamente. Sale* LANE.

ARCHIBALDO.—No te ocultaré, querido Ernesto, que es una roñosería indigna de ti. *(Abriendo la pitillera y examinándola.)* Por otra parte, lo mismo da, pues ahora que veo la inscripción que hay aquí dentro caigo en la cuenta de que este objeto no te pertenece.

JUAN.—¿Cómo que no me pertenece? *(Dirigiéndose hacia él.)* Tú me la has visto en las manos un sinfín de veces, y no tienes el menor derecho a leer lo que hay escrito dentro. Es indigno de un caballero leer una pitillera privada.

ARCHIBALDO.—¡Bah, bah! Lo absurdo es tener una regla fija sobre lo que debe y no debe leerse. Más de la mitad de la cultura moderna depende de lo que no debería leerse.

JUAN.—Ya lo sé, y no entra en mis intenciones discutir sobre la cultura moderna. No es un tema para hablar en la intimidad. Lo único que necesito es mi pitillera.

ARCHIBALDO.—Sí; pero esta pitillera no es tuya. Esta pitillera es un regalo de alguien que se llama Cecilia, y tú me has dicho que no conoces a nadie de ese nombre.

JUAN.—Bueno; pues ya que te empeñas, te diré que esa Cecilia es una tía mía.

ARCHIBALDO.—¡Una tía tuya!

JUAN.—Sí... Y una señora encantadora... Vive en Tunbridge Wells[7]... Ahora, ten la bondad de devolverme esa pitillera.

ARCHIBALDO.—*(Batiéndose en retirada hasta parapetarse detrás del sofá.)* Pero, ¿por qué se llama a sí misma la pequeña Cecilia, si es tía tuya y vive en Tunbridge Wells? *(Leyendo.)* «Recuerdo de la pequeña Cecilia, con todo su cariño».

JUAN.—*(Dirigiéndose hacia el sofá y arrodillándose en él.)* Bueno; ¿y qué encuentras en ello de particular? ¿Es que todas las tías van a ser grandes? También las hay pequeñas... Por cierto, que se trata de algo que puede decidir una tía por sí

---

[7] Ciudad y distrito del condado de Kent, al sureste de Inglaterra, a poca distancia de Londres. Se había puesto de moda entre la gente elegante, desde principios del siglo XVIII, como un lugar ideal para tomar las aguas.

misma. Tú te figuras que todas las tías tienen que ser como la tuya. ¡Es absurdo! ¡Anda, ten la bondad de devolverme la pitillera! *(Persiguiendo a* ARCHIBALDO *por la habitación.)*

ARCHIBALDO.—Sí. Pero ¿por qué tu tía te llama aquí tío suyo? «Recuerdo de la pequeña Cecilia, con todo su cariño, a su querido tío Juan». Comprendo que no hay nada que impida a una tía ser pequeña; pero que una tía, sea del tamaño que sea, llame tío a su propio sobrino, es cosa para mí ininteligible. Además, tú no te llamas Juan, sino Ernesto.

JUAN.—No, señor; yo no me llamo Ernesto; me llamo Juan.

ARCHIBALDO.—Tú siempre me has dicho que te llamabas Ernesto. Yo te he presentado a todo el mundo como Ernesto. Tú respondes al nombre de Ernesto. Tienes apariencia de llamarte Ernesto. Eres la persona con más apariencia de llamarse Ernesto que he visto en mi vida [8]. Es completamente absurdo que niegues llamarte Ernesto. En tus tarjetas está. *(Sacando una de su cartera.)* Aquí hay una. «Ernesto Worthing, Albany, cuatro» [9]. La conservaré como prueba de que tu nombre es Ernesto, si alguna vez tratas de negármelo, a mí, o a Gwendolin, o a quien sea. *(Se guarda la tarjeta en el bolsillo.)*

JUAN.—Bueno, sea; me llamo Ernesto en Londres y Juan en el campo; y esa pitillera me la regalaron en el campo. ¿Estás ya satisfecho?

ARCHIBALDO.—Sí; pero eso no explica lo más mínimo que tu pequeña Cecilia, que vive en Tunbridge Wells, te llame querido tío. Créeme: harías mejor en desembucharlo todo de una vez.

---

[8] En el original se juega, como en el título de la obra (véase nota 1), con el sentido de *earnest* como «formal». De hecho la frase inglesa dice «Eres la persona con más apariencia de formalidad que he visto en mi vida» («You are the most earnest-looking person I ever saw in my life»).

[9] Albany hace referencia a unos apartamentos exclusivos destinados a solteros en Piccadilly. Fueron muy famosos y en ellos vivieron políticos y escritores célebres, como lord Byron (1788-1824), Bulwer Lytton (1803-1873) y Macaulay (1800-1859).

JUAN.—¡Querido, estás hablando como un sacamuelas, cosa vulgarísima cuando no se es un sacamuelas! Te aseguro que causa mala impresión [10].

ARCHIBALDO.—Como la causan siempre los sacamuelas. Pero, te lo repito: harías bien en confesarme la verdad. Te advierto que hace ya tiempo que abrigaba la sospecha de que eras un consumado bunburysta en secreto; y ahora no me cabe la menor duda.

JUAN.—¿Un bunburysta? ¿Qué demonios quieres decir con eso de bunburysta?

ARCHIBALDO.—Te revelaré el sentido de esa incomparable expresión, en cuanto tengas la bondad de explicarme por qué te llamas Ernesto en Londres y Juan en el campo.

JUAN.—Bueno; pero dame antes la pitillera.

ARCHIBALDO.—Aquí la tienes. *(Entregándosela.)* Ahora, venga la explicación, y procura que sea inverosímil. *(Se sienta en el sofá.)*

JUAN.—Mi querido amigo, mi explicación no tiene nada de inverosímil. De hecho, no puede ser más sencilla. El difunto señor Tomás Cardew me adoptó cuando yo era un niño, y me nombró en su testamento tutor de su nieta, la señorita Cecilia Cardew. Ésta, que por motivos de respeto, que tú eres incapaz de comprender, me llama tío, vive en el campo, bajo el cuidado de su admirable institutriz la señorita Prism.

ARCHIBALDO.—¿Sí?... ¿Y en qué sitio viven, si puede saberse?

JUAN.—No es asunto tuyo, querido amigo. Te advierto que no pienso incitarte a que nos hagas una visita... Lo que sí puedo decirte con toda franqueza es que no viven por Shropshire.

ARCHIBALDO.—¡Lo sospechaba, querido! En dos ocasiones distintas he bunburyzado todo Shropshire... Pero, continúa: ¿por qué te llamas Ernesto en Londres y Juan en el campo?

---

[10] Entre la sociedad elegante y elitista se consideraba entonces inapropiado relacionarse con personas que se dedicasen a una profesión, incluidos dentistas y médicos.

JUAN.—Querido Archi, no sé si tú eres capaz de comprender mis verdaderos motivos. No eres persona bastante seria. Cuando se es tutor no hay más remedio que adoptar una actitud moral severísima. Es un deber imprescindible. Pero como una actitud moral tan estricta no deja de ser un tanto nociva al humor y a la salud, con el fin de poder venir a Londres sin dar lugar a hablillas, he inventado un hermano menor llamado Ernesto, que vive en el Albany, y cuyas continuas calaveradas me obligan a intervenir con frecuencia. Ésta es la verdad, pura y simple.

ARCHIBALDO.—La verdad rara vez es pura y nunca simple. Afortunadamente. La vida moderna sería aburridísima si fuera así, y la literatura moderna completamente imposible.

JUAN.—¡Eso iríamos ganando!

ARCHIBALDO.—La crítica literaria no es tu fuerte, querido. No te dediques a ella. Hay que dejarla para la gente que no ha ido a la Universidad. ¡Lo hacen tan bien en los periódicos! Tú lo que eres en realidad es un bunburysta. Tenía absoluta razón al calificarte de bunburysta. Eres uno de los bunburystas más adelantados que conozco.

JUAN.—Pero ¿qué demonios quieres decir con eso de bunburysta?

ARCHIBALDO.—Tú has inventado un hermano menor utilísimo, llamado Ernesto, a fin de poder venir a Londres cuando se te antoje, ¿verdad? Pues yo, a fin de poder ausentarme de Londres, cuando me venga en gana, he inventado un amigo llamado Bunbury, que vive en el campo y está enfermísimo. ¡Ah! Bunbury es un hombre inapreciable. Si no fuese por los continuos achaques de Bunbury, no me sería posible, por ejemplo, cenar contigo esta noche en Willis [11], pues hace más

---

[11] Era un restaurante y lugar de encuentro muy popular en King Street, junto a la plaza de St. James, que hasta 1863 se llamó Almack's, por el nombre del propietario original, que abrió este establecimiento en 1765. Fue famoso por los bailes de aristócratas que se celebraban en él durante el período de la Regencia (las primeras tres décadas del siglo XIX).

de una semana que le había prometido a tía Augusta cenar hoy con ellos.

JUAN.—Sí, pero yo no te he invitado a cenar esta noche en ningún sitio, que yo sepa.

ARCHIBALDO.—Ya lo sé. A ti no se te ocurren nunca esas delicadezas. Y haces mal. No hay nada que moleste tanto a la gente como el no recibir invitaciones.

JUAN.—Harías mucho mejor en cenar con tu tía Augusta.

ARCHIBALDO.—No tengo la más mínima intención de hacer nada de eso. En primer lugar, ya cené con ella el lunes, y una vez por semana es más que de sobra para cenar con los parientes. En segundo, siempre que como allí, me tratan realmente como de la familia, y me colocan en el peor sitio de la mesa, sin ninguna señora al lado, o entre dos, que es casi peor [12]. En tercer lugar, ya sé quién me tocaría de vecina esta noche. Seguramente, Mary Farquhar, que se pasa la comida coqueteando con su marido de un extremo a otro de la mesa. Cosa, como supondrás, nada agradable. Y casi me atrevería a decir que poco decente. Sin embargo, parece que la plaga va en aumento. Es escandaloso en Londres el número de señoras casadas que coquetean con sus maridos. No está bien. Eso es como lavar en público la ropa limpia... Además, ahora que sé que eres un bunburysta declarado, deseo hablar contigo de bunburysmo. Quiero enseñarte las reglas.

JUAN.—Perdona; pero yo no tengo nada de bunburysta. Si Gwendolin me dice que sí, estoy resuelto a matar a mi hermano. Y aunque me diga que no. Cecilia empieza a interesarse demasiado por él. Y ya empiezo a cansarme del tal Ernesto. Te aconsejo que hagas lo propio con ese..., con ese amigo achacoso de nombre tan absurdo.

---

[12] De acuerdo con las reglas de etiqueta, cada caballero debía escoltar a una dama durante una recepción, y acompañarla hasta la mesa, sentándola a su derecha. En el caso, como el que comenta Archibaldo, de que hubiera más damas que caballeros, un miembro de la familia o algún viejo amigo solía encargarse de escoltar a dos damas.

ARCHIBALDO.—Por nada del mundo romperé yo con Bunbury; y tú mismo, algún día, si llegas a casarte, cosa que me parece sumamente problemática, te alegrarás de conocer a Bunbury. Un hombre que se casa sin conocer a Bunbury está perdido.

JUAN.—¡Majaderías! Si me caso con una muchacha tan encantadora como Gwendolin —y hasta ahora es la única muchacha que he conocido con quien me casaría—, te aseguro que no necesitaré lo más mínimo conocer a Bunbury.

ARCHIBALDO.—Entonces lo necesitará tu mujer. Parece que no comprendes que en la vida conyugal tres es compañía, y dos no.

JUAN.—*(Sentenciosamente.)* Ésa es la teoría corruptora que el moderno teatro francés ha venido propalando en los últimos cincuenta años [13].

ARCHIBALDO.—Sí; y cuya verdad han demostrado las buenas familias inglesas en la mitad de ese tiempo.

JUAN.—¡Por amor de Dios, no quieras ser cínico! Es muy fácil.

ARCHIBALDO.—Hoy, querido mío, no hay nada fácil. Para todo hay una competencia atroz. *(Se oye sonar un timbre.)* Ésa debe de ser tía Augusta. Únicamente los parientes o los acreedores llaman de ese modo wagneriano. Oye, si consigo llevármela de aquí diez minutos, para que puedas declararte a Gwendolin, ¿me convidarás a cenar esta noche al Willis?

JUAN.—Hombre, si te empeñas...

ARCHIBALDO.—Sí; pero no vayas luego a faltar a tu palabra. Detesto a la gente que no tiene palabra con respecto a estas cosas de comida. Son tan superficiales.

Entra LANE.

---

[13] Se alude a las obras de dramaturgos como Dumas hijo (1824-1895) —célebre sobre todo por *La dama de las camelias* (1852)—, o Scribe (1791-1861), entre otros, que solían sufrir numerosos cambios cuando se adaptaban a la escena inglesa, para atenuar el tratamiento tan abierto que hacían de temas como el adulterio y los enredos sexuales entre las clases más elevadas de la sociedad.

LANE.—Lady Bracknell y la señorita Gwendolin Fairfax.

ARCHIBALDO *se adelanta al encuentro de ellas. Entran* LADY BRACKNELL *y* GWENDOLIN.

LADY BRACKNELL.—Buenas tardes, Archibaldo, espero que continuarás portándote bien.

ARCHIBALDO.—Sí, me siento perfectamente, tía Augusta.

LADY BRACKNELL.—Que no es lo mismo. De hecho, casi nunca van juntas ambas cosas. *(Advirtiendo la presencia de* JUAN, *le hace una inclinación de cabeza glacial.)*

ARCHIBALDO.—*(A* GWENDOLIN.) ¡Estás elegantísima, querida!

GWENDOLIN.—Como siempre, ¿verdad, señor Worthing?

JUAN.—Verdad. Es usted perfecta, señorita Fairfax.

GWENDOLIN.—¡Ay, no! No me quite usted las esperanzas. Espero todavía progresar en muchos sentidos. (GWENDOLIN *y* JUAN *van a sentarse juntos en un rincón.)*

LADY BRACKNELL.—Siento el retraso, Archibaldo; pero no tuve más remedio que ir a casa de la pobre lady Harbury. Desde que se murió su marido no había ido por allí. En mi vida he visto una mujer tan cambiada; parece veinte años más joven. Ahora ten la bondad de darme una taza de té y uno de esos deliciosos sándwiches de pepino que me prometiste.

ARCHIBALDO.—En seguida, tía Augusta. *(Se dirige a la mesa del té.)*

LADY BRACKNELL.—¿Quieres venir a sentarte aquí, Gwendolin?

GWENDOLIN.—Gracias, mamá. Estoy aquí perfectamente.

ARCHIBALDO.—*(Alzando con ademán de espanto la fuente vacía.)* ¡Cielos!... ¡Lane! ¿Dónde están los sándwiches de pepino? ¿No te los encargué especialmente?

LANE.—*(Con gran aplomo.)* No he encontrado pepinos en el mercado esta mañana, señorito. Y eso que fui dos veces.

ARCHIBALDO.—¿Que no encontraste pepinos?

LANE.—No, señorito. Ni siquiera pagando al contado.

ARCHIBALDO.—Bien, bien, Lane. Puedes retirarte.

LANE.—Gracias, señorito. *(Saluda y sale.)*

ARCHIBALDO.—Siento infinito, tía Augusta, que no hubiera pepinos, ni siquiera pagando al contado.

LADY BRACKNELL.—No importa. Tomé algunos pastelillos en casa de lady Harbury, que me parece que no piensa ya más que en pasarlo lo mejor posible.

ARCHIBALDO.—Me han dicho que se le ha puesto el pelo completamente rubio de dolor.

LADY BRACKNELL.—Es cierto que le ha cambiado el color, aunque no sabría decir por qué. (ARCHIBALDO *le acerca una taza de té.)* Gracias; te he preparado una sorpresa agradable para esta noche, Archibaldo. Pienso colocarte junto a Mary Farquhar. Es una mujer preciosa, ¡y tan enamorada de su marido! Da gusto observarlos.

ARCHIBALDO.—Temo, tía Augusta, verme obligado a renunciar al placer de cenar con ustedes esta noche.

LADY BRACKNELL.—*(Frunciendo el ceño.)* Espero que no, Archibaldo. Me estropearías la cena. Tu tío tendría que irse a comer a sus habitaciones. Claro que, afortunadamente, ya está acostumbrado.

ARCHIBALDO.—Lo siento infinito, tía. Ya sabe el disgusto que supone para mí no poder ir; pero el caso es que acabo de recibir un telegrama diciéndome que mi pobre amigo Bunbury ha vuelto a recaer y se encuentra gravísimo. *(Cambiando una mirada con* JUAN.) Parece que piensan que mi obligación es estar junto a él.

LADY BRACKNELL.—¡Qué extraño! La verdad es que ese señor Bunbury tiene una salud imposible.

ARCHIBALDO.—Sí; el pobre Bunbury es el rigor de las desdichas.

LADY BRACKNELL.—Pero, Archibaldo, me parece que ya es hora de que se decida a ponerse bueno o morirse de una vez. Esa irresolución es absurda. De ninguna manera puedo aprobar esa simpatía moderna hacia las personas enfermas. Me parece enfermiza. No se debería fomentar ningún tipo de enfermedad en el prójimo. La salud es la primera obligación de la vida. Siempre se lo estoy diciendo a tu pobre tío, pero no parece hacerme ningún caso... por lo menos no se advierte ninguna mejora en sus achaques. Te agradecería le suplicases al señor Bunbury de mi parte que tenga la bondad de no ponerse peor el sábado próximo, pues cuento contigo para organizar mi concierto. Es mi última recepción, y necesito algo que anime la conversación, sobre todo ahora que estamos al final de la temporada y ya la gente ha dicho todo lo que tenía que decir, que en la mayor parte de los casos no debía de ser mucho.

ARCHIBALDO.—Se lo diré a Bunbury, tía Augusta, si es que aún no ha perdido el conocimiento, y creo poder ofrecerle a usted que no tendrá ninguna recaída el sábado. Claro que eso de la música no deja de presentar sus dificultades. Mire usted, si se toca buena música, la gente no escucha, y si se toca música mala, la gente no habla. Pero si quiere usted acompañarme un momento a la habitación de al lado, le enseñaré el programa que se me ha ocurrido, y acabaremos de confeccionarlo.

LADY BRACKNELL.—Gracias, Archibaldo, gracias. Eres muy considerado. *(Levantándose y siguiendo a* ARCHIBALDO.) Estoy segura de que, en cuanto lo expurguemos un poco, quedará un programa delicioso. Desde luego, nada de canciones francesas. La gente se figura siempre que son inconvenientes, y se da por ofendida, lo que es bastante vulgar, o no para de reírse, que es todavía peor. En cambio, el alemán suena a idioma respetable; y debe de serlo. Gwendolin, ten la bondad de seguirme.

GWENDOLIN.—En seguida, mamá.

> LADY BRACKNELL *y* ARCHIBALDO *pasan al saloncito de música.* GWENDOLIN *se queda rezagada.*

JUAN.—Qué día tan hermoso, ¿verdad, señorita Fairfax?

GWENDOLIN.—¡No irá usted a hablarme del tiempo, señor Worthing! En cuanto una persona me habla del tiempo que hace, estoy segura de que lleva otra intención. Y me pongo nerviosísima.

JUAN.—Y yo llevo otra intención.

GWENDOLIN.—Ya me lo figuraba. Yo nunca me equivoco.

JUAN.—Y me gustaría aprovechar la ausencia temporal de lady Bracknell...

GWENDOLIN.—Le aconsejo, desde luego, que lo haga. Mamá tiene un modo de volver a entrar súbitamente que más de una vez he tenido que llamarle la atención.

JUAN.—*(Agitadamente.)* Gwendolin, desde que la vi a usted la admiré más que a ninguna de las mujeres que he conocido desde... que la conocí a usted.

GWENDOLIN.—Sí, ya me doy cuenta. Y ojalá que hubiese estado usted un poco más expresivo; en público, por lo menos. Siempre tuvo usted para mí un atractivo irresistible. Aun sin conocerlo estaba usted lejos de serme indiferente. (JUAN *la mira estupefacto.)* Vivimos, como supongo sabrá usted, señor Worthing, en un siglo de ideales. Al menos, así nos lo repiten de continuo las revistas mensuales más caras, y me cuentan que ha llegado incluso hasta los púlpitos en provincias. Pues bien; mi ideal ha sido siempre querer a un hombre que se llamase Ernesto. ¡Ernesto! No sé qué tiene este nombre, que me inspira una confianza absoluta. Desde el momento en que Archibaldo me dijo que tenía un amigo que se llamaba Ernesto, comprendí que estaba destinada a quererlo a usted.

JUAN.—¿Pero realmente me quiere usted?

GWENDOLIN.—¡Con pasión!

JUAN.—¡Amor mío! No sabe usted lo feliz que me hace.

GWENDOLIN.—¡Mi Ernesto!

JUAN.—Pero no querrá usted decir que si mi nombre no fuese Ernesto no podría usted quererme, ¿verdad?

GWENDOLIN.—Pero usted se llama Ernesto.

JUAN.—Sí, lo sé. Pero, suponiendo que no me llamase, ¿iría usted a dejarme de querer por eso?

GWENDOLIN.—*(Con mucha soltura.)* ¡Ah!, eso es ya una especulación metafísica y, como la mayoría de las especulaciones metafísicas, no tiene nada que ver con los hechos de la vida real, tal como los conocemos.

JUAN.—Pues a mí, querida Gwendolin, a decir verdad, confieso que me tiene sin cuidado llamarme Ernesto... Es más: no creo que el nombre acabe de sentarme.

GWENDOLIN.—¿Cómo que no? Le sienta a usted perfectamente. Es un nombre divino. ¡Tiene una música propia! Produce vibraciones.

JUAN.—Pues, Gwendolin, en realidad yo encuentro que hay una porción de nombres mucho más bonitos. Juan, por ejemplo, es un nombre precioso.

GWENDOLIN.—¿Juan?... ¡Oh, no! No tiene la menor música. No emociona. He conocido varios Juanes, y todos, sin excepción, eran vulgarísimos. Compadezco a la mujer que se case con alguien que se llame Juan. Seguramente nunca podrá conocer el placer fascinante de un solo momento de soledad. No, el único nombre verdaderamente seguro es Ernesto. ¡Ernesto!

JUAN.—Gwendolin, es preciso que vaya a bautizarme inmediatamente..., quiero decir, es preciso que nos casen inmediatamente. No hay tiempo que perder.

GWENDOLIN.—¿Casarnos, señor Worthing?

JUAN.—*(Desconcertado.)* ¡Pues naturalmente!... Usted sabe que la quiero, y también usted me ha dado a entender, señorita Fairfax, que no le soy completamente indiferente...

GWENDOLIN.—¿Cómo indiferente? ¡Le adoro a usted! Pero usted todavía no se me ha declarado, no me ha dicho una palabra de casamiento. Ese tema ni siquiera se ha tocado.

JUAN.—Bueno... ¿Le parece a usted entonces que me declare ahora?

GWENDOLIN.—Me parece una ocasión excelente. Y para evitarle toda posible desilusión, señor Worthing, me creo en el deber de confesarle francamente, de antemano, que estoy resuelta a decirle que sí.

JUAN.—¡Gwendolin!

GWENDOLIN.—Sí, señor Worthing, ¿qué es lo que tiene usted que decirme?

JUAN.—Lo que tengo que decirle, usted lo sabe.

GWENDOLIN.—Sí; pero usted no lo dice.

JUAN.—*(Arrodillándose.)* Gwendolin, ¿quiere usted ser mi mujer?

GWENDOLIN.—¡Naturalmente que quiero, Ernesto! ¡Cuidado que ha tardado usted tiempo en decirlo! Me parece que, en cuestión de declaraciones, debe usted de tener muy poca experiencia.

JUAN.—Usted es la única mujer a quien he querido en el mundo, Gwendolin.

GWENDOLIN.—Sí; pero los hombres se declaran muchas veces para practicar. Yo sé que mi hermano Gerardo lo hace. Todas mis amigas me lo han dicho... ¡Qué ojos azules tan maravillosos tiene usted, Ernesto! Son completamente, completamente azules. Espero que siempre me mirará usted así, ¿eh? Sobre todo cuando haya gente delante.

Entra LADY BRACKNELL.

LADY BRACKNELL.—¡Señor Worthing! ¡Levántese usted, caballero, de esa postura que me atreveré a calificar de indecorosa!

GWENDOLIN.—¡Mamá! (JUAN *trata de levantarse; ella se lo impide.)* Te agradeceré que te retires. Éste no es tu sitio. Además, el señor Worthing no ha terminado todavía.

LADY BRACKNELL.—¿Terminado el qué, si puedo saberlo?

GWENDOLIN.—Mamá, el señor Worthing y yo estamos comprometidos. *(Ambos se levantan.)*

LADY BRACKNELL.—Perdón; tú no estás comprometida con nadie. Cuando llegue el caso, yo, o tu padre, si su salud se lo permite, nos encargaremos de comunicártelo. Un compromiso debe ser siempre una especie de sorpresa, agradable o desagradable, según las circunstancias... Ésas son cosas que no se pueden dejar al capricho de las muchachas. Ahora tengo que hacer unas cuantas preguntas al señor Worthing; de modo que ve a esperarme abajo, en el coche.

GWENDOLIN.—*(En tono de reproche.)* ¡Mamá!

LADY BRACKNELL.—¡Al coche he dicho, Gwendolin! (GWENDOLIN *se dirige hacia la puerta.* JUAN *y ella se tiran besos con la punta de los dedos a espaldas de* LADY BRACKNELL. *Ésta mira vagamente en torno suyo, como si no pudiera darse cuenta de qué ruido es aquél. Al fin se vuelve hacia ellos.)* ¡Al coche, Gwendolin!

GWENDOLIN.—Sí, mamá, sí. *(Sale volviendo la cabeza para mirar a* JUAN.)

LADY BRACKNELL.—*(Sentándose.)* Puede usted sentarse, señor Worthing. *(Saca del bolsillo un cuadernito y un lápiz.)*

JUAN.—Gracias, lady Bracknell; prefiero estar de pie.

LADY BRACKNELL.—*(Cuadernito y lápiz en mano.)* Debo decirle que no figura usted en mi lista de pretendientes elegibles, y eso que tengo la misma lista que la duquesa de Bolton. Como que puede decirse que trabajamos juntas. Sin embargo, no tengo inconveniente en apuntarle a usted, si sus respuestas son las que una madre que se preocupa de la felicidad de su hija tiene derecho a exigir. Vamos a ver: ¿fuma usted?

JUAN.—Sí. Debo confesar que fumo.

LADY BRACKNELL.—Lo celebro. Todos los hombres deben tener alguna ocupación, sea cual sea. Ya hay demasiados hombres ociosos en Londres. ¿Qué edad tiene usted?

JUAN.—Veintinueve años.

LADY BRACKNELL.—Una edad excelente para contraer matrimonio. Yo siempre he sido de la opinión de que un hombre que piensa en casarse debería conocerlo todo, o nada. ¿En qué caso está usted?

JUAN.—*(Después de un momento de vacilación.)* Yo... no conozco nada, lady Bracknell.

LADY BRACKNELL.—Lo celebro también. ¡No hay nada como la ignorancia natural! La ignorancia es como un delicado fruto exótico; tócala y pierde el brillo. Esas teorías modernas sobre la educación son de lo más pernicioso. Claro que la educación no hace muchos estragos, que digamos, en Inglaterra. Felizmente para las clases altas, porque si no, tendríamos probablemente actos de violencia en la plaza Grosvenor [14]. Bueno, ¿qué renta tiene usted?

JUAN.—De siete a ocho mil libras al año [15].

LADY BRACKNELL.—*(Tomando nota en su cuadernito.)* ¿En tierras o en títulos?

JUAN.—En títulos, principalmente.

LADY BRACKNELL.—Eso es satisfactorio. Porque entre las obligaciones que tiene uno mientras está vivo, y las obligaciones que contrae al morirse, las tierras han dejado de ser un beneficio o un placer[16]. Le dan a uno posición, pero le impiden mantenerla. Eso es todo lo que puede decirse de las tierras.

JUAN.—Tengo una casa de campo, con unas tierras anexas a ella; unas novecientas fanegas, creo; pero mi verdadera renta no depende para nada de ellas. De hecho, hasta donde se me alcanza, los únicos que les sacan provecho son los cazadores furtivos.

LADY BRACKNELL.—¿Una casa de campo? ¿Cuántas alcobas? Bueno; ya pondremos en claro este punto más adelante. Me figuro que también tendrá usted alguna casa propia en Londres, ¿verdad? Ya puede usted suponer que una muchacha modesta y de gustos sencillos, como Gwendolin, no va a vivir en el campo.

---

[14] Plaza del elegante barrio de Mayfair, en Londres (véase nota 3). Esta referencia fue añadida por Wilde al corregir las pruebas de imprenta de la edición de la obra en 1899. Pero la posibilidad de que un hecho así ocurriera en esa zona de Londres era impensable en la época.

[15] Esa cifra se consideraba entonces una buena renta.

[16] Se hace referencia a las obligaciones pecuniarias que tenían los terratenientes con sus empleados o arrendatarios, mientras vivían, y a los impuestos y tasas que habían de pagarse al Estado por la transmisión de las tierras a la muerte del propietario.

JUAN.—Sí; también tengo una casa en la plaza de Belgrave [17]; pero la tengo alquilada anualmente a lady Bloxham. Claro que puedo disponer de ella, avisándola con seis meses de anticipación.

LADY BRACKNELL.—¿Lady Bloxham? No la conozco.

JUAN.—¡Oh!, sale muy poco. Es una señora muy entrada en años.

LADY BRACKNELL.—¡Ah! Hoy día eso no es una garantía de respetabilidad. ¿Qué número de la plaza de Belgrave?

JUAN.—El 149.

LADY BRACKNELL.—*(Con un movimiento de cabeza.)* La parte que no está de moda. Me figuré que era algo. Sin embargo, esto podría remediarse fácilmente.

JUAN.—¿El qué? ¿La moda o la parte?

LADY BRACKNELL.—*(Secamente.)* Ambas, si es preciso. ¿Cuáles son sus opiniones políticas?

JUAN.—La verdad, me temo que no tengo. Soy unionista-liberal [18].

LADY BRACKNELL.—Bueno; pondremos conservador. Al fin y al cabo, viene a ser lo mismo. Vienen a cenar a casa. O a las recepciones, al menos. Pasemos ahora a detalles de menos importancia. Los padres de usted, ¿viven?

JUAN.—He perdido a ambos, lady Bracknell.

LADY BRACKNELL.—Perder a uno de ellos, señor Worthing, puede pasar por una desgracia; pero perder a los dos, parece

---

[17] Esta plaza se encuentra en otra de las zonas más elegantes de Londres, Belgravia, al sur de Hyde Park y detrás de los jardines del palacio de Buckingham, muy cerca de los centros de poder de la capital británica.

[18] El término doble procede de un grupo de unos noventa liberales que se opusieron al proyecto de ley de autonomía para Irlanda del primer ministro liberal William E. Gladstone (1809-1898), en 1886. Estos liberales se opusieron porque el proyecto iba contra el Acta de la Unión Anglo-Irlandesa de 1801. Esta oposición llevó a ese grupo de liberales a unirse a los conservadores, con lo que el proyecto de ley fue derrotado en el Parlamento. Todavía hoy se conoce a los partidarios de la unión entre el Norte de Irlanda y Gran Bretaña como «unionistas».

realmente un descuido. ¿Qué era su padre de usted? Evidentemente, un hombre de cierta posición. Pero, ¿había nacido en lo que los periódicos radicales llaman la púrpura del comercio [19], o provenía de la aristocracia?

JUAN.—La verdad es que no lo sé. Dije que había perdido a mis padres y, realmente, más exacto hubiera sido decir que mis padres me perdieron a mí... A estas fechas, no sé quién soy todavía... En una palabra: fui... sí, fui encontrado...

LADY BRACKNELL—¿Encontrado?

JUAN.—El difunto señor Tomás Cardew, un anciano caballero muy caritativo y de corazón bondadosísimo, me encontró y me dio el nombre de Worthing, simplemente porque en aquel momento tenía en el bolsillo un billete de primera clase para Worthing. Worthing es un lugar del condado de Sussex, a orillas del mar [20].

LADY BRACKNELL.—¿Y dónde ese señor tan caritativo, que llevaba en el bolsillo un billete de primera clase para Worthing, lo encontró a usted?

JUAN.—*(Gravemente.)* ¡En una maleta!

LADY BRACKNELL.—¿En una maleta?

JUAN.—*(Con la misma seriedad.)* Sí, lady Bracknell. En una maleta de cuero negro, bastante grande, con asas... En fin, una maleta corriente.

LADY BRACKNELL.—¿Y en qué sitio se encontró este señor Jaime, o Tomás, Cardew esa maleta corriente?

JUAN.—En el guardarropa de la estación Victoria. Se la dieron equivocadamente por la suya.

LADY BRACKNELL.—¿En el guardarropa de la estación Victoria?

---

[19] Se alude al sector de la clase alta que procedía del mundo del comercio o los negocios, como Thomas Lipton (1850-1931), que recibió el título de *sir* en 1898 gracias a sus éxitos en el negocio del té.

[20] Como dice el personaje, Worthing es una pequeña localidad costera del Canal de la Mancha, en el condado de Sussex, al sur de Londres (a menos de cien kilómetros por tren), que en 1890 se convirtió en distrito y se hizo popular como lugar de descanso y residencial, especialmente para las personas retiradas.

JUAN.—Sí, línea de Brighton[21].

LADY BRACKNELL.—La línea es lo de menos, señor Worthing. Le confieso que eso que me dice usted me desconcierta bastante. Nacer, o por lo menos, ser criado en una maleta con asas o sin ellas, me parece demostrar un tal desprecio de todas las conveniencias de la vida de familia, que hace pensar en los peores excesos de la Revolución francesa. Y supongo que conoce usted a lo que nos condujo ese desafortunado acontecimiento. En cuanto al sitio en que fue encontrada la maleta, es muy posible que el guardarropa de una estación ferroviaria sirva para ocultar una... indiscreción social y, probablemente, ya antes de ahora ha servido; pero en modo alguno podría considerarse como una base estable para tener una posición reconocida en la buena sociedad.

JUAN.—Entonces, ¿qué me aconseja usted? No necesito decirle que estoy dispuesto a todo con tal de hacer la felicidad de Gwendolin.

LADY BRACKNELL.—Pues le aconsejo, señor Worthing, que trate de adquirir lo antes posible algunos parientes presentables, y que haga un último esfuerzo para descubrir a su padre o a su madre —con uno basta— antes de que termine la temporada.

JUAN.—Pues no sé cómo me las voy a arreglar Yo lo que puedo presentar en cualquier momento es la maleta. Está en mi vestidor en casa. Y me parece que podría usted muy bien darse por satisfecha, lady Bracknell.

LADY BRACKNELL.—¿Darme por satisfecha? ¿Qué está usted diciendo? ¡Supongo que no tendrá usted la pretensión de que lord Bracknell y yo vayamos a consentir en que nuestra hija única, educada con el mayor esmero, contraiga matrimonio con un equipaje! ¡Buenos días, señor Worthing! *(Sale con una majestuosa indignación.)*

---

[21] Se alude a la línea ferroviaria que parte de Londres (la estación Victoria es una de las principales de la capital) hacia el sur, en dirección a la ciudad costera de Brighton, famoso lugar de recreo a 82 kilómetros al sur de Londres.

JUAN.—¡Buenos días! (ARCHIBALDO, *desde la habitación contigua, empieza a tocar la marcha nupcial.* JUAN *parece muy furioso, y se dirige hacia la puerta.)* ¡Por amor de Dios, ten la bondad de no tocar ese aire fúnebre, Archi! ¡Cuidado que eres estúpido! *(Cesa la música y aparece* ARCHIBALDO, *muy regocijado.)*

ARCHIBALDO.—Qué, ¿no salió todo a gusto tuyo, eh? ¿Te dijo que no Gwendolin? ¡Me lo figuraba! Está siempre rechazando a la gente. Creo que hay algo malo en su naturaleza.

JUAN.—¡Oh, lo de Gwendolin va como una seda! En lo que a ella respecta, estamos comprometidos. Su madre es la que resulta absolutamente insoportable. En mi vida he encontrado una gorgona semejante. No estoy seguro de cómo son las gorgonas [22]; pero no me cabe duda de que lady Bracknell es una. Por lo menos es un monstruo, sin ser un mito; lo que es bastante injusto... ¡Dispensa, chico, no recordaba que era tu tía!...

ARCHIBALDO.—No, no. Si a mí me encanta oír hablar mal de mis parientes. Es lo único que me ayuda a soportarlos. Los parientes son un hatajo de gente absurda, que no tiene la más remota idea de cómo se debe vivir, ni el más leve instinto de cuándo deben morirse.

JUAN.—¡Eso es una tontería!

ARCHIBALDO.—¡No lo es!

JUAN.—Bueno; no vale la pena discutirlo. Siempre quieres discutirlo todo.

ARCHIBALDO.—Para eso es exactamente para lo que se hicieron las cosas.

JUAN.—Palabra, que si pensara así, ya me habría pegado un tiro. *(Pausa.)* Oye, Archibaldo, ¿crees que dentro de unos años..., pongamos ciento cincuenta.... Gwendolin se volverá como su madre?

---

[22] Ser mitológico con la cabeza llena de serpientes. Quien la miraba se convertía en piedra.

ARCHIBALDO.—Todas las mujeres llegan a parecerse a sus madres. Ésa es su tragedia. Mientras que los hombres no, y ésa es la de ellos.

JUAN.—Eso debe de ser muy agudo, ¿verdad?

ARCHIBALDO.—¡Pues sí que lo es! Una frase muy bonita, y una observación muy inteligente que refleja lo que ha de ser la vida civilizada.

JUAN.—Me pone enfermo tanta inteligencia. Hoy todo el mundo es inteligente. No puedes ir a ninguna parte sin encontrarte con personas inteligentes. La cosa ha llegado a convertirse en una verdadera calamidad pública. ¡Ojalá tuviésemos aún algunos tontos!

ARCHIBALDO.—¡Y los tenemos!

JUAN.—Me gustaría conocerlos. ¿De qué hablan?

ARCHIBALDO —¿Pues de qué van a hablar? De las personas inteligentes.

JUAN.—¡Tontos de remate!

ARCHIBALDO.—Oye, a propósito, ¿le has dicho a Gwendolin la verdad, que te llamas Ernesto en Londres y Juan en el campo?

JUAN.—*(Con aire protector.)* Querido mío, la verdad no es cosa para ser dicha a una muchacha bonita, dulce, bien educada. ¡No tienes la menor idea de cómo hay que tratar a las mujeres!

ARCHIBALDO.—¡Bah!, la única manera de tratar a una mujer es hacerle el amor, si es bonita[23]; o hacérselo a otra, si es fea.

JUAN.—¡Otra tontería!

ARCHIBALDO.—Bueno, ¿y tu hermano? ¿Qué pasa con ese calavera de Ernesto?

---

[23] La expresión «hacer el amor» equivalía en esa época a cortejar a una mujer, no a tener relaciones sexuales con ella. Ya anteriormente, en la primera escena, en el diálogo entre Juan y Archibaldo, este último utilizaba la misma expresión para referirse al enamoramiento que parecían sentir Juan y Gwendolin (véase pág. 142).

JUAN.—¡Oh!, antes de que acabe la semana me habré librado de él. Diré que ha fallecido en París de una apoplejía. Todos los días se está muriendo gente de apoplejía, ¿verdad?

ARCHIBALDO.—Sí; pero la apoplejía es hereditaria, querido. Se transmite por la familia. Harías mejor en decir de una pulmonía fulminante.

JUAN.—¿Estás seguro de que las pulmonías fulminantes no son hereditarias?

ARCHIBALDO.—¡Segurísimo!

JUAN.—Bueno; pues mi pobre hermano Ernesto ha fallecido de repente en París a consecuencia de una pulmonía fulminante. ¡Ya estoy libre de él!

ARCHIBALDO.—Pero... ¿no dijiste que la señorita Cardew estaba demasiado interesada por tu hermano Ernesto? ¿No le vas a dar un gran disgusto?

JUAN.—¡Bah!, eso no tiene importancia. Cecilia no es una estúpida niña romántica. Afortunadamente. Tiene un apetito magnífico, se da unos paseos tremendos y no presta la menor atención a sus estudios.

ARCHIBALDO.—¡Me gustaría conocer a Cecilia!

JUAN.—Ya tendré yo buen cuidado de que no la conozcas. Es preciosa y acaba de cumplir los dieciocho años[24].

ARCHIBALDO.—¿Le dijiste a Gwendolin que tenías una pupila preciosa, que acababa de cumplir los dieciocho?

JUAN.—¿Y a qué santo iba a decírselo? Cecilia y Gwendolin serán seguramente grandes amigas. Te apuesto lo que quieras a que a la media hora de conocerse se estarán llamando hermanas.

ARCHIBALDO.—Las mujeres sólo hacen eso después de que se han llamado otra porción de cosas. Ahora, querido mío, si quieres que cojamos mesa en Willis, hay que ir a vestirse[25]. ¿Sabes que son cerca de las siete?

---

[24] Ésa es la edad para la puesta de largo, cuando las jóvenes son presentadas en sociedad con el objeto de conseguir un buen matrimonio.

[25] Las reglas de la etiqueta requerían corbata blanca y chaleco, con frac, para asistir a un restaurante como Willis, o para el teatro.

JUAN.—*(Con irritación.)* ¡Para ti son siempre cerca de las siete!

ARCHIBALDO.—Tengo hambre.

JUAN.—Nunca te he conocido de otra manera...

ARCHIBALDO.—¿Qué te parece que hagamos después de cenar? ¿Ir al teatro?

JUAN.—¡Oh, no! ¡No estoy de humor para oír nada!

ARCHIBALDO.—Al club [26], entonces.

JUAN.—Tampoco; no estoy de humor para hablar.

ARCHIBALDO.—Bueno, podríamos dar una vuelta por el Empire a las diez [27].

JUAN.—¡Ah, no! No soporto los espectáculos. Son tan estúpidos.

ARCHIBALDO.—¡Pues tú dirás qué hacemos!

JUAN.—¡Nada!

ARCHIBALDO.—Eso es demasiado difícil. Yo no me siento con fuerzas. Aunque no me importa trabajar duro y parejo si no hay ningún objetivo concreto.

Entra LANE.

LANE.—¡La señorita Gwendolin!

Entra GWENDOLIN. *Sale* LANE.

ARCHIBALDO.—¡Gwendolin, bendita seas!

GWENDOLIN.—¡Archi, ten la bondad de volverte de espaldas! Tengo que decir algo en particular al señor Worthing.

ARCHIBALDO.—La verdad, Gwendolin..., no sé si debo...

---

[26] Los clubs de caballeros, que se hallaban en los alrededores de St. James y de Pall Mall, eran el refugio de sus miembros, especialmente cuando se encontraban desocupados.

[27] El Empire era un teatro de variedades muy popular en Londres, situado en la plaza Leicester. Con esta referencia se alude aquí, además, a las mujeres de vida alegre, pues en un lugar cercano al auditorio solían concentrarse muchas de esas señoras, especialmente los viernes y sábados por la noche.

GWENDOLIN.—¡Tú siempre echándotelas de inmoral! No eres bastante viejo para ello. (ARCHIBALDO *se retira hacia la chimenea.)*

JUAN.—¡Mi querida Gwendolin!

GWENDOLIN.—¡Ernesto, es posible que nunca seamos marido y mujer! La cara que ponía mamá me lo hace temer. Son muy pocos los padres que hoy hacen caso de la opinión de sus hijos. El respeto que antiguamente se tenía a los jóvenes casi ha desaparecido. Yo, si alguna influencia tuve sobre mamá, la perdí desde los tres años. Pero, aunque ella pueda impedirnos que lleguemos a ser marido y mujer y obligarme a que me case con otro, nada, nada podrá alterar el amor que siento por usted.

JUAN.—¡Querida Gwendolin!

GWENDOLIN.—La historia tan romántica de su nacimiento, tal como me la ha contado mamá, con una porción de comentarios desagradables, me ha conmovido hasta lo más íntimo. Su nombre de pila tiene para mí un hechizo irresistible. La sencillez del carácter de usted me lo hace deliciosamente incomprensible. Tengo la dirección de usted en Albany. ¿Cuál es la del campo?

JUAN.—Manor House, Woolton, Hertfordshire[28].

> ARCHIBALDO, *que ha estado escuchando atentamente, se sonríe y toma nota de la dirección en un puño de la camisa. Luego, coge de una mesita una guía de ferrocarriles.*

GWENDOLIN.—Supongo que el servicio de correos será bueno, ¿verdad? Puede que haya que hacer algo a la desesperada. Claro que hay que pensarlo bien. Le escribiré a usted todos los días.

JUAN.—¡Amor mío!

---

[28] Condado de Inglaterra, al norte de Londres, que linda con los de Buckinghamshire, Bedfordshire, Cambridgeshire, Essex y el Gran Londres.

GWENDOLIN.—¿Hasta cuándo estará usted en Londres?

JUAN.—Hasta el lunes.

GWENDOLIN.—Perfectamente. Archi, ya puedes volverte.

ARCHIBALDO.—Gracias; ya me he vuelto.

GWENDOLIN.—Haz el favor de llamar al timbre.

JUAN.—¿Me permite usted que la acompañe hasta el coche?

GWENDOLIN.—Naturalmente.

JUAN.—*(A* LANE *que acaba de entrar.)* Yo acompañaré a la señorita Fairfax.

LANE.—Sí, señor.

Salen JUAN *y* GWENDOLIN. LANE *presenta a* ARCHIBALDO *varias cartas en una bandeja. Puede suponerse que son facturas, pues* ARCHIBALDO, *en cuanto lee los sobres, las rompe.*

ARCHIBALDO.—Una copa de jerez, Lane.

LANE.—Sí, señorito.

ARCHIBALDO.—Mañana, Lane, voy a bunburyzar.

LANE.—Bien, señorito.

ARCHIBALDO.—Probablemente no estaré de vuelta hasta el lunes. Prepara el maletín de siempre, mete el esmoquin, y todos los trajes de Bunbury... En fin, lo de costumbre.

LANE.—Bien, señorito. *(Alargándole el jerez.)*

ARCHIBALDO.—Espero que mañana haga buen día, Lane.

LANE.—Nunca hace bueno, señorito.

ARCHIBALDO.—Lane, eres el perfecto pesimista.

LANE.—Hago todo lo que puedo para que quede satisfecho, señorito.

Entra JUAN. *Sale* LANE.

JUAN.—¡Qué muchacha tan sensata, tan inteligente! La única muchacha que ha conseguido interesarme de veras. (ARCHIBALDO *empieza a reírse inmoderadamente.)* ¿Puede saberse qué es lo que te hace tanta gracia?

ARCHIBALDO.—¡Oh, nada! Que estoy un poco inquieto a causa de ese pobre Bunbury.

JUAN.—Si no tienes cuidado, ya verás cómo el tal Bunbury acaba por meterte en algún mal paso.

ARCHIBALDO.—Me encantan los malos pasos. Son los únicos que nunca son serios.

JUAN.—Una tontería más, Archi. Te pasas la vida diciendo tonterías.

ARCHIBALDO.—Como todo el mundo, querido, como todo el mundo. (JUAN *le lanza una mirada de indignación y sale.* ARCHIBALDO *enciende un pitillo, se mira el puño de la camisa y sonríe.)*

TELÓN

ACTO SEGUNDO

Jardín de la quinta del SEÑOR WORTHING. *Una escalinata de piedra gris conduce a la casa. El jardín, un jardín a la antigua, aparece lleno de rosas. Mes de julio. Sillones de mimbre y una mesa atestada de libros, a la sombra de un tejo frondosísimo. La* SEÑORITA PRISM, *sentada delante de la mesa. Al fondo,* CECILIA *regando las flores.*

SEÑORITA PRISM.—*(Llamándola.)* ¡Cecilia! ¡Cecilia! ¿No le parece que esa ocupación tan utilitaria de regar las flores es más bien de incumbencia del jardinero [29]? Sobre todo teniendo en cuenta los placeres intelectuales que están aguardándola a usted. Su gramática alemana está sobre la mesa. Tenga usted la bondad de abrirla por la página quince. Vamos a repetir la lección de ayer.

CECILIA.—*(Acercándose muy despacio.)* ¡Pero si a mí no me gusta el alemán! Es una lengua que no sienta bien a nadie. Estoy segura de que después de la lección de alemán parezco feísima.

---

[29] En la versión inglesa recibe el nombre de Moulton, pues en el original en cuatro actos que escribió Wilde hacía una pequeña aparición en este momento. Cecilia aprovechaba para pedirle al jardinero que tomara él sus lecciones de alemán en su lugar, a lo que el jardinero simplemente contestaba que no aguantaba las lenguas extranjeras, desapareciendo acto seguido detrás de un seto.

SEÑORITA PRISM.—Hija mía, ya sabe usted el interés que tiene su tutor en que usted reciba una educación esmeradísima. Ayer, antes de marchar a Londres, me recomendó muy especialmente el alemán. Sí, cada vez que se marcha a Londres me recomienda con mucha insistencia la lección de alemán.

CECILIA.—¡El querido tío Juan es tan serio! A veces está tan serio, que me parece que no debe de sentirse bien...

SEÑORITA PRISM.—*(Enderezándose.)* Su tutor disfruta de una salud inmejorable, y su gravedad es tanto más digna de admiración si se tiene en cuenta su relativa juventud. No conozco a nadie con sentido más alto de la responsabilidad y del deber.

CECILIA.—¡Ah! Ésa debe de ser la causa de que muchas veces, cuando estamos juntos los tres, tenga esa cara de aburrimiento.

SEÑORITA PRISM.—¡Cecilia! Me sorprende oírla hablar así. El señor Worthing tiene muchas cosas en qué pensar, y no puede entregarse a frivolidades ociosas. Piense usted en la constante preocupación de que es causa su hermano, ese desgraciado joven...

CECILIA.—El tío Juan debería permitir a ese desgraciado joven que viniese por aquí de cuando en cuando. Podríamos ejercer sobre él una benéfica influencia. Sí, estoy segura de que usted la ejercería, señorita Prism. Usted sabe alemán y geología, y esas cosas deben influir mucho sobre un hombre. *(Abre su diario y se pone a escribir en él.)*

SEÑORITA PRISM.—*(Meneando dubitativamente la cabeza.)* No creo que pudiera influir lo más mínimo en un carácter que, según dice su mismo hermano, es de una debilidad y de una inestabilidad irremediables. Ni me parece que, aun pudiendo, quisiera influir. Yo no apruebo esa manía moderna de convertir en buenas a las malas personas, en un abrir y cerrar de ojos. No; que cada cual coseche lo que sembró... Debería usted dejar ahora ese diario, Cecilia. Realmente, no veo la necesidad de que lleve usted un diario.

CECILIA.—Lo llevo para anotar los secretos maravillosos de mi vida. Si no los apuntara, es casi seguro que los olvidaría por completo.

SEÑORITA PRISM.—La memoria, mi querida Cecilia, es el diario que todos llevamos con nosotros.

CECILIA.—Sí; pero generalmente no registra más que las cosas que no han sucedido nunca, ni podían suceder. Me parece que la memoria debe de ser la responsable de todas esas novelas en tres volúmenes que nos envía Mudie [30].

SEÑORITA PRISM.—No hable usted a la ligera de las novelas en tres volúmenes, Cecilia. ¡Ay! Yo también escribí una en mi juventud.

CECILIA.—¿De verdad, señorita Prism? ¡Cuidado que tiene usted talento! Supongo que no acabaría bien, ¿eh? Detesto las novelas que acaban bien. Me entristecen horriblemente.

SEÑORITA PRISM.—Los buenos acababan bien y los malos eran castigados. Así lo requiere siempre la Ficción.

CECILIA.—Supongo que debe ser así. Pero parece muy injusto. ¿Y publicó usted su novela?

SEÑORITA PRISM.—¡Ay, no! Desgraciadamente, el manuscrito fue abandonado. (CECILIA *se estremece.)* Quiero decir que se extravió y no fue posible recuperarlo. Bueno, hija mía; estas disquisiciones tienen muy poco que ver con los estudios de usted.

CECILIA.—*(Sonriendo.)* Pero por allí veo venir al reverendo Chasuble.

SEÑORITA PRISM.—*(Levántandose y avanzando.)* ¿El reverendo Chasuble? ¡Qué alegría verle por aquí!

---

[30] Mudie era el nombre de una librería que prestaba libros. La librería enviaba a los suscriptores una caja de libros mensualmente, donde solían incluirse las novedades más recientes de novelas en tres volúmenes. En su ensayo «El crítico como artista» Wilde pone en boca de Gilbert la siguiente frase: «Cualquiera puede escribir una novela en tres volúmenes. Sólo se requiere una completa ignorancia de la vida y de la literatura».

Entra el reverendo CHASUBLE.

CHASUBLE.—¿Qué tal, qué tal vamos? Supongo que todos bien, ¿verdad, señorita Prism?

CECILIA.—Precisamente la señorita Prism se quejaba, cuando llegó usted, de un poco de jaqueca. ¿Verdad que le sentaría bien dar una vueltecita con usted por el parque?

SEÑORITA PRISM.—¡Pero, Cecilia, yo no he dicho una sola palabra de jaqueca!

CECILIA.—Sí, mi querida señorita Prism; pero yo sé que tiene usted un poco de jaqueca. Como que antes de que llegara el reverendo no pensaba en otra cosa. Eso era justamente lo que no me dejaba prestar atención a la lección de alemán.

CHASUBLE.—Espero, Cecilia, que no será usted una niña desaplicada.

CECILIA.—¡Ay, sí, señor, mucho lo temo!

CHASUBLE.—Es raro. Si yo tuviera la suerte de ser un discípulo de la señorita Prism, estaría siempre pendiente de sus labios.

SEÑORITA PRISM.—*(Ruborizándose y abriendo mucho los ojos.)* ¿Eh?

CHASUBLE.—Hablo metafóricamente. Una metáfora tomada de las abejas. ¡Jem!... ¿Y el señor Worthing, no ha regresado todavía de la ciudad?

SEÑORITA PRISM.—No lo esperamos hasta el lunes por la tarde.

CHASUBLE.—¡Ah, sí! Es verdad; no me acordaba que suele pasar los domingos en Londres. El señor Worthing no es uno de los hombres que sólo piensen en divertirse, como, según parece, es ese infortunado joven hermano suyo. Pero, en fin, no quiero distraer por más tiempo a Egeria[31] y su discípula.

---

[31] Egeria era la ninfa encargada de la instrucción de Numa Pompilius, el legendario segundo rey de Roma, en el siglo VII a.C. De ahí que se use el nombre de Egeria como consejera femenina de los estadistas y personalidades con autoridad.

SEÑORITA PRISM.—¿Egeria? Mi nombre es Leticia, reverendo.

CHASUBLE.—*(Haciendo una pequeña reverencia.)* Es una simple alusión clásica, tomada de los autores paganos. ¿Tendré el gusto de verla a usted esta tarde en la oración?

SEÑORITA PRISM.—¿Y si diéramos ahora una vueltecita? Me parece, en efecto, que tengo un poco de jaqueca, y quizá un paseíto me sentase bien.

CHASUBLE.—¡Encantado, señorita Prism, encantado! Podemos ir hasta la escuela, y desde allí volver.

SEÑORITA PRISM.—Muy bien pensado. Usted, entretanto, Cecilia, me hará el favor de estudiar su lección de economía política. El capítulo sobre el descenso de la rupia puede usted saltarlo [32]. Es demasiado sensacional. Hasta estos problemas financieros tienen su parte melodramática. *(Se aleja por el jardín en compañía del reverendo* CHASUBLE.)

CECILIA.—*(Cerrando los libros y tirándolos sobre la mesa.)* ¡Al diablo la economía política! ¡Al diablo la geografía! ¡Al diablo el alemán!

Entra MERRIMAN *con una tarjeta sobre una bandeja.*

MERRIMAN.—El señor Ernesto Worthing acaba de llegar de la estación. Trae consigo el equipaje.

CECILIA.—*(Cogiendo la tarjeta y leyéndola.)* «Señor Ernesto Worthing, Albany, B cuatro» ¡El hermano de tío Juan! ¿Le ha dicho usted que el señor estaba en Londres?

---

[32] La economía política no formaba parte de la educación usual de las mujeres en esta época. Pero Wilde solía incluirla en sus burlas sobre la educación femenina; de hecho, en la versión original en cuatro actos esta parte del diálogo continuaba con referencias a materias como «Capital y trabajo», «Capital y holgazanería», «Socialismo» y «Vestidos racionales para las mujeres». La alusión a la caída de la rupia se refiere al cambio fluctuante que venía experimentando la rupia india desde 1873.

MERRIMAN.—Sí, señorita. Y ha parecido muy contrariado. Le dije entonces que usted y la señorita Prism estaban en el jardín, y ha contestado que tenía mucho interés en hablar a solas con usted un momento.

CECILIA.—Dígale usted al señor Ernesto Worthing que pase aquí. Y me parece que no estaría de más que encargase al ama de llaves que fuesen preparando el cuarto.

MERRIMAN.—Se hará lo que manda la señorita. *(Sale.)*

CECILIA.—¡Ay! Todavía no he conocido a ningún mal sujeto de veras. Casi me siento asustada. ¿Y si se parece a todos los demás hombres? *(Entra* ARCHIBALDO *muy resuelto y satisfecho.)* ¡Y se parece!

ARCHIBALDO.—*(Descubriéndose.)* Usted es mi primita Cecilia, si no me equivoco.

CECILIA.—Sufre usted un extraño error. No tengo nada de *primita*. De hecho, creo que estoy bastante crecida para mi edad. (ARCHIBALDO *parece desconcertado.)* Pero sí, soy su prima Cecilia. Usted, ya he visto por su tarjeta, es el hermano de mi tío Juan, mi primo Ernesto, el perdido de mi primo Ernesto.

ARCHIBALDO.—¿Perdido yo? No, no, prima Cecilia. No vaya usted a pensar que yo soy un perdido.

CECILIA.—Pues si no lo es, nos ha estado usted engañando a todos del modo más imperdonable. Supongo que no habrá usted llevado una doble existencia, echándoselas de perdido y siendo luego una persona decente, ¿eh? Eso sería una hipocresía.

ARCHIBALDO.—*(Mirándola estupefacto.)* ¡Caramba, caramba!... Sí, la verdad es que he sido un poco imprudente.

CECILIA.—Celebro saberlo.

ARCHIBALDO.—Sí; ahora que me hace usted pensar en ello, comprendo que he sido una pequeña calamidad.

CECILIA.—No creo que sea un motivo para envanecerse; aunque, seguramente, debió de ser muy agradable para usted.

ARCHIBALDO.—Mucho más agradable es estar aquí con usted.

CECILIA.—Lo que no comprendo es por qué está usted aquí. El tío Juan no estará de regreso hasta el lunes por la tarde.

ARCHIBALDO.—¡Qué contrariedad! Precisamente tengo que irme en el primer tren de la mañana del lunes. Tengo una cita de negocios que estoy deseando... perderme.

CECILIA.—¿Y no podría usted perderla en otro sitio que en Londres?

ARCHIBALDO.—No; la cita es en Londres.

CECILIA.—Sí, ya sé lo importante que es no acudir a una cita de negocios si se quiere conservar cierto sentido de la belleza de la vida; pero, no obstante, creo que haría usted mejor en aguardar al regreso del tío Juan. Sé que desea hablar con usted de su emigración.

ARCHIBALDO.—¿De la emigración de quién?

CECILIA.—De quién va a ser; de usted. Ha ido a Londres a comprarle el equipo.

ARCHIBALDO.—¿El equipo? Por nada del mundo le dejaría yo a Juan comprarme el equipo. Es de un gusto lamentable, sobre todo en cuestión de corbatas.

CECILIA.—¿Y qué falta le van a hacer a usted las corbatas en Australia?

ARCHIBALDO.—¿Australia? ¡Antes la muerte[33]!

CECILIA.—Pues el otro día, el miércoles por la noche, dijo en la mesa que tendría usted que elegir entre este mundo, el otro mundo y Australia.

ARCHIBALDO.—¡Ah, no, no! Las noticias que he recibido de Australia y del otro mundo no son para animar a nadie. Me contento con este mundo, prima Cecilia; es bastante bueno para mí.

---

[33] Los convictos eran enviados, desde 1787, a Australia. Esta costumbre se mantuvo hasta mitad del siglo XIX, cuando fue interrumpida debido a las protestas de la población australiana. Entre los expulsados a Australia estaban también aquellos sujetos que eran considerados socialmente inadaptados, o cuya presencia se juzgaba nociva para su entorno familiar y social. De ahí el inmediato rechazo de Archibaldo ante la mención de Australia.

CECILIA.—Sí; pero y usted, ¿es bastante bueno para él?

ARCHIBALDO.—¡Ay! Temo que no. Por eso quiero que usted me ayude a reformarme. Usted podría hacer de esto su misión en la tierra, prima Cecilia.

CECILIA.—Me parece que no me queda tiempo esta tarde.

ARCHIBALDO.—Bueno; ¿prefiere usted entonces que me reforme yo mismo esta tarde?

CECILIA.—Un poco quijotesco sería; pero debería usted probar.

ARCHIBALDO.—Probaré. Ya me siento mejor.

CECILIA.—Pues tiene usted peor cara.

ARCHIBALDO.—Es que tengo hambre.

CECILIA.—¡Qué cabeza la mía! ¡No haber pensado que cuando uno se dispone a emprender una vida completamente nueva necesita una alimentación abundante y sana! ¿Quiere usted que entremos?

ARCHIBALDO.—Gracias. ¿Podría usted darme antes una flor para el ojal? Es condición indispensable de mi apetito la flor en el ojal.

CECILIA.—*(Cogiendo unas tijeras.)* ¿Una mariscal Niel?[34].

ARCHIBALDO.—No; preferiría una rosada.

CECILIA.—*(Cortando una rosada.)* ¿Por qué?

ARCHIBALDO.—Porque parece usted una rosa rosada, prima Cecilia.

CECILIA.—No creo que esté bien que me hable usted así. La señorita Prism jamás me dice esas cosas.

ARCHIBALDO.—Porque será vieja y miope. (CECILIA *le coloca la rosa en el ojal.)* Es usted la muchacha más bonita que he visto en mi vida.

CECILIA.—La señorita Prism dice que la belleza es una celada.

---

[34] Tipo de rosa amarilla, llamada así en honor del ministro francés de la Guerra y reformador del ejército Mariscal Adolphe Niel (1802-1869). Este tipo de rosa se introdujo en Inglaterra en la década de los sesenta del siglo XIX.

ARCHIBALDO.—Una celada en que todo hombre sensato desearía caer.

CECILIA.—¡Oh! A mí no me gustaría que cayese en la mía un hombre sensato. No sabría de qué hablar con él. *(Entran en la casa. Aparecen por un lado la* SEÑORITA PRISM *y el reverendo* CHASUBLE.)

SEÑORITA PRISM.—Está usted demasiado solo, reverendo. Debería usted casarse. Pase que haya misántropos, ¡pero un mujerántropo[35]!

CHASUBLE.—*(Con un estremecimiento de humanista.)* Crea usted, señorita Prism, que no merezco un neologismo semejante. Lo mismo el precepto que la práctica de la iglesia primitiva eran contrarios al matrimonio.

SEÑORITA PRISM.—*(Sentenciosamente.)* Ésa es evidentemente la razón de que la iglesia primitiva no haya llegado hasta nuestros días. Y usted, amigo mío, parece no darse cuenta de que un hombre que se empeña en permanecer soltero acaba por convertirse en una verdadera tentación pública. Los hombres deberían tener más precaución; el celibato lleva a los más débiles a la deriva.

CHASUBLE.—¿Pero es que un hombre casado no resulta tan tentador como un soltero?

SEÑORITA PRISM.—Ningún hombre casado resulta tentador, como no sea para su mujer.

CHASUBLE.—Y muchas veces, según me han dicho, ni siquiera para su mujer.

SEÑORITA PRISM.—Eso depende de la capacidad de simpatía intelectual que tenga la mujer. Por eso se debe escoger una mujer de edad madura en la que poder confiar, capaz de entenderle a uno. Las jóvenes siempre resultan verdes.

CHASUBLE.—*(Con un estremecimiento.)* ¿Cómo?

SEÑORITA PRISM.—Hablo metafóricamente. Una metáfora tomada de la horticultura. Pero ¿dónde estará Cecilia? *(Entra*

---

[35] El término *mujerántropo* es invención de Wilde, que lo usó por primera vez en su ensayo «El crítico como artista» como sinónimo de «misógino».

JUAN *lentamente desde el fondo del jardín. Viene vestido de luto riguroso, con una gasa en el sombrero, y guantes negros.)* ¡Señor Worthing!

CHASUBLE.—¿Señor Worthing?

SEÑORITA PRISM.—Esto es realmente una sorpresa. No lo esperábamos a usted hasta el lunes por la tarde.

JUAN.—*(Estrechando la mano a la* SEÑORITA PRISM *con un ademán trágico.)* He vuelto antes de lo que esperaba. ¿Qué tal, reverendo, sigue usted bien?

CHASUBLE.—Espero, señor Worthing, que ese aire sombrío no significará ninguna desgracia...

JUAN.—¡Mi hermano!

SEÑORITA PRISM.—¿Más extravagancias? ¿Deudas?...

CHASUBLE.—¿Siempre en su vida de disipación?

JUAN.—*(Sacudiendo la cabeza.)* ¡Ha muerto!

CHASUBLE.—¿Que su hermano Ernesto ha muerto?

JUAN.—¡Por completo!

SEÑORITA PRISM.—¡Qué lección para él! Espero que le aprovechará.

CHASUBLE.—¡Mi más sincero pésame, señor Worthing! Le queda a usted por lo menos el consuelo de saber que fue usted el más generoso y solícito de los hermanos.

JUAN.—¡Pobre Ernesto! Tenía muchos defectos, pero es un golpe tremendo.

CHASUBLE.—Realmente tremendo. ¿Asistió a sus últimos momentos?

JUAN.—No. Murió en el extranjero; en París. Lo supe anoche por un telegrama que me puso el director del Grand Hotel[36].

CHASUBLE.—¿Decía la causa de la muerte?

JUAN.—Una pulmonía fulminante, según parece.

---

36 El Grand Hotel era un hotel de gran lujo de París, situado en el Boulevard des Capucines, cerca de la Ópera. Wilde usó papel con membrete del Hotel en 1891, mientras escribía *Salomé,* aunque posiblemente se alojara en otro lugar del Boulevard y mandaba cartas con el membrete del hotel para impresionar a sus amigos.

SEÑORITA PRISM.—Cada cual cosecha lo que siembra.

CHASUBLE.—*(Levantando la mano.)* ¡Caridad, querida señorita Prism, caridad! No hay nadie perfecto. Yo mismo, por ejemplo, tengo una debilidad por el ajedrez. ¿Y el entierro, se verificará aquí?

JUAN.—No. Parece ser que manifestó expresamente su voluntad de ser enterrado en París.

CHASUBLE.—¿En París? *(Meneando la cabeza.)* ¡Ay, temo que esa disposición no sea buen indicio de su estado de ánimo en los últimos momentos! Sin duda usted querrá que en mi plática del domingo haga alguna ligera alusión a esta desgracia doméstica, ¿verdad, señor Worthing? Cuente usted conmigo. (JUAN *le estrecha la mano convulsivamente.)* Mi sermón sobre el sentido del maná en el desierto puede adaptarse a casi todas las situaciones, gozosas o, como en el caso actual, aflictivas. *(Suspiro general.)* Lo he pronunciado ya un sinnúmero de veces, en bautizos, confirmaciones, días de penitencia, días festivos... La última vez fue en la catedral, como sermón de caridad, en favor de la Junta preventiva del descontento entre las clases altas. Al obispo, que estaba presente, le causaron gran impresión algunas de mis comparaciones.

JUAN.—¡Ah, a propósito de bautizos, ahora que recuerdo! Usted sabrá bautizar, ¿verdad, reverendo? *(El reverendo* CHASUBLE *lo mira con estupefacción.)* Quiero decir que usted bautiza muy a menudo, ¿no es eso?

SEÑORITA PRISM.—Siento decir que es uno de los más constantes deberes del reverendo en esta parroquia. Yo he intentado varias veces hablar de la cuestión a las clases necesitadas; pero todo ha sido inútil. No tienen la menor noción de lo que es la economía[37].

---

[37] Aquí hay un eco de la doctrina economicista de Thomas Malthus (1766-1834) en su libro *Ensayo sobre el principio de la población* (1798), que defendía un control de la procreación para mejorar la economía y los suministros alimentarios.

CHASUBLE.—Pero ¿se trata de algún niño que le interesa a usted particularmente, señor Worthing? Su hermano, si no me engaño, era soltero, ¿verdad?

JUAN.—¡Sí, sí, soltero!

SEÑORITA PRISM.—*(Amargamente.)* La gente que no vive más que para divertirse suele permanecer soltera.

JUAN.—Pero no se trata de ningún niño, querido reverendo. A mí me encantan los niños. No; el caso es que esta misma tarde, si no tiene nada que hacer, desearía que me bautizase a mí.

CHASUBLE.—¿Pero seguramente, señor Worthing, estará usted ya bautizado?

JUAN.—¡La verdad, no recuerdo!

CHASUBLE.—Pero ¿es que tiene usted alguna duda seria respecto a ello?

JUAN.—Me parece que sí; estoy muy dispuesto a tenerla. Ahora, usted me dirá si esto puede causarle algún trastorno, o si piensa que acaso la edad que tengo ya...

CHASUBLE.—No, no, en absoluto. La aspersión y, por supuesto, la inmersión de los adultos es perfectamente canónica.

JUAN.—¡La inmersión!

CHASUBLE.—¡Oh, no se inquiete usted! Con la aspersión bastará. ¡El tiempo está tan inseguro, que es lo recomendable! ¿A qué hora desea usted que tenga lugar la ceremonia?

JUAN.—A las cinco, si a usted le parece.

CHASUBLE.—¡Perfectamente, perfectamente! De hecho, tengo dos ceremonias similares que celebrar a esa hora. Un caso de gemelos que se dio hace poco en una de las granjas de su finca. Del pobre Jenkins el carretero, un hombre muy trabajador.

JUAN.—¡Oh! No me parece muy divertido eso de bautizarme con otros bebés. Sería infantil. ¿Podría entonces ser a las cinco y media?

CHASUBLE.—¡Sin duda, sin duda! *(Sacando el reloj.)* Ahora, mi querido señor Worthing, voy a dejarle a usted que llore su desgracia a solas. Sin embargo, no se deje abatir demasiado por el dolor. Lo que a veces se nos antojan pruebas durísimas son bendiciones disfrazadas.

SEÑORITA PRISM.—Ésta me parece a mí una bendición sin el menor disfraz.

Entra CECILIA, *que viene de la casa.*

CECILIA.—¡Tío Juan! ¡Tío Juan! ¡Cuánto me alegro de que esté usted de vuelta! Pero ¡qué traje tan lúgubre se ha puesto usted! ¡Vaya usted a cambiarse!

SEÑORITA PRISM.—¡Cecilia!

CHASUBLE.—¡Hija mía! ¡Hija mía! (CECILIA *se dirige hacia* JUAN. *Éste la besa melancólicamente en la frente.)*

CECILIA.—¿Qué ocurre, tío Juan? Vamos, ponga usted una cara más alegre. Parece como si tuviera usted dolor de muelas. ¡Si supiera usted la sorpresa que le aguarda! ¿Quién cree usted que está en el comedor? ¡Su hermano!

JUAN.—¿Quién?

CECILIA.—Su hermano Ernesto. Hará media hora que llegó.

JUAN.—¡Qué disparate! Yo no tengo ningún hermano.

CECILIA.—¡Oh, no diga usted que no! Por mal que se haya portado con usted en el pasado, no por eso deja de ser su hermano. No es posible que tenga usted tan poco corazón que vaya a renegar de él. Voy a decirle que venga, y se reconciliarán ustedes, ¿verdad, tío Juan? *(Echa a correr hacia la casa.)*

CHASUBLE.—¿Agradable sorpresa, eh?

SEÑORITA PRISM.—Después de habernos todos resignado a su pérdida, esa repentina reaparición me parece particularmente desoladora.

JUAN.—¿Que mi hermano está en el comedor? ¿Qué querrá decir todo esto? ¡Absurdo, absurdo! *(Entran* ARCHIBALDO y CECILIA, *cogidos de la mano, y avanzan muy despacio hacia* JUAN.) ¡Santo cielo! *(Se apresura a separar a* ARCHIBALDO *de* CECILIA.)

ARCHIBALDO.—Hermano Juan, he venido de Londres exclusivamente para decirte que estoy arrepentido de todas las molestias y disgustos que te he proporcionado y la decisión que he tomado de cambiar de género de vida en lo sucesivo. (JUAN *lo mira con ojos furibundos, sin tomar la mano que* ARCHIBALDO *le tiende.)*

CECILIA.—¡Tío Juan! No irá usted a rehusar la mano de su propio hermano.

JUAN.—¡Por nada del mundo estrecharé esa mano! Su venida aquí me parece un insulto. ¡Él sabe de sobra por qué!

CECILIA.—¡No sea usted rencoroso, tío Juan! Todo el mundo tiene alguna buena cualidad. Precisamente, Ernesto acaba de hablarme de un amigo suyo muy achacoso, el pobre señor Bunbury, a quien va a ver muy a menudo. Y no cabe duda de que algo bueno debe de haber en un hombre capaz de abandonar las diversiones de Londres para sentarse junto al lecho de un amigo enfermo.

JUAN.—¡Ah! ¿Conque te ha estado hablando de Bunbury?

CECILIA.—Sí, me ha estado contando lo mal que está ese pobre señor.

JUAN.—¡Bunbury! Bueno; pues de aquí en adelante te aseguro que no te hablará más de Bunbury ¡ni de nada!... ¡Es para volverse loco!

ARCHIBALDO.—Reconozco que todas las culpas son mías; pero debo confesar también que esta frialdad de mi querido hermano Juan me es particularmente penosa. Yo esperaba un recibimiento más efusivo, más cordial... Sobre todo, teniendo en cuenta que es la primera vez que yo vengo aquí.

CECILIA.—¡Tío Juan, si no le da usted la mano inmediatamente a su hermano Ernesto, no se lo perdonaré en mi vida!

JUAN.—¿Que no me perdonarás?

CECILIA.—¡En la vida!

JUAN.—Bueno; es la última vez que lo hago. *(Le da la mano a* ARCHIBALDO, *mirándole con ojos centelleantes.)*

CHASUBLE.—¡Qué agradable es ver una reconciliación tan perfecta!, ¿verdad? Creo que haríamos bien en dejar solos a los dos hermanos.

SEÑORITA PRISM.—Cecilia, tenga la bondad de acompañarnos.

CECILIA.—Con mucho gusto, señorita Prism. Mi trabajo de reconciliación ha terminado.

CHASUBLE.—Ha llevado usted a cabo una acción muy hermosa hoy, hija mía.

SEÑORITA PRISM.—No seamos prematuros en nuestros juicios.

CECILIA.—Me siento muy feliz. *(Salen todos, excepto* JUAN *y* ARCHIBALDO.)

JUAN.—Oye, grandísimo fresco, vas a hacerme el favor de irte inmediatamente de aquí. ¡A bunburyzar a otra parte!

Entra MERRIMAN.

MERRIMAN.—He puesto las cosas del señorito Ernesto en la alcoba contigua a la del señor. ¿Está bien así?[38].

JUAN.—¿Qué?

MERRIMAN.—Me refiero al equipaje del señorito Ernesto. Lo he desempaquetado todo y lo he puesto en la alcoba contigua a la del señor.

JUAN.—¿Su equipaje?

MERRIMAN.—Sí, señor. Tres maletas, un estuche de tocador, dos cajas de sombreros y una cesta grande de merienda.

ARCHIBALDO.—Sí, creo que esta vez no podré estar con vosotros más de una semana.

JUAN.—Merriman, que enganchen el coche inmediatamente. El señorito Ernesto ha recibido un aviso que le obliga a regresar esta misma tarde a Londres.

MERRIMAN.—Sí, señor. *(Se va hacia la casa.)*

ARCHIBALDO.—¡Cuidado que eres embustero, Juan! Yo no he recibido ningún aviso.

JUAN.—Sí lo has recibido.

---

[38] Es aquí donde se incorporaría la escena conocida como «episodio Gribsby» que se ofrece en el Apéndice (págs. 223-230), uno de los cortes más considerables efectuados por Wilde para reducir la obra, inicialmente concebida en cuatro actos, a tres.

ARCHIBALDO.—Pues no me he enterado.

JUAN.—Tu deber de caballero te llama a Londres con urgencia.

ARCHIBALDO.—Mi deber de caballero nunca ha tenido nada que ver con mis diversiones.

JUAN.—Ya lo veo. No necesitas jurármelo.

ARCHIBALDO.—Además, Cecilia es preciosa.

JUAN.—¡Te prohíbo que hables así de la señorita Cardew! No me hace la menor gracia.

ARCHIBALDO.—Bueno; tampoco me hace gracia a mí ese traje absurdo que te has puesto. Te aseguro que estás de lo más ridículo. ¿Por qué no vas a cambiarte? Resulta pueril estar de luto por un hombre que se va a pasar una semana en tu casa en calidad de huésped. Hasta grotesco resulta.

JUAN.—Puedes tener la seguridad de que no pasarás aquí una semana como huésped, ni mucho menos. En el tren de las cuatro y cinco sales para Londres.

ARCHIBALDO.—En manera alguna puedo irme dejándote de luto. Sería una falta de cariño. Me parece que si yo estuviera en tu lugar, tampoco tú te irías dejándome tan afligido, ¿verdad? Te aseguro que no estaría nada bien.

JUAN.—Bueno; ¿te irás si me cambio de traje?

ARCHIBALDO.—Sí, con tal de que no tardes demasiado. No conozco a nadie que tarde tanto en vestirse, y con tan escaso resultado.

JUAN.—Bueno, en cualquier caso, eso es mejor que estar siempre de punta en blanco, como tú.

ARCHIBALDO.—Si alguna vez peco en exceso por ir muy bien vestido, lo compenso siempre con mi exquisita educación.

JUAN.—Querido mío, eres de una presunción ridícula. Y tu conducta conmigo es un insulto, y tu presencia en mi jardín, el colmo de lo absurdo. Vuelvo a repetirte que en el tren de las cuatro y cinco saldrás para Londres. ¡Buen viaje! Este bunburysmo, como tú dices, no ha sido un gran éxito que digamos. *(Entra en la casa.)*

ARCHIBALDO.—¡Pues no sé qué más éxito iba a ser! ¡Me he enamorado de Cecilia, que es lo esencial! *(Entra* CECILIA *por el fondo del jardín. Coge la regadera y se pone a regar las flores.)* Pero es preciso que la vea antes de irme y que nos pongamos de acuerdo para otra excursión bunburysta. ¡Ah, aquí está!

CECILIA.—¡Oh! No he venido más que a regar estas rosas. Creía que estaba usted con el tío Juan.

ARCHIBALDO.—Se ha ido a decir que enganchen el coche.

CECILIA.—¡Ah! ¿Va a llevarle a usted a dar una vuelta?

ARCHIBALDO.—¡Va a llevarme a la estación!

CECILIA.—¿A la estación? Entonces, ¿vamos a tener que separarnos?

ARCHIBALDO.—Así parece. ¡Qué horrible separación!

CECILIA.—Siempre es penoso separarse de los amigos que una acaba de conocer. La ausencia de los antiguos puede sobrellevarse con cierta ecuanimidad; pero la separación, por momentánea que sea, de una persona que se acaba de conocer, resulta casi insoportable.

ARCHIBALDO.—Gracias, prima Cecilia, gracias.

Entra MERRIMAN.

MERRIMAN.—El coche espera a la puerta, señorito.

ARCHIBALDO *lanza a* CECILIA *una mirada de súplica.*

CECILIA.—Que espere, Merriman..., cinco minutos.

MERRIMAN.—Sí, señorita. *(Sale.)*

ARCHIBALDO.—Espero, Cecilia, que no se ofenderá usted si le digo con toda franqueza y sin rodeos que me parece usted, por todos conceptos, la perfección absoluta en persona.

CECILIA.—Esa franqueza le honra a usted, Ernesto. Si no tiene usted inconveniente, voy a anotar en mi diario esa observación. *(Se dirige a la mesa y se pone a escribir en el diario.)*

ARCHIBALDO.—¿Cómo? ¿Lleva usted realmente un diario? Daría cualquier cosa por echarle una ojeada. ¿Me lo permite usted?

CECILIA.—¡Oh, no, de ningún modo! *(Tapando el cuaderno con la mano.)* Usted comprenderá que esto no es más que una relación de los pensamientos e impresiones de una muchacha y, como tal, destinado a la publicación. Espero que, cuando aparezca en volumen, comprará usted un ejemplar, ¿verdad? Pero tenga usted la bondad de proseguir, Ernesto. Me encanta escribir al dictado. Estábamos en lo de «perfección absoluta». Puede usted continuar. Estoy preparada para lo que sigue.

ARCHIBALDO.—¡Jem! ¡Jem!

CECILIA.—¡Oh, nada de toser, Ernesto! Cuando se dicta debe uno hablar de corrido y sin toser. Además, no sé cómo se escribe la tos. *(Va escribiendo a medida que habla* ARCHIBALDO.)

ARCHIBALDO.—*(Hablando muy de prisa.)* Cecilia, desde que vi por primera vez su maravillosa e incomparable belleza, me he atrevido a amarla a usted locamente, apasionadamente, desesperadamente.

CECILIA.—No creo que deba usted decirme que me ama locamente, apasionadamente, desesperadamente. ¿No le parece a usted que ese desesperadamente carece, por decirlo así, de sentido?

ARCHIBALDO.—¡Cecilia!

Entra MERRIMAN.

MERRIMAN.—Señorito, el coche está esperando.

ARCHIBALDO.—Dígale usted que vuelva la semana próxima, a la misma hora.

MERRIMAN.—*(Después de mirar a* CECILIA, *que permanece impasible.)* Muy bien, señorito. *(Sale.)*

CECILIA.—Me parece que al tío Juan no le hará mucha gracia saber que piensa usted quedarse hasta la semana próxima, a la misma hora.

ARCHIBALDO.—¡Bah, me tiene sin cuidado Juan! Ya no me importa más ser en el mundo que usted. La adoro a usted, Cecilia. ¿Quiere usted ser mi mujer?

CECILIA.—¡Tonto! ¡Pues claro que sí! ¡Como que hace tres meses que estamos comprometidos!

ARCHIBALDO.—¿Tres meses?

CECILIA.—Sí, el jueves hará los tres meses justos.

ARCHIBALDO.—Pero... ¿y cómo es que estamos comprometidos?

CECILIA.—Pues muy sencillo. Desde que el tío Juan nos dijo que tenía un hermano que era un perdido, usted, como es natural, se convirtió en el tema de mis conversaciones con la señorita Prism. No hace falta decir que un hombre del que se habla tanto, acaba siempre por resultar atractivo. A una le parece que debe tener algo, después de todo. El caso es que, locura o no, me enamoré de usted, Ernesto.

ARCHIBALDO.—¡Amor mío! ¿Y qué día se formalizó nuestro compromiso?

CECILIA.—El catorce de febrero pasado fue cuando se declaró usted. Desesperada por la absoluta ignorancia en que estaba usted de mi existencia, decidí concluir de un modo o de otro, y después de una larga lucha conmigo misma, le dije a usted que sí debajo de este viejo árbol. Al día siguiente compré este anillo en nombre de usted, y ésta es la pulsera que le prometí no quitarme nunca.

ARCHIBALDO.—¿Y fui yo quien se la dio a usted? Es muy bonita, ¿verdad?

CECILIA.—¡Ah, si usted tiene muy buen gusto, Ernesto! Yo, es la excusa que siempre he dado a la mala vida que llevaba usted. Y aquí está la caja en que conservo todas sus cartas. *(Se arrodilla ante la mesa, abre la caja y enseña las cartas, atadas con una cinta azul.)*

ARCHIBALDO.—¿Mis cartas? ¡Pero mi adorada Cecilia, si yo no le he escrito a usted ninguna carta!

CECILIA.—No necesita usted recordármelo, Ernesto. De sobra sé que me las he tenido que escribir yo misma. Tres veces por semana; sin contar las extraordinarias.

ARCHIBALDO.—¿Me deja usted que las lea, Cecilia?

CECILIA.—¡Imposible! Se volvería usted demasiado vanidoso. *(Volviendo a guardarlas en la caja.)* Las tres que me escribió usted después que reñimos son tan hermosas, y con tal mala ortografía, que hoy mismo no puedo leerlas sin llorar un poco.

ARCHIBALDO.—¿Pero es que reñimos alguna vez?

CECILIA.—Naturalmente. El 22 de marzo pasado. Aquí puede usted verlo, si quiere. *(Enseñándole el diario.)* «Hoy, ruptura de relaciones con Ernesto. Comprendo que es necesaria. El tiempo continúa hermosísimo».

ARCHIBALDO.—Pero ¿por qué fue esa riña? ¿Qué había hecho yo? ¡Si yo no había dado el menor motivo! La verdad, Cecilia, me disgusta en extremo saber que reñimos. Sobre todo haciendo un tiempo tan hermoso.

CECILIA.—¿Usted no sabe que no puede haber relaciones formales sin una riña, por lo menos? Pero yo le perdoné a usted antes de acabar la semana.

ARCHIBALDO.—*(Arrodillándose delante de* CECILIA.) ¡Es usted un ángel, Cecilia!

CECILIA.—¡Y usted, qué romántico, Ernesto! (ARCHIBALDO *le besa una mano. Ella le acaricia los cabellos.)* Supongo que este ondulado será natural, ¿verdad?

ARCHIBALDO.—Sí, amor mío; con una pequeña ayuda ajena.

CECILIA.—¡Cuánto me alegro!

ARCHIBALDO.—¿Verdad que no volverá usted a romper nuestro compromiso, Cecilia?

CECILIA.—¿A qué santo, ahora que nos hemos conocido?... Además, hay que tener en cuenta el nombre...

ARCHIBALDO.—Sí, por supuesto. *(Nervioso.)*

CECILIA.—No se ría usted de mí; pero el caso es que siempre fue mi sueño dorado tener un novio que se llamase Ernesto. (ARCHIBALDO *se pone de pie, así como* CECILIA.) No sé qué tiene este nombre, que parece inspirar una confianza absoluta. Compadezco a las infelices cuyos maridos no se llaman Ernesto.

ARCHIBALDO.—Pero, querida Cecilia, ¿no querrá usted decir que no podría quererme si me llamase de otro modo?

CECILIA.—¿Cómo? ¡A ver!

ARCHIBALDO.—¡Qué sé yo!... Archibaldo, por ejemplo...

CECILIA.—Pues no me gusta Archibaldo.

ARCHIBALDO.—Pues no sé, amor mío, qué tiene usted que objetar al nombre de Archibaldo, querida mía. No está mal como nombre. Es un nombre precioso, aristocrático, nada común. La mitad de los individuos que caen en manos del Juzgado de Corrupción se llaman Archibaldo. Pero, en serio, Cecilia *(Acercándose a ella),* si mi nombre fuese Archibaldo, ¿no podría usted seguir queriéndome?

CECILIA.—Podría respetarle a usted, Ernesto; podría admirar su carácter; pero quererle..., la verdad, creo que no me sería posible...

ARCHIBALDO.—¡Jem! Cecilia *(Cogiendo su sombrero),* el párroco de aquí, supongo que estará al corriente de todas las prácticas y ceremonias de la Iglesia, ¿verdad?...

CECILIA.—¡Oh, el reverendo Chasuble es un verdadero sabio! Figúrese que todavía no ha escrito ningún libro, así que ya debe suponerse lo que sabe.

ARCHIBALDO.—Necesito verlo en seguida. Se trata de un bautizo importantísimo. Quiero decir, de un asunto importantísimo.

CECILIA.—¿Sí?

ARCHIBALDO.—No tardaré más de media hora.

CECILIA.—Teniendo en cuenta que somos novios desde el 14 de febrero, y que acabo de conocerlo hoy por primera vez, me parece demasiado que me tenga abandonada durante media hora. ¿No podría usted reducirlo a veinte minutos?

ARCHIBALDO.—¡Qué veinte minutos! ¡Vuelvo al instante! *(Da un beso a* CECILIA *y se aleja corriendo por el jardín.)*

CECILIA.—¡Qué impetuosidad! ¡Y qué pelo tan bonito tiene! Voy a apuntar su declaración en mi diario.

Entra MERRIMAN.

MERRIMAN.—Una tal señorita Fairfax acaba de llegar preguntando por el señor Worthing. Se trata de una cuestión de suma importancia, según dice.

CECILIA.—¿No está el señor Worthing en la biblioteca?

MERRIMAN.—El señor salió hace un rato en dirección a la parroquia.

CECILIA.—Diga usted a esa señorita que pase aquí. Seguramente el señor no tardará en volver. Y sirva usted el té.

MERRIMAN.—Sí, señorita. *(Sale.)*

CECILIA.—¡La señorita Fairfax! Sin duda una de esas señoras ancianas de Londres que se ocupan con el tío Juan en obras filantrópicas. No acaban de gustarme las mujeres filantrópicas. Parecen un tanto descaradas.

Entra MERRIMAN.

MERRIMAN.—¡La señorita Fairfax!

Entra GWENDOLIN. *Sale* MERRIMAN.

CECILIA.—*(Adelantándose hacia ella.)* Permítame usted que me presente yo misma: soy Cecilia Cardew.

GWENDOLIN.—¿Cecilia Cardew? *(Ambas se dan un apretón de manos.)* ¡Un nombre precioso! Algo me dice que vamos a ser grandes amigas. Me es usted extraordinariamente simpática. Yo nunca me engaño en mis primeras impresiones.

CECILIA.—Es usted muy amable en tenerme esa simpatía que dice, dado el poco tiempo, relativamente, que nos conocemos. Tenga usted la bondad de sentarse.

GWENDOLIN.—*(Aún en pie.)* ¿No tiene usted inconveniente en que la llame Cecilia, verdad?

CECILIA.—¡Encantada!

GWENDOLIN.—¿Y usted me llamará siempre Gwendolin, no es cierto?

CECILIA.—Si usted quiere...

GWENDOLIN.—Entonces, todo está ya arreglado, ¿no es eso?

CECILIA.—Así parece. *(Una pausa. Se sientan ambas, una junto a la otra.)*

GWENDOLIN.—Quizá sea éste el momento de explicarle quién soy. Mi padre es lord Bracknell. Supongo que usted no habrá oído hablar nunca de él, ¿verdad?

CECILIA.—No creo...

GWENDOLIN.—Fuera del círculo familiar, papá es poco conocido. ¡Afortunadamente! Creo que es como debe ser. El hogar es la verdadera esfera del hombre. Y cuando un hombre empieza a descuidar sus obligaciones domésticas, se nos vuelve lamentablemente afeminado, ¿no le parece a usted? Y eso no me gusta nada. Los hace muy atractivos. Cecilia, mamá, que tiene respecto a la educación ideas muy severas, me ha enseñado a ser sumamente corta de vista. Esto forma parte de su sistema. ¿Le molestaría a usted que la mirase con mis impertinentes?

CECILIA.—¡Oh, en absoluto, Gwendolin! A mí me agrada mucho que me miren.

GWENDOLIN.—*(Después de examinar atentamente a* CECILIA *con sus impertinentes.)* Y qué, ¿ha venido usted aquí de visita, no es eso?

CECILIA.—No. Vivo aquí.

GWENDOLIN.—*(Con cierta severidad.)* ¿De veras? Sin duda su madre, o alguna parienta de edad, reside también aquí...

CECILIA.—¡Oh, no! No tengo madre; ni, en realidad, ningún pariente.

GWENDOLIN.—¿Es posible?

CECILIA.—Mi querido tutor, con ayuda de la señorita Prism, es quien desempeña la dura tarea de ocuparse de mí.

GWENDOLIN.—¿Su tutor?

CECILIA.—Sí, mi tutor: el señor Worthing.

GWENDOLIN.—¡Ah!, es raro que no me haya dicho nunca que tenía una pupila. ¡Qué reservado! Por momentos se hace más interesante. Sin embargo, no creo que la noticia me regocije demasiado. *(Poniéndose en pie y acercándose más a ella.)* Mi querida Cecilia: me es usted extraordinariamente simpática; me lo fue usted desde el primer momento. Pero debo confesar que ahora que sé que es usted pupila del señor Worthing, no me desagradaría que fuese usted un poco menos joven... y de apariencia menos atractiva. Realmente, si puedo expresarme con franqueza...

CECILIA.—¡No faltaba más! Siempre que se tiene algo desagradable que decir, debe uno hablar con franqueza.

GWENDOLIN.—Bueno; pues para hablar con toda franqueza, Cecilia, no me desagradaría que tuviese usted cuarenta y dos cumplidos, y fuera más fea de lo que se suele ser a esa edad. Ernesto tiene un espíritu muy recto. Es la verdad y el honor personificados. La infidelidad le sería tan imposible como la desilusión. Pero hasta los caracteres más nobles y honrados son sensibles a los encantos físicos. La historia moderna, lo mismo que la antigua, nos ofrece una porción de lamentables ejemplos de lo que digo. Como que si no fuera así, la Historia resultaría completamente ilegible.

CECILIA.—Usted perdone, Gwendolin. ¿Dijo usted Ernesto?

GWENDOLIN.—Sí.

CECILIA.—¡Ah!; pero mi tutor no es el señor Ernesto Worthing, sino su hermano..., su hermano mayor.

GWENDOLIN.—*(Sentándose de nuevo.)* ¡Ernesto nunca me ha dicho que tuviera un hermano!

CECILIA.—Siento decir que durante mucho tiempo no han estado en buenas relaciones.

GWENDOLIN.—¡Ah, eso lo explica todo! Y ahora que lo pienso, nunca he oído a ningún hombre mencionar a su hermano. Ese asunto parece que les desagrada a la mayoría de los hombres. Me ha quitado usted un peso de encima, Cecilia. Estaba ya preocupada. Hubiera sido terrible que una amistad como la nuestra se empañase, ¿verdad?... Entonces..., ¿está usted segura, completamente segura, de que su tutor no es el señor Ernesto Worthing?

CECILIA.—¡Segurísima! *(Una pausa.)* Como que más bien me parece que voy a ser yo su tutora.

GWENDOLIN.—*(Inquisitiva.)* ¿Cómo ha dicho usted?

CECILIA.—*(Un tanto tímida y confidencialmente.)* Mi querida Gwendolin: yo no quiero tener secretos para usted. Seguramente el periódico de la localidad dará la noticia uno de estos días. El señor Ernesto Worthing y yo estamos prometidos para casarnos.

GWENDOLIN.—*(Muy cortésmente, levantándose.)* Mi querida Cecilia: aquí debe de haber algún pequeño error. El señor Ernesto Worthing ha pedido mi mano. La noticia aparecerá en el *Morning Post* del sábado, a más tardar.

CECILIA.—*(Levantándose también, y también con gran cortesía.)* Temo que esté usted equivocada, Gwendolin. Ernesto se me ha declarado hace diez minutos justos. *(Enseña el diario.)*

GWENDOLIN.—*(Examina con atención el diario a través de sus impertinentes.)* No cabe duda que es curioso. Ayer tarde, a las cinco y media en punto, me preguntó a mí si quería ser su mujer. Si quiere usted asegurarse del hecho, puede examinar mi diario. *(Sacándolo de su bolso de mano.)* Siempre viajo con él. Para leer en el tren hacen falta cosas muy emocionantes. Lo siento mucho, querida Cecilia, si es que supone para usted algún disgusto, pero como usted ve, mi derecho es anterior.

CECILIA.—También a mí me apenaría infinito, querida Gwendolin, causarle algún trastorno físico o moral; pero me veo obligada a observar que desde que Ernesto se declaró a usted, pudo muy bien haber cambiado de idea.

GWENDOLIN.—*(Con aire reflexivo.)* Si el pobre se ha dejado coger en la trampa de una promesa, hecha inconsideradamente, mi deber es sacarle de ella de inmediato, con mano firme.

CECILIA.—*(Pensativa y melancólicamente.)* Sean cuales sean los disparates que el desdichado haya podido cometer antes, yo nunca se los echaré en cara después de casados.

GWENDOLIN.—¿Se refiere a mí en eso de disparates, señorita Cardew? La encuentro a usted muy atrevida. En una ocasión como ésta es más que un deber moral decir lo que se piensa; es un gusto.

CECILIA.—¿Quiere usted decir que yo he cogido en una trampa a Ernesto, señorita Fairfax? ¿Cómo es posible que se atreva usted?... Sí; no es éste el momento de andarse con miramientos. Yo acostumbro a llamar al pan pan y al vino vino.

GWENDOLIN.—*(Sarcásticamente.)* ¿Ah, sí? Me complace decirle que yo nunca he tenido que verme en la necesidad de hablar así. No cabe duda de que pertenecemos a esferas sociales muy distintas.

Entra MERRIMAN, *seguido de otro criado, con una bandeja, un mantel y velador.* CECILIA *está a punto de contestar a* GWENDOLIN; *pero la presencia de los domésticos ejerce una influencia moderadora, que hace palidecer de rabia a ambas muchachas.*

MERRIMAN.—¿Se sirve el té como de costumbre, señorita?

CECILIA.—*(Secamente, con voz reposada.)* Sí, como de costumbre. (MERRIMAN *empieza a desembarazar la mesa para poner el mantel. Pausa larga.* CECILIA *y* GWENDOLIN *se dirigen una a otra miradas iracundas.)*

GWENDOLIN.—¿Hay muchas excursiones bonitas por estos alrededores, señorita Cardew?

CECILIA.—¡Muchísimas! Desde la cima de uno de los montes se pueden ver cinco condados.

GWENDOLIN.—¿Cinco condados? ¡Qué horror! Detesto las multitudes.

CECILIA.—*(Dulcemente.)* Por eso, sin duda, vive usted en Londres. (GWENDOLIN *se muerde los labios y se da unos golpecitos en el pie con la sombrilla.)*

GWENDOLIN.—*(Mirando en torno suyo.)* ¡Qué jardín tan bien cuidado, señorita Cardew!

CECILIA.—Me alegro de que le guste, señorita Fairfax.

GWENDOLIN.—No tenía idea de que hubiese flores en el campo.

CECILIA.—¡Oh! Las flores son aquí tan corrientes como la gente en Londres...

GWENDOLIN.—Personalmente no he logrado nunca entender cómo alguien puede arreglárselas para vivir en el campo, si es que existe alguien que sea alguien que en efecto lo haga. El campo siempre me mata de aburrimiento.

CECILIA.—¡Ah! Eso es lo que los periódicos llaman la depresión agrícola[39], ¿verdad? Tengo entendido que la aristocracia padece mucho de ella en la actualidad. Es casi una epidemia, según me cuentan. ¿Quiere usted una taza de té, señorita Fairfax?

GWENDOLIN.—*(Con una finura exagerada.)* ¡Muchas gracias! *(Aparte.)* ¡Odiosa muchacha! ¡Pero necesito el té!

CECILIA.—*(Con mucha dulzura.)* ¿Azúcar?

GWENDOLIN.—*(Con cierta superioridad.)* No, gracias; el azúcar no está ya de moda. (CECILIA *le dirige una mirada de ira, coge las pinzas y pone cuatro terrones de azúcar en la taza.)*

CECILIA.—*(Secamente.)* ¿Pastel, o pan con mantequilla?

GWENDOLIN.—*(Como asombrada de la pregunta.)* Pan con mantequilla, por favor. El pastel no se ve ya en ninguna casa elegante.

CECILIA.—*(Cortando una rebanada de pastel y poniéndola en la bandeja. A* MERRIMAN.) Pase usted esto a la señorita Fairfax.

MERRIMAN *lo hace y se retira, seguido del otro criado.* GWENDOLIN *prueba el té y hace una mueca. Deja inmediatamente la taza sobre la mesa y extiende la mano en busca del pan con mantequilla; pero se encuentra con que es pastel. Se levanta toda indignada.*

---

[39] Un evidente juego de palabras, que alude a la depresión económica que sufría la agricultura británica en la época, producida por las malas cosechas, las importaciones extranjeras y el abandono de la mano de obra del campo, que emigraba a las ciudades industriales.

GWENDOLIN.—Me ha llenado usted la taza de terrones de azúcar y, a pesar de haber pedido, sin que hubiera lugar a dudas, pan con mantequilla, me ha servido usted pastel. Todo el mundo conoce mi buen carácter y mi paciencia; pero le advierto, señorita Cardew, que va usted demasiado lejos.

CECILIA.—*(Levantándose.)* Por salvar a mi pobre Ernesto, tan confiado y tan inocente, de las maquinaciones de otra muchacha, me siento capaz de ir todo lo lejos que sea preciso.

GWENDOLIN.—Desde el primer momento desconfié de usted. Presentí lo enredadora y lo intrigante que era usted. Nunca me equivoco en estas cosas. ¡Ah, yo nunca me engaño en mis primeras impresiones!

CECILIA.—Me parece, señorita Fairfax, que le estoy robando un tiempo precioso. Sin duda tiene usted otras muchas visitas del mismo género que hacer en la vecindad.

Entra JUAN.

GWENDOLIN.—*(Al verle.)* ¡Ernesto! ¡Mi Ernesto!

JUAN.—¡Gwendolin! ¡Amor mío! *(Se dispone a besarla.)*

GWENDOLIN.—*(Dando un paso atrás.)* ¡Un momento! ¿Puedo preguntarle a usted si es verdad que tiene un compromiso de matrimonio con esta señorita? *(Señalando a* CECILIA.)

JUAN.—*(Echándose a reír.)* ¿Con la pequeña Cecilia? ¡Qué he de tener! ¿Quién puede haberle metido a usted esa idea en su preciosa cabecita?

GWENDOLIN.—¡Gracias! Ya puede usted besar. *(Ofreciéndole la mejilla.)*

CECILIA.—*(Con mucha dulzura.)* Ya suponía yo que estaba usted equivocada, señorita Fairfax. El caballero que en este momento la tiene a usted cogida del talle es mi querido tutor, el señor Juan Worthing.

GWENDOLIN.—¿Cómo ha dicho usted?

CECILIA.—Que es el tío Juan.

GWENDOLIN.—*(Retrocediendo.)* ¡Juan! ¡Oh!

Entra ARCHIBALDO.

CECILIA.— Aquí está Ernesto.

ARCHIBALDO.—*(Yendo derecho hacia* CECILIA, *sin reparar en los demás.)* ¡Amor mío! *(Pretende darle un beso.)*

CECILIA.—*(Dando un paso atrás.)* ¡Un momento, Ernesto! ¿Puedo preguntarle a usted si es verdad que tiene un compromiso de matrimonio con esta señorita?

ARCHIBALDO.—*(Mirando a su alrededor.)* ¿Qué señorita? ¡Santo cielo! ¡Gwendolin!

CECILIA.—Sí, sí; a Gwendolin me refiero.

ARCHIBALDO.—*(Echándose a reír.)* ¡Qué he de tener! ¿Quién puede haberle metido a usted esa idea en su preciosa cabecita?

CECILIA.—*(Presentándole la mejilla.)* Gracias. Ya puede usted besar. (ARCHIBALDO *la besa.)*

GWENDOLIN.—Ya sabía yo que debía haber algún error. Señorita Cardew, el caballero que en este momento la besa a usted es mi primo Archibaldo Moncrieff.

CECILIA.—*(Separándose bruscamente de* ARCHIBALDO.) ¡Archibaldo Moncrieff! ¡Oh! *(Ambas muchachas se dirigen una hacia la otra, y se cogen del talle como buscando protección.)* ¿Se llama Archibaldo?

ARCHIBALDO.—No puedo negarlo.

CECILIA.—¡Oh!

GWENDOLIN.—Y usted, ¿se llama Juan de verdad?

JUAN.—*(Irguiéndose con cierta altivez.)* Yo podría negarlo si quisiera. Yo me siento capaz de negarlo todo. Pero reconozco que me llamo Juan, y que Juan me he llamado durante una porción de años.

CECILIA.—*(A* GWENDOLIN.) ¡A ambas nos han engañado miserablemente!

GWENDOLIN.—¡Mi pobre y herida Cecilia!

CECILIA.—¡Mi dulce y desventurada Gwendolin!

GWENDOLIN.—*(Despacio y con mucha gravedad.)* ¿Me considerará usted como una hermana, verdad? *(Se abrazan ambas.* JUAN *y* ARCHIBALDO *pasean de arriba abajo, murmurando entre dientes.)*

CECILIA.—*(Como si acabara de ocurrírsele una idea.)* Pero se me ocurre una pregunta, que desearía hacer a mi tutor si éste me lo permite.

GWENDOLIN.—¡Excelente idea! Señor Worthing, le agradeceríamos a usted se sirviera contestar a una pregunta. ¿Dónde está su hermano Ernesto? Ambas hemos dado palabra de casamiento a su hermano; así que nos interesa saber dónde se encuentra actualmente su hermano Ernesto.

JUAN.—*(Lentamente y con tono inseguro.)* Gwendolin... Cecilia... Es muy duro verme obligado a decir la verdad. Es la primera vez en mi vida que me he visto en un trance tan penoso y, realmente, me falta práctica. No obstante, les diré a ustedes con toda sinceridad que no tengo ningún hermano Ernesto. No tengo ningún hermano. Nunca he tenido ningún hermano en mi vida, y desde luego no tengo la menor intención de tenerlo en el futuro.

CECILIA.—*(Asombrada.)* ¿Ningún hermano?

JUAN.—*(Alegremente.)* Ninguno.

GWENDOLIN.—*(Con tono severo.)* ¿Nunca tuvo usted hermano de ningún tipo?

JUAN.—*(Con regocijo.)* Nunca. De ningún tipo.

GWENDOLIN.—Me temo, Cecilia, que está muy claro; ni usted ni yo hemos dado palabra de casamiento a nadie.

CECILIA.—¡Qué situación tan poco agradable y repentina para una muchacha, Gwendolin!

GWENDOLIN.—Vamos adentro. No creo que tengan la audacia de seguirnos.

CECILIA.—¡Qué han de tener! Los hombres son todos unos cobardes, ¿verdad?

Entran ambas en la casa con aire desdeñoso.

JUAN.—¿Y este espantoso estado de cosas es, sin duda, lo que tú llamas bunburyzar, verdad?

ARCHIBALDO.—Sí, señor. Y bunburyzar por todo lo alto. Como que estoy por decirte que ha sido la más brillante de mis excursiones bunburystas.

JUAN.—¡Pero aquí me parece que no tienes el menor derecho a bunburyzar!

ARCHIBALDO.—Eso es un absurdo. Uno tiene derecho a bunburyzar donde le da la gana. Todo bunburysta serio lo sabe.

JUAN.—¡Bunburysta serio! ¿Pero qué dices?

ARCHIBALDO.—Bueno, hay que tomarse algo en serio, si queremos disfrutar de la vida. Yo lo que me tomo en serio es el bunburysmo. De lo que no tengo la más remota idea es de lo que te tomas tú en serio. Me imagino que todo. Tienes una naturaleza tan absolutamente trivial.

JUAN.—Bueno; la única pequeña satisfacción que me queda de todo este lío en que nos has metido es que tu amigo Bunbury ha quebrado. ¡Ya no podrás hacer más escapatorias al campo, querido Archi! Lo que no deja de estar muy bien.

ARCHIBALDO.—Pues me parece que tu hermano tampoco está muy lucido, ¿eh? ¡Ya no podrás marcharte a Londres de bureo con tanta frecuencia! Lo que tampoco está mal.

JUAN.—Por lo que respecta a tu conducta con la señorita Cardew, debo decirte que me parece indigno abusar de ese modo de una muchacha inocente, sencilla y candorosa. Eso, sin contar que es mi pupila.

ARCHIBALDO.—Yo tampoco veo excusa que justifique el que hayas engañado a una muchacha tan inteligente, tan instruida y con tanta experiencia de la vida como la señorita Fairfax. Eso, sin contar que es mi prima.

JUAN.—Yo quería casarme con Gwendolin, eso es todo. ¡La amo!

ARCHIBALDO.—Como yo me quería casar con Cecilia. ¡La adoro!

JUAN.—No creo que haya la menor posibilidad de que te cases con la señorita Cardew.

ARCHIBALDO.—Como yo veo sumamente problemático tu casamiento con la señorita Fairfax, Juan.

JUAN.—¡Bueno; eso a ti no te importa!

ARCHIBALDO.—Si me importara no hablaría de ello. *(Empieza a comer pastelitos.)* Es muy vulgar hablar de las cosas que a uno le importan. Sólo gente como los corredores de bolsa hacen algo así, y eso únicamente en las cenas sociales.

JUAN.—No comprendo cómo, después de lo ocurrido, puedes estar ahí sentado, tan satisfecho, comiendo tranquilamente pasteles. ¡Me parece que no tienes corazón!

ARCHIBALDO.—Bueno, los pastelitos no pueden comerse con agitación. Correría el riesgo de mancharme los puños de mantequilla. Los pasteles se deben comer siempre con tranquilidad. Te aseguro que no hay otro modo de comerlos.

JUAN.—Lo que digo es que se necesita no tener corazón para ponerse a comer pasteles en estas circunstancias.

ARCHIBALDO.—Cuando estoy afligido, lo único que me consuela es comer. Sí; todo el mundo que me conozca íntimamente podrá decirte que cuando tengo algún disgusto grande, me niego a todo, menos a comer y beber. Ahora me he puesto a comer estos pastelillos porque me siento triste. Además, estos pastelillos me encantan. *(Se pone en pie.)*

JUAN.—*(Poniéndose también en pie.)* Pero eso no es una razón para que te los comas todos de esa manera tan glotona. *(Quitándole a* ARCHIBALDO *el plato de pastelillos.)*

ARCHIBALDO.—*(Ofreciéndole el plato de bollitos para tomar con el té.)* Aquí tienes tú los bollitos para el té. A mí no me gustan estos bollitos.

JUAN.—¿Pero es que no va uno a poder comerse los pasteles en su propio jardín?

ARCHIBALDO.—¿Pero no decías tú que se necesitaba no tener corazón para ponerse a comer pasteles en estas circunstancias?

JUAN.—Lo que dije es que tú no tenías corazón para comer en estas circunstancias. Que es algo muy distinto.

ARCHIBALDO.—Puede ser. Pero los pasteles son los mismos. *(Vuelve a apoderarse del plato de pastelillos.)*

JUAN.—Pero, Archi, ¿cuándo demonios acabarás de irte?

ARCHIBALDO.—No tendrás la pretensión de que me vaya sin cenar. Sería absurdo. Yo nunca me voy sin cenar. Ni nadie; como no sea un vegetariano o gente así. Además, que a las seis menos cuarto tengo que ir a la parroquia a que me bauticen con el nombre de Ernesto. Ya he hablado con el reverendo Chasuble.

JUAN.—Querido mío, cuanto antes desistas de ese disparate, mejor. Esta mañana he quedado con el reverendo Chasuble en ir a bautizarme a las cinco y media, y como es natural, me impondrán el nombre de Ernesto. ¡Gwendolin se empeña! Y ya comprenderás que no nos van a poner a los dos el nombre de Ernesto. Sería absurdo. Sin contar con que yo estoy en mi perfecto derecho a bautizarme. No hay la menor seguridad de que me haya bautizado nunca. Es más: yo casi tengo la certidumbre de lo contrario; y el reverendo Chasuble opina como yo. Tu caso es muy distinto. A ti te han bautizado.

ARCHIBALDO.—Sí, pero hace muchos años que no me bautizo.

JUAN.—¿Y qué tiene que ver? El caso es que tú ya estás bautizado; y eso es lo esencial.

ARCHIBALDO.—De acuerdo. Por eso sé que mi naturaleza puede soportarlo. Tú, si no estás completamente seguro de haber sido bautizado alguna vez, harías bien en no aventurarte a hacerlo ahora. Sería casi una imprudencia, y podría sentarte mal. No debes olvidar que esta misma semana un pariente tuyo muy cercano ha estado a punto de morirse de una pulmonía fulminante en París.

JUAN.—Sí; pero tú mismo me dijiste que las pulmonías fulminantes no son hereditarias.

ARCHIBALDO.—No lo eran antes, desde luego. Pero ahora me atrevo a asegurar que lo son. La ciencia progresa de un modo maravilloso.

JUAN.—*(Cogiendo el plato de los pastelillos.)* ¡Otro disparate! ¡No dices más que disparates!

ARCHIBALDO.—Pero, Juan, ¿otra vez con los pastelillos? Ten la bondad de dejarlos en paz. No quedan más que dos. *(Se apodera de ellos.)* Ya te dije que estos pastelillos son mi punto débil.

JUAN.—¡Sí, pero a mí no me gustan los bollitos!

ARCHIBALDO.—Pues entonces, ¿por qué demonios permites que sirvan bollitos a tus invitados? ¡Qué idea tan singular tienes de la hospitalidad!

JUAN.—¡Archibaldo! Ya te he dicho que te vayas. No quiero que estés aquí un minuto más. ¿Cuándo acabarás por irte?

ARCHIBALDO.—¡Pero si aún no he acabado de tomar el té! Además, todavía queda un pastelillo. (JUAN *se deja caer, gimiendo, en un sillón.* ARCHIBALDO *continúa comiendo.)*

TELÓN

ACTO TERCERO

Gabinete en la casa de campo de WORTHING. GWENDOLIN *y* CECILIA *junto a la ventana, mirando el jardín.*

GWENDOLIN.—El hecho de no habernos seguido inmediatamente, como hubiese hecho cualquiera, prueba que todavía les queda cierto sentido del pudor.

CECILIA.—Han estado comiendo pasteles. Eso ya parece un síntoma de arrepentimiento.

GWENDOLIN.—*(Después de un momento de silencio.)* Parece como si no se acordasen ya de nosotras. ¿No podría usted toser un poco?

CECILIA.—¡Pero si no estoy acatarrada!

GWENDOLIN.—¡Nos miran! ¡Habrase visto desvergüenza!

CECILIA.—Vienen hacia aquí. ¡Qué atrevimiento!

GWENDOLIN.—Guardemos un silencio lleno de dignidad.

CECILIA.—Naturalmente. Es lo mejor que podemos hacer.

Entra JUAN, *seguido de* ARCHIBALDO. *Ambos vienen tarareando un espantoso aire popular de opereta inglesa.*

GWENDOLIN.—Este silencio lleno de dignidad no parece surtir un buen efecto.

CECILIA.—Pésimo.

GWENDOLIN.—Pero no seremos las primeras en hablar.

CECILIA.—Claro que no.

GWENDOLIN.—Señor Worthing, tengo algo que preguntarle a usted. De lo que usted me conteste dependen muchas cosas.

CECILIA.—¡Su sentido común, Gwendolin, es inapreciable! Señor Moncrieff, tenga usted la bondad de contestarme a una pregunta. ¿Por qué causa quiso usted hacerse pasar por hermano de mi tutor?

ARCHIBALDO.—Pues por tener ocasión de conocerla a usted.

CECILIA.—*(A* GWENDOLIN.) La explicación parece satisfactoria, ¿verdad?

GWENDOLIN.—Sí, querida; si puede usted darle crédito.

CECILIA.—¡Qué he de darle! Pero eso no disminuye lo admirable de su respuesta.

GWENDOLIN.—Cierto. En cuestiones de esta importancia, el estilo y no la sinceridad es lo esencial. Señor Worthing, ¿qué explicación puede usted darme de la existencia de ese supuesto hermano? ¿Lo inventó usted por tener ocasión de venir a verme a Londres con más frecuencia?

JUAN.—¿Puede usted dudarlo, señorita Fairfax?

GWENDOLIN.—¡Hum! Tengo mis dudas. Pero espero disiparlas. No es éste momento para escepticismos alemanes [40]. *(Dirigiéndose hacia* CECILIA.) Sus explicaciones parecen realmente satisfactorias, sobre todo la del señor Worthing, ¿verdad, Cecilia? Me parece que tiene estampado el sello de la verdad.

CECILIA.—Yo me siento más satisfecha con lo que me dijo el señor Moncrieff. ¡Sólo su voz inspira ya una confianza absoluta!

GWENDOLIN.—Entonces, ¿cree usted que debemos perdonarles?

CECILIA.—Sí. Mejor dicho, no.

---

[40] Probable alusión al escepticismo desarrollado por Kant en su *Crítica de la razón pura* (1781), donde propone que no conocemos las cosas como realmente son, sino como se presentan a nuestros sentidos.

GWENDOLIN.—Cierto. Lo había olvidado. Hay principios en juego que una no puede abandonar. ¿Cuál de las dos se lo dice? No es una tarea agradable.

CECILIA.—¿No podríamos hablar las dos a la vez?

GWENDOLIN.—¡Excelente idea! Yo casi siempre hablo al mismo tiempo que los demás. Bueno; yo daré la entrada.

CECILIA.—¡Muy bien! (GWENDOLIN *lleva el compás con el dedo levantado.)*

GWENDOLIN *y* CECILIA.—*(Hablando a una.)* Los nombres de pila de ustedes continúan siendo una barrera infranqueable. ¡Eso es todo!

JUAN *y* ARCHIBALDO.—*(Hablando a una.)* ¿Nuestros nombres de pila? ¿Es eso todo? ¡Pero si nos van a bautizar esta tarde!

GWENDOLIN.—*(A* JUAN.) ¿Y va usted a hacer por mí esa cosa terrible?

JUAN.—Voy.

CECILIA.—*(A* ARCHIBALDO.) Para complacerme, ¿está usted decidido a sufrir tan tremenda prueba?

ARCHIBALDO.—Estoy.

GWENDOLIN.—Ahora comprendo lo absurdo que es hablar de la igualdad de los sexos. Tratándose de sacrificios, los hombres nos son infinitamente superiores.

JUAN.—Lo somos. (ARCHIBALDO *y él se dan un apretón de manos.)*

CECILIA.—Tienen momentos de valor físico que nosotras, las mujeres, desconocemos.

GWENDOLIN.—*(A* JUAN.) ¡Amor mío!

ARCHIBALDO.—*(A* CECILIA.) ¡Amor mío! *(Caen unos en brazos de otros. Entra* MERRIMAN. *Al entrar y ver la situación, tose fuerte.)*

MERRIMAN.—¡Jem! ¡Jem! ¡Lady Bracknell!

JUAN.—¡Santo cielo!

Entra LADY BRACKNELL, *y se separan asustadas las parejas.*

Sale MERRIMAN.

LADY BRACKNELL.—¡Gwendolin! ¿Qué significa esto?

GWENDOLIN.—Pues, simplemente, que el señor Worthing y yo estamos comprometidos en matrimonio, mamá.

LADY BRACKNELL.—Ven aquí. Siéntate. ¡Siéntate inmediatamente! La vacilación de cualquier tipo es signo de decadencia mental en los jóvenes, y de debilidad física en los ancianos. *(Volviéndose hacia* JUAN.) Caballero: en cuanto supe la fuga súbita de mi hija por su doncella de confianza, cuya confianza compré con un puñado de calderilla, me lancé en su persecución, y no vacilé en tomar un tren de mercancías. Su pobre padre, afortunadamente, tiene la impresión de que ella se encuentra en el Servicio de Extensión Universitaria, asistiendo a una conferencia más larga de lo normal sobre la influencia de la renta permanente en el pensamiento[41]; y me propongo no sacarle de su ignorancia. Realmente, yo nunca le he sacado de ninguna de sus ignorancias; y no hay motivo ahora para hacer una excepción. Pero no creo necesario decirle a usted que estoy decidida, absolutamente decidida, a que desde este momento quede cortada toda relación entre usted y mi hija. En este punto, como en todos los puntos, soy absolutamente firme.

JUAN.—¡He dado palabra de casamiento a Gwendolin, lady Bracknell!

LADY BRACKNELL.—¡Como si no la hubiera dado! Ahora, por lo que respecta a Archibaldo, ¡Archibaldo!

ARCHIBALDO.—¿Qué, tía Augusta?

LADY BRACKNELL.—¿Puedo preguntarte si es aquí donde vive tu desdichado amigo el señor Bunbury?

ARCHIBALDO.—*(Tartamudeando.)* ¡Oh! ¡Oh! Bunbury no vive aquí. ¡Qué ha de vivir! En estos momentos está en otro sitio. En realidad, Bunbury ha muerto.

---

[41] Por entonces comenzaban las actividades extracurriculares de la Universidad de Londres, de las que aquí Wilde se burla abiertamente, aunque en la vida real probablemente estuviera a favor de ellas.

LADY BRACKNELL.—¿Muerto? ¿Y cuándo murió el señor Bunbury? Su muerte debió de ser extraordinariamente repentina.

ARCHIBALDO.—*(Distraídamente.)* ¡Oh, le maté esta misma tarde! Es decir, se murió esta misma tarde. ¡Pobre Bunbury!

LADY BRACKNELL.—¿Y de qué murió?

ARCHIBALDO.—¿Bunbury? ¡Oh, reventó!

LADY BRACKNELL.—¿Reventó? ¿Es que ha sido víctima de algún atentado revolucionario? No sabía que el señor Bunbury se ocupase de cuestiones sociales. En ese caso, bien castigado está por su mala salud.

ARCHIBALDO.—Querida tía Augusta, lo que quise decir es que le desenmascararon. Los médicos dictaminaron que Bunbury no podía vivir... así que Bunbury se murió.

LADY BRACKNELL.—Me parece que ha pecado de exceso de confianza en la opinión de los médicos. Pero, en fin, menos mal que tuvo un rasgo de firmeza y se decidió a acabar con todas aquellas indecisiones, siguiendo una orden facultativa. Bueno; y ahora que ya estamos libres de ese señor Bunbury, ¿quiere usted decirme, señor Worthing, quién es esa personita cuya mano conserva entre las suyas mi sobrino Archibaldo, a mi juicio innecesariamente?

JUAN.—Esta señorita es la señorita Cecilia Cardew, mi pupila. (LADY BRACKNELL *le hace una inclinación de cabeza bastante fría.)*

ARCHIBALDO.—He dado la palabra de casamiento a Cecilia, tía Augusta.

LADY BRACKNELL.—¿Qué has dicho?

CECILIA.—El señor Moncrieff y yo tenemos un compromiso de matrimonio, lady Bracknell.

LADY BRACKNELL.—*(Se estremece, y dirigiéndose hacia el sofá, se sienta en él.)* No sé qué tiene de particularmente excitante el aire de esta zona de Hertfordshire; pero me parece que el número de las palabras de casamiento excede del que señalan las estadísticas. Sin embargo, no estará de más un pequeño interrogatorio. ¿Quiere usted suministrarme algunos datos sobre esta señorita, señor Worthing? ¿Tiene alguna relación esta señorita Cardew con alguna de las principales estaciones ferroviarias de Londres? Simplemente me gustaría tener la información. Hasta ayer no tenía ni idea de que existieran familias o personas cuyos orígenes estuvieran en una terminal.

JUAN *parece que se enfurece, pero se controla.*

JUAN.—*(Con voz clara y fría.)* La señorita Cardew es la nieta del difunto señor Tomás Cardew, domiciliado en Londres, plaza de Belgrave, ciento cuarenta y nueve; así como en el Parque Gervase, Dorking, Surrey; y en Sporran, Fifeshire, Escocia.

LADY BRACKNELL.—Eso no suena nada mal. Tres domicilios siempre inspiran confianza, incluso en hombres de negocios. ¿Pero qué prueba tengo de su autenticidad?

JUAN.—He guardado cuidadosamente los Registros de la Corte de esa época [42]. Están a su completa disposición, si desea inspeccionarlos, lady Bracknell.

LADY BRACKNELL.—*(Con frialdad.)* He encontrado extraños errores en esa publicación.

JUAN.—Los abogados de la familia de la señorita Cardew son los señores Markby, Markby y Markby.

LADY BRACKNELL.—¿Markby, Markby y Markby? Un bufete con gran prestigio en la profesión. Incluso me han dicho que a uno de los señores Markby se le ve ocasionalmente en las fiestas sociales. Eso me satisface.

JUAN.—*(Ya con cierta irritación.)* ¡Qué amable es usted, lady Bracknell! Y tengo también en mi poder, a la disposición de usted, los certificados de nacimiento, bautizo, tos ferina,

---

[42] Los Registros de la Corte *(Court Guides)* eran una publicación anual que, además de dar un listado de los miembros de la familia real, incluía una relación de nombres y direcciones en Londres de la aristocracia y nobleza británicas. Se entendía que aquellas personas que estuvieran en esa relación habían sido «presentadas» en la Corte ante la soberana.

inscripción en el Registro Civil, vacunación, confirmación, sarampión y rubeola de la señorita Cardew.

LADY BRACKNELL.—¡Ah! Una vida muy accidentada, según veo. Aunque quizá demasiado para una muchacha tan joven. Yo no soy partidaria de las experiencias prematuras. *(Se levanta y mira la hora de su reloj.)* Gwendolin, se acerca la hora del tren. No podemos perder un minuto. Y aunque sea pura fórmula, señor Worthing, ¿puede usted decirme si la señorita Cardew tiene alguna fortuna?

JUAN.—¡Oh, unas ciento treinta mil libras esterlinas en Fondos[43]! Eso es todo. Buenas tardes, lady Bracknell. Encantado de haberla visto.

LADY BRACKNELL.—*(Sentándose de nuevo.)* Un momento, señor Worthing. ¡Ciento treinta mil libras! ¡Y en Fondos del Tesoro! Ahora que la veo mejor, la señorita Cardew me parece una muchacha muy atractiva. Pocas son hoy las muchachas que tienen cualidades realmente sólidas, de esas cualidades que duran y hasta se mejoran con el tiempo. ¡Ay!, vivimos en una época en que, lamento decirlo, todo es superficial. *(A* CECILIA.*)* ¡Acérquese usted, querida! (CECILIA *se acerca.)* ¡Preciosa! Pero se viste usted con una sencillez deplorable, y su pelo parece tal como lo dejó la naturaleza. Claro que esto es *peccata minuta,* y puede arreglarse pronto. Una buena doncella francesa experimentada hace milagros en poquísimo tiempo. Me acuerdo de haber recomendado una a lady Lancing, tan extraordinaria, que al cabo de tres meses ni su mismo marido la conocía.

JUAN.—Y a los seis no la conocía nadie.

LADY BRACKNELL.—*(Lanza una mirada colérica a* JUAN. *Luego se inclina, con una sonrisa bien estudiada hacia* CECILIA.) Tenga usted la bondad de volverse, hija mía. (CECILIA *da*

---

[43] La denominación «Fondos» a secas *(Funds)* se refería en la época a los pertenecientes al Tesoro británico, y gozaban de la seguridad del Estado. Se consideraban la forma más segura de inversión, a pesar de que el interés que rentaban no era alto.

una vuelta completa, hasta quedar de espaldas a ella.) No, no, de lado nada más. (CECILIA *da media vuelta y le muestra su perfil.)* Perfectamente; es lo que yo esperaba. Hay muchas posibilidades mundanas en el perfil de usted. Los dos puntos flacos de nuestra época son su falta de principios y su falta de perfil. La barbilla un poco más alta, querida. La distinción depende en gran parte de la manera de llevar la barbilla. Hoy día se llevan muy altas. ¡Archibaldo!

ARCHIBALDO.—¿Qué, tía Augusta?

LADY BRACKNELL.—Hay muchas posibilidades mundanas en el perfil de la señorita Cardew.

ARCHIBALDO.—Cecilia es la muchacha más dulce, más buena y más bonita del mundo entero, y esas posibilidades mundanas me importan un bledo, tía Augusta.

LADY BRACKNELL.—¡Ay!, no vayas a hablar mal ahora de la sociedad, Archibaldo. Eso no lo hace más que la gente que no tiene acceso a ella. *(A* CECILIA.) Supongo, hija mía, que sabrá que Archibaldo no cuenta más que con sus deudas. Pero yo no apruebo los matrimonios por interés. Cuando me casé con lord Bracknell, yo no llevaba un céntimo. Pero ni por un instante se me ocurrió que esto pudiera ser un obstáculo. Bueno; en vista de todo ello, me parece que debo dar mi consentimiento.

ARCHIBALDO.—Gracias, tía Augusta.

LADY BRACKNELL.—Cecilia, puede usted darme un beso.

CECILIA.—*(Besando a* LADY BRACKNELL.) Gracias, lady Bracknell.

LADY BRACKNELL.—Puede usted también llamarme tía Augusta de aquí en adelante.

CECILIA.—Gracias, tía Augusta.

LADY BRACKNELL.—La boda, opino que cuanto antes se celebre, mejor.

ARCHIBALDO.—Gracias, tía Augusta.

CECILIA.—Gracias, tía Augusta.

LADY BRACKNELL.—Hablando con franqueza: yo no soy partidaria de las relaciones largas. Dan ocasión a que los novios se conozcan demasiado bien antes de casarse, cosa que nunca es prudente.

JUAN.—Usted dispense que la interrumpa, lady Bracknell; pero no hay por qué hablar de casamiento. Yo soy el tutor de la señorita Cardew, y ésta no puede casarse sin mi consentimiento hasta su mayoría de edad. Y ese consentimiento me niego terminantemente a darlo.

LADY BRACKNELL.—¿Y por qué causa, si puede saberse? Archibaldo es un partido extremadamente aceptable, ostentosamente aceptable diría yo. No tiene nada, pero aparenta mucho. ¿Qué más puede desearse?

JUAN.—Siento mucho tener que hablarle a usted francamente de su sobrino, lady Bracknell; pero el caso es que no apruebo en lo más mínimo su moralidad. Tengo sospechas muy fundadas de que es un impostor. (ARCHIBALDO *y* CECILIA *le miran con indignación y asombro.)*

LADY BRACKNELL.—¿Impostor? ¿Mi sobrino Archibaldo? ¡Imposible! ¡Si es alumno de Oxford!

JUAN.—Temo que no haya lugar a dudas respecto a ello. Esta tarde, aprovechando mi estancia temporal en Londres, donde me reclamaba un importante asunto sentimental, logró introducirse en esta casa fingiendo ser mi hermano. Usando un nombre supuesto, se bebió, como acaba de comunicarme mi mayordomo, una botella de mi Perrier-Jouet, Brut, del ochenta y nueve[44]; un vino que yo reservaba especialmente para mí. Luego, por si fuera poco, consiguió en el curso de esta tarde enajenarme el afecto de mi única pupila. Y no contento con esto, se quedó a tomar el té, y devoró todos los pastelillos. Y lo que hace su conducta más odiosa es que él sabía perfectamente, desde un comienzo, que yo no tengo ningún hermano, ni lo he tenido nunca, ni pienso tenerlo, de ningún tipo. Ayer mismo, por la tarde, tuve el gusto de declarárselo así.

---

44 Este champán seco era una de las bebidas preferidas por Wilde, que lo menciona con cierta nostalgia en su *De Profundis*.

LADY BRACKNELL.—¡Jem!... Bueno, señor Worthing; pensándolo bien, he decidido no tomar en cuenta la conducta de mi sobrino con usted.

JUAN.—Es usted muy generosa, lady Bracknell; pero mi decisión también es irrevocable. Me niego a dar el consentimiento.

LADY BRACKNELL.—*(A* CECILIA.) Venga usted aquí, hija mía. (CECILIA *se aproxima.)* ¿Qué edad tiene usted?

CECILIA.—En realidad, tengo sólo dieciocho años; pero cuando voy a alguna reunión social declaro veinte.

LADY BRACKNELL.—Hace usted muy bien en hacer esa pequeña alteración. Por otra parte, una mujer no debe decir nunca exactamente su edad. Eso da siempre un aire de mujer calculadora... *(Como reflexionando para sí.)* Dieciocho..., pero declarando veinte en las reuniones... Bueno; no falta mucho para que llegue a la mayoría de edad y se vea libre de las trabas de la tutela. De manera que, al fin y al cabo, el consentimiento de su tutor no es de importancia capital.

JUAN.—Usted me dispensará, lady Bracknell, si la interrumpo otra vez; pero me creo en la obligación de prevenirle de que, con arreglo al testamento de su abuelo, la señorita Cardew no será mayor de edad, legalmente, hasta los treinta y cinco.

LADY BRACKNELL.—Tampoco me parece una grave objeción. Treinta y cinco años es una edad muy atractiva. La buena sociedad londinense está llena de señoras distinguidísimas que, por su propia voluntad, se han quedado en los treinta y cinco. Lady Dumbleton, por ejemplo, que yo sepa, tiene treinta y cinco desde que llegó a los cuarenta, hace ya bastantes años. No veo razón alguna para que Cecilia no esté todavía más atractiva que ahora, si cabe, a la edad que usted dice. Y las rentas, mientras tanto, habrán ido capitalizándose.

CECILIA.—Archi, ¿podría usted esperarme hasta que cumpliese los treinta y cinco?

ARCHIBALDO.—¡Claro que sí, Cecilia! Bien lo sabe usted.

CECILIA.—Sí, lo presentía. Pero a mí no me sería posible esperar tanto tiempo. Me molesta muchísimo esperar a alguien, aunque sólo sea cinco minutos. No sabe usted del humor que me pongo; no es que yo sea muy puntual; pero me gusta la puntualidad en los demás. Conque, tratándose de casamiento, figúrese usted.

ARCHIBALDO.—¿Qué hacemos entonces, Cecilia?

CECILIA.—No sé. Usted verá, señor Moncrieff.

LADY BRACKNELL.—Mi querido señor Worthing: como la señorita Cardew declara que no le sería posible esperar hasta los treinta y cinco años, declaración que, entre paréntesis, diré que me parece mostrar un carácter bastante impaciente, le ruego a usted que vuelva sobre su decisión y la revoque.

JUAN.—Mi querida lady Bracknell: de usted depende todo. En el momento en que usted consienta en mi boda con Gwendolin, yo tendré mucho gusto en que su sobrino contraiga alianza con mi pupila.

LADY BRACKNELL.—*(Levantándose y disponiéndose a partir.)* Ya comprenderá usted que su proposición es completamente inadmisible.

JUAN.—¡Entonces, un celibato apasionado es a lo más que podemos aspirar los cuatro!

LADY BRACKNELL.—No es ése el destino que yo espero para Gwendolin. En cuanto a Archibaldo, allá él. Que haga lo que mejor le parezca. *(Saca el reloj.)* Vamos, querida. (GWENDOLIN *se levanta.)* Ya hemos perdido lo menos cinco trenes, si no seis. Perder algún otro sería exponernos a los comentarios en el andén.

Entra el reverendo CHASUBLE.

CHASUBLE.—Todo está ya dispuesto para los bautizos.

LADY BRACKNELL.—¿Para los bautizos? ¿No será algo prematuro?

CHASUBLE.—*(Algo sorprendido y señalando a* JUAN *y a* ARCHIBALDO.) Estos caballeros han expresado su deseo de ser bautizados inmediatamente.

LADY BRACKNELL.—¿A su edad? La ocurrencia no puede ser más grotesca ni más impía. ¡Archibaldo, te prohíbo terminantemente que te bautices! ¡Que no vuelva yo a oír hablar de semejantes excesos! Lord Bracknell tendría un disgusto si llegase a enterarse de cómo pierdes el tiempo y el dinero.

CHASUBLE.—¿Eso quiere decir que no hay bautizos esta tarde?

JUAN.—No creo que, tal como están las cosas, nos sirvan de mucho, mi reverendo.

CHASUBLE.—Me sorprende oírle decir a usted eso, señor Worthing. ¿Irá usted a caer ahora en los errores de los anabaptistas? ¡Tenga usted mucho cuidado con esos heréticos! Si usted quiere, le prestaré cuatro de mis sermones inéditos en que refuto sus doctrinas y las reduzco a la nada[45]. Por lo pronto, y en vista de que el espíritu de ustedes parece poco atento a la salud del alma, me volveré a la iglesia de inmediato. Precisamente acaba de decirme un acólito que hace hora y media que está aguardándome la señorita Prism en la sacristía.

LADY BRACKNELL.—*(Sobresaltada.)* ¿La señorita Prism? ¿Ha dicho usted la señorita Prism?

CHASUBLE.—Sí, señora. En su busca voy.

LADY BRACKNELL.—Permítame usted que le detenga un instante. Se trata de una cuestión que puede ser de la mayor importancia para mí y para lord Bracknell. Esa señorita Prism, ¿no es una mujer de aspecto repelente, vagamente relacionada con la enseñanza?

CHASUBLE.—*(Con indignación contenida.)* La señorita Prism es una dama cultísima y la imagen misma de la respetabilidad.

LADY BRACKNELL.—¡Sí, sí, la misma, no me cabe duda! ¿Y podría usted decirme qué... situación ocupa en casa de usted?

CHASUBLE.—*(Severamente.)* ¡Señora, soy soltero!

JUAN.—*(Interviniendo.)* La señorita Prism, lady Bracknell, es, desde hace tres años, la estimada institutriz y valiosa compañera de la señorita Cardew.

---

[45] Los anabaptistas representan un sector radical del protestantismo clásico, caracterizados, entre otros aspectos, por su rechazo al bautismo infantil, en la creencia de que sólo el bautismo adulto, por inmersión total, es válido.

LADY BRACKNELL.—Bueno; a pesar de todo, es preciso que yo la vea. Envíela usted a buscar en seguida.

CHASUBLE.—*(Mirando por la ventana.)* Justamente, aquí viene.

Entra la SEÑORITA PRISM *apresuradamente.*

SEÑORITA PRISM.—Me dijeron que me esperaba usted en la sacristía, mi querido reverendo, y allí he estado aguardándole una hora y tres cuartos. *(En este momento se percata de la presencia de* LADY BRACKNELL, *que clava en ella una mirada fría como el mármol. La* SEÑORITA PRISM *palidece y se acobarda. Mira en torno suyo anhelosamente, como buscando una salida.)*

LADY BRACKNELL.—*(Con voz severa y judicial.)* ¡Prism! *(La* SEÑORITA PRISM *baja la cabeza anonadada.)* ¡Venga usted aquí, Prism! *(La* SEÑORITA PRISM *se acerca humildemente.)* ¡Prism! ¿Dónde está el niño? *(Consternación general. El reverendo* CHASUBLE *da un paso atrás, estremecido de horror.* ARCHIBALDO *y* JUAN *aparentan querer impedir que* CECILIA *y* GWENDOLIN *oigan los detalles de algún terrible y escandaloso suceso.)* Hace veintiocho años, Prism, que salió usted de casa de lord Bracknell, en Upper Grosvenor Street, número ciento cuatro, al cuidado de un cochecito de mano que contenía un niño. ¡Salió usted, y no volvió a aparecer! Pocas semanas más tarde, después de muchas indagaciones y pesquisas de la policía metropolitana, se descubrió a medianoche el cochecito abandonado en un rincón desierto de Bayswater[46], y conteniendo el manuscrito de una novela en tres tomos, de un sentimentalismo más que repugnante. *(La* SEÑORITA PRISM *se estremece con una voluntaria indignación.)* Pero del niño, ¡ni rastro! *(Todos fijan la vista en la* SEÑORITA PRISM.) ¡Prism! ¿Dónde está el niño? *(Pausa.)*

---

[46] Barrio de Londres, al norte de Hyde Park y los jardines de Kensington.

SEÑORITA PRISM.—¡Lady Bracknell, tengo que confesar que no lo sé! ¡Ojalá lo supiera! He aquí los hechos, tal como ocurrieron: la mañana del día que usted dice, día aciago, inscrito con letras de fuego en mi memoria, me dispuse, como de costumbre, a sacar al niño en su cochecito. Llevaba también conmigo un maletín un poco usado, pero bastante capaz y todavía en buen estado, en el que pensaba guardar el manuscrito de una obra literaria del género novelesco, que había escrito en mis escasas horas de ocio. Pues bien; en un momento de distracción mental, que nunca podré perdonarme, puse el manuscrito en el coche y guardé al niño en el maletín.

JUAN.—*(Que la ha escuchado con mucha atención.)* Pero ¿dónde dejó usted el maletín?

SEÑORITA PRISM.—¡Ay, no me lo pregunte usted, señor Worthing!

JUAN.—Señorita Prism, se trata de una cuestión de suma importancia para mí. Insisto en saber dónde dejó usted la maleta que contenía al niño.

SEÑORITA PRISM.—La dejé en el guardarropa de una de las principales estaciones ferroviarias de Londres.

JUAN.—¿Qué estación? ¡Pronto!

SEÑORITA PRISM.—*(Aniquilada.)* En la estación Victoria, línea de Brighton. *(Cae desplomada en una silla.)*

JUAN.—Ustedes me permitirán que me ausente un momento. Tengo que subir a mi cuarto. Espéreme usted aquí, Gwendolin.

GWENDOLIN.—Si no tarda usted mucho, le esperaré aquí toda la vida.

Sale JUAN *muy agitado.*

CHASUBLE.—¿Qué piensa usted de todo esto, lady Bracknell?

LADY BRACKNELL.—No me atrevo a sospecharlo, mi reverendo. Creo inútil decirle a usted que en las grandes familias no se admite la posibilidad de coincidencias extrañas.

Se oyen ruidos encima, como de baúles removidos violentamente. Todos miran hacia el techo.

CECILIA.—¡Qué agitado parece el tío Juan!

CHASUBLE.—Su tutor tiene un temperamento muy impresionable.

LADY BRACKNELL.—¡Qué ruido tan desagradable! ¡Parece como si tuviera una discusión! ¡Detesto todas las discusiones! Son siempre vulgares, y a menudo convincentes.

CHASUBLE.—*(Mirando hacia arriba.)* Ya ha cesado *(Se renueva, más fuerte, el ruido.)*

LADY BRACKNELL.—Si es que ha de llegar a alguna conclusión, cuanto antes mejor.

GWENDOLIN.—¡Esta incertidumbre es espantosa! ¡Espero que se prolongue!

Entra JUAN *con un maletín de cuero negro en la mano.*

JUAN.—*(Precipitándose hacia la* SEÑORITA PRISM.*)* ¿Es éste el maletín, señorita Prism? Examínelo usted cuidadosamente antes de hablar. La felicidad de más de una vida depende de su respuesta.

SEÑORITA PRISM.—*(Sosegadamente.)* Sí, parece el mío. Sí, aquí está el arañazo que sufrió el día en que volcó el ómnibus en Gower Street[47]. Y aquí la quemadura que le produjo la explosión de un termo en Leamington[48]. Y aquí, en la cerradura,

---

[47] Esta calle está en la zona de Bloomsbury, en Londres, donde se encuentran muchos de los edificios de la Universidad de Londres. Quizá sugiere la señorita Prism que, en su juventud, realizó algunos cursos en la Universidad.

[48] Ciudad y balneario en el condado inglés de Warwickshire, en el centro de Inglaterra. A finales del siglo XVIII se convirtió en lugar frecuentado por la aristocracia inglesa, que acudía a él a «beber las aguas», famosas por sus poderes curativos. En 1838 la reina Victoria le otorgó el título de «Royal» («Real»).

mis iniciales. Había olvidado que, en un arranque de extravagancia, las había grabado aquí. Sí, no cabe duda que es mi maletín. Y me alegro mucho de recuperarlo de un modo tan inesperado. Lo he echado de menos todos estos años.

JUAN.—*(En tono patético.)* ¡Señorita Prism, algo más que el maletín recupera usted! ¡Yo soy el niño que guardó usted dentro!

SEÑORITA PRISM.—*(Estupefacta.)* ¿Usted?

JUAN.—*(Abrazándola.)* ¡Sí..., madre!

SEÑORITA PRISM.—*(Retrocediendo indignada y sorprendida.)* ¡Señor Worthing, soy soltera!

JUAN.—¿Soltera?... Sí; es un golpe un poco rudo, lo confieso. Pero, después de todo, ¿quién tiene derecho a tirar la piedra al que ha sufrido? ¿No puede acaso el arrepentimiento borrar un momento de locura? ¿Por qué va a haber una ley para los hombres y otra para las mujeres? ¡Madre, yo la perdono a usted! *(Trata de abrazarla de nuevo.)*

SEÑORITA PRISM.—*(Todavía más indignada.)* ¡Señor Worthing, padece usted un error! *(Señalando a* LADY BRACKNELL.) Esta señora podrá decirle quién es usted realmente.

JUAN.—*(Después de una pequeña pausa.)* Lady Bracknell, no quisiera parecer curioso; pero ¿querría usted tener la amabilidad de decirme quién soy?

LADY BRACKNELL.—No creo que la noticia que voy a darle sea completamente de su agrado. Usted es el hijo de mi pobre hermana, la señora Moncrieff y, por tanto, el hermano mayor de Archibaldo.

JUAN.—¿El hermano mayor de Archi? Entonces resulta que, después de todo, es verdad que tengo un hermano. ¡Ya sabía yo que tenía un hermano! ¡Siempre lo dije! ¿Cómo pudiste tú nunca dudar, Cecilia, de que tuviera un hermano? *(Cogiendo de la mano a* ARCHIBALDO.) Reverendo Chasuble, aquí mi desdichado hermano. Señorita Prism, aquí mi desdichado hermano. Gwendolin, aquí mi desdichado hermano. *(A* ARCHIBALDO.) ¡Y tú, bandido, a ver si me respetas más en lo sucesivo! ¡Nunca te has portado conmigo como un hermano!

ARCHIBALDO.—Es verdad, lo confieso. ¡Qué quieres! Yo lo hacía lo mejor que podía; pero me faltaba práctica. *(Le estrecha la mano.)*

GWENDOLIN.—*(A* JUAN.) ¡Amor mío! Pero ¿cómo se llama usted? ¿Cuál es su nombre de pila, ahora que no es usted quien era?

JUAN.—¡Es verdad!... Lo había olvidado. La decisión de usted respecto a mi nombre, ¿continúa siendo irrevocable?

GWENDOLIN.—Yo no cambio nunca, como no sea en mis afectos.

CECILIA.—¡Qué naturaleza tan noble la de usted, Gwendolin!

JUAN.—Entonces, hay que poner en claro la cuestión inmediatamente. Un instante, tía Augusta. En el momento en que la señorita Prism me dejó en el maletín, ¿ya me habían bautizado?

LADY BRACKNELL.—Todos los lujos que se podían comprar con el dinero, incluyendo el bautizo, se lo habían dado a usted sus amantísimos padres.

JUAN.—¡Entonces estaba bautizado! Eso está claro. Pero ¿con qué nombre? Estoy preparado para lo peor.

LADY BRACKNELL.—Siendo, como era usted, el primer hijo, es de suponer que le pusieran el nombre del padre.

JUAN.—*(Impaciente.)* Sí; pero ¿cuál era el nombre de mi padre?

LADY BRACKNELL.—*(Reflexionando.)* En este momento, por más que hago, no puedo acordarme de cómo se llamaba el general. Pero no cabe de duda que se llamaba de algún modo. Aunque era bastante excéntrico. Sí; pero esto fue sólo en los últimos años, a consecuencia, según parece, del clima de la India, del matrimonio, del estómago y de otras causas por el estilo.

JUAN.—Archi, ¿recordarías tú cómo se llamaba nuestro padre?

ARCHIBALDO.—Querido mío, no nos dirigimos nunca la palabra. Se murió antes de cumplir yo un año.

JUAN.—*(Después de reflexionar un momento.)* ¡Ah, se me ocurre una idea! Consultar un anuario militar de la época. ¿No le parece a usted, tía Augusta?

LADY BRACKNELL.—El general era un hombre esencialmente de paz, excepto en su vida doméstica; pero sí, seguramente se encontrará su nombre en algún anuario militar.

JUAN.—Ahí están los de los últimos cuarenta años. ¡Ah, esos interesantes registros deberían de haber sido mi lectura constante! *(Se precipita hacia la estantería y saca de ella febrilmente unos cuantos volúmenes. Hojeando uno de ellos.)* M... General... Mallam, Maxbohm[49], Magley... ¡Qué nombrecitos!... Markby, Migsby, Mobbs, ¡Moncrieff! Teniente en 1840, capitán, teniente coronel, coronel, general en 1869; nombre de pila: ¡Ernesto Juan! *(Vuelve a poner el libro en su sitio y habla muy reposadamente.)* ¿No le dije yo a usted que me llamaba Ernesto, Gwendolin? ¡Pues Ernesto me llamo! Ya lo ven ustedes.

LADY BRACKNELL.—Sí, ahora recuerdo que el general se llamaba Ernesto. Ya sabía yo que por algo no me gustaba ese nombre.

GWENDOLIN.—¡Ernesto! ¡Mi Ernesto! ¡Desde el primer momento comprendí que no podía llamarse de otro modo!

JUAN—¡Ay, Gwendolin, es terrible para un hombre ver de pronto que se ha pasado toda la vida no diciendo más que la pura verdad! ¿Me perdonas?

GWENDOLIN.—Te perdono, porque sé que te corregirás.

JUAN.—¡Amor mío!

CHASUBLE.—*(A la* SEÑORITA PRISM.) ¡Leticia! *(La abraza.)*

SEÑORITA PRISM.—*(Con entusiasmo.)* ¡Federico! ¡Al fin!

ARCHIBALDO —¡Cecilia! *(La abraza.)* ¡Al fin!

JUAN.—¡Gwendolin! *(La abraza.)* ¡Al fin!

LADY BRACKNELL.—Sobrino, me parece que empiezas a dar muestras de poca formalidad.

JUAN.—Al contrario, tía Augusta; por primera vez en mi vida he comprendido la vital importancia de ser formal... y de llamarse Ernesto.

TELÓN

---

49 Este nombre es una evidente broma de Wilde, en honor de su amigo, el ensayista y caricaturista Max Beerbohm (1872-1956).

APÉNDICE

LA IMPORTANCIA DE LLAMARSE ERNESTO

«EPISODIO GRIBSBY» [1]

Entra MERRIMAN.

MERRIMAN.—He puesto las cosas del señorito Ernesto en la alcoba contigua a la del señor. ¿Está bien así?

JUAN.—¿Qué?

MERRIMAN.—Me refiero al equipaje del señorito Ernesto. Lo he desempaquetado todo y lo he puesto en la alcoba contigua a la del señor.

ARCHIBALDO.—Me temo que esta vez no podré estar con vosotros más de una semana.

CECILIA.—¿Una semana? ¿Va a poder quedarse realmente hasta el lunes?

---

[1] Esta escena se conoce como «episodio Gribsby» porque en ella se introduce un personaje llamado así. La escena formaba parte del acto segundo original antes de los cortes realizados por el autor, a sugerencia de George Alexander. Las principales modificaciones se hicieron en los actos segundo y tercero del manuscrito original, que se comprimieron en el nuevo acto segundo, pasando el cuarto a denominarse tercer acto. La naturaleza de esos cambios no es sólo la eliminación de esta escena, sino que se produjeron también diversos cortes en los diálogos, que afectan sobre todo a los personajes de la señorita Prism y del reverendo Chasuble. En la versión recortada se nos presentan de modo más divertido y atractivo, al eliminarse muchos de sus rasgos morales.

Esta escena debería incorporarse en el segundo acto, justo en el punto marcado por la nota 38 de la presente edición (pág. 182).

ARCHIBALDO.—Creo que puedo arreglarlo para estar hasta el lunes.

CECILIA.—¡Qué bien!

MERRIMAN.—*(A* ERNESTO.) Dispense, señor, pero hay un caballero anciano que desea verlo. Acaba de llegar en un coche de alquiler desde la estación. *(Le entrega una tarjeta en la bandeja.)*

ARCHIBALDO.—¿Que desea verme a mí?

MERRIMAN.—Sí, señor.

ARCHIBALDO.—*(Lee la tarjeta.)* «Parker y Gribsby, abogados». No sé nada de ellos. ¿Quiénes son?

JUAN.—*(Toma la tarjeta.)* Parker y Gribsby, ¿quiénes serán? Supongo, Ernesto, que se tratará de algún asunto de tu amigo Bunbury. Quizá Bunbury quiera hacer testamento, y desee que tú seas su albacea. *(A* MERRIMAN.) Haz pasar a los señores Parker y Gribsby inmediatamente.

MERRIMAN.—Hay sólo un caballero en la sala, señor.

JUAN.—Pues bien, haz pasar al señor Parker o al señor Gribsby.

MERRIMAN.—Sí, señor. *(Sale* MERRIMAN.)

JUAN.—Tengo la esperanza, Ernesto, de poder confiar en la declaración que me hiciste la semana pasada cuando cancelé finalmente todas tus facturas. Espero que no queden cuentas de ningún tipo por ahí.

ARCHIBALDO.—No tengo absolutamente ninguna deuda, querido Juan. Gracias a tu generosidad no debo un penique, salvo por unas cuantas corbatas, creo.

JUAN.—Me alegro sinceramente de oírlo.

MERRIMAN.—*(Anunciando.)* El señor Gribsby. *(Entra el señor* GRIBSBY.)

GRIBSBY.—*(Dirigiéndose al reverendo* CHASUBLE.) ¿Es usted el señor Ernesto Worthing?

SEÑORITA PRISM.—Éste es el señor Ernesto Worthing.

GRIBSBY.—¿Es usted el señor Ernesto Worthing?

ARCHIBALDO.—Sí, dígame.

GRIBSBY.—¿Residente en Albany, B cuatro?

ARCHIBALDO.—En efecto, ésa es mi dirección.

GRIBSBY.—Lo siento mucho, señor Worthing, pero tenemos un mandato de embargo en veinte días contra usted a favor del Hotel Savoy, Compañía Limitada, por setecientas sesenta y dos libras, catorce chelines y dos peniques.

ARCHIBALDO.—¡Qué tontería! Yo nunca ceno en el Savoy de mi bolsillo. Siempre ceno en Willis. Es mucho más caro. No le debo un penique al Savoy.

GRIBSBY.—El mandato de embargo figura aquí que le fue entregado a usted personalmente en Albany el veintisiete de mayo. Se falló en un juicio contra usted, en ausencia suya, el cinco de junio. Desde entonces le hemos escrito no menos de trece veces, sin haber recibido ninguna respuesta. En interés de nuestros clientes, no hemos tenido más remedio que solicitar un auto de prisión contra su persona. Pero no me cabe duda, señor Worthing, de que podrá usted cancelar esta cuenta sin tener que llegar a esos extremos desagradables. Siete chelines y seis peniques tendrían que añadirse a la cuenta, en concepto de gastos del coche que ha sido alquilado para su comodidad, en caso de que sea necesario el traslado, pero estoy seguro de que tal contingencia probablemente no va a ocurrir.

ARCHIBALDO.—¡Traslado! ¿De qué traslado me habla? No tengo la más mínima intención de salir de aquí. Voy a quedarme en este lugar durante una semana. Estoy aquí con mi hermano. *(Señala a* JUAN.*)*

GRIBSBY.—*(A* JUAN.*)* Encantado de conocerlo, señor.

ARCHIBALDO.—*(A* GRIBSBY.) Si se imagina usted que voy a regresar a la ciudad en el momento mismo en que he llegado, está usted absolutamente equivocado.

GRIBSBY.—Yo sólo soy un abogado. No empleo la violencia personal de ningún tipo. El oficial del juzgado cuya función es detener a la persona del deudor está esperando fuera en un coche de alquiler. Tiene una experiencia considerable en estos asuntos. De hecho ha arrestado, en cumplimiento de sus obligaciones, a casi todos los vástagos más jóvenes de la aristocracia, así como a varios de sus primogénitos, además naturalmente de un buen número de miembros de la Cámara de los Lores. Su estilo y sus modales se consideran extremadamente educados, hasta el punto de que da la impresión de tratarse más de un apostador que de un oficial de juzgado. Por ese motivo lo contratamos a él siempre. Pero sin duda usted preferirá pagar la factura.

ARCHIBALDO.—¿Pagar la factura? ¿Cómo demonios voy a pagarla? ¿Acaso supone usted que tengo dinero? ¡Sí que estamos buenos! Ningún caballero tiene nunca dinero.

GRIBSBY.—La experiencia que tengo es que generalmente hay parientes que pagan.

JUAN.—Permítame por favor ver esa cuenta, señor Gribsby... *(Le da la vuelta a un inmenso folio.)* setecientas sesenta y dos libras, catorce chelines y dos peniques desde el pasado octubre... Tengo que decir que nunca había visto una extravagancia tan temeraria en toda mi vida. *(Se lo pasa al reverendo* CHASUBLE.)

SEÑORITA PRISM.—¡Setecientas sesenta y dos libras en comidas! ¡Eso es de un materialismo feroz! No puede haber nada bueno en un joven que coma tanto, y con tanta frecuencia.

CHASUBLE.—Ciertamente es una prueba dolorosa de los vergonzosos lujos de este tiempo. ¡Qué lejos estamos de la vida sencilla y el pensamiento elevado de Wordsworth[2]!

JUAN.—Bueno, reverendo Chasuble, ¿considera usted que yo me veo obligado de alguna manera a pagar esta cuenta monstruosa de mi hermano?

CHASUBLE.—He de decirle que en absoluto. Sería como fomentar su libertinaje.

SEÑORITA PRISM.—Cada cual cosecha lo que siembra. Este posible encarcelamiento podría resultarle muy saludable. Lo que hay que lamentar es que sea por un período de sólo veinte días.

---

[2] Alusión al poeta romántico William Wordsworth (1770-1850), en cuyas composiciones se exaltaba la naturaleza y la contemplación.

JUAN.—Soy de la misma opinión.

ARCHIBALDO.—Mi querido amigo, ¡mira que eres ridículo! ¡Sabes perfectamente que la cuenta es en realidad tuya!

JUAN.—¿Mía?

ARCHIBALDO.—Sí, lo sabes.

CHASUBLE.—Señor Worthing, si se trata de una broma, está fuera de lugar.

SEÑORITA PRISM.—Es una vulgar desvergüenza. Justo lo que yo me esperaba de él.

CECILIA.—Es una ingratitud. Yo no me esperaba eso.

JUAN.—No le hagáis caso. Así se comporta siempre. Lo que quieres decir ahora es que no eres Ernesto Worthing, con domicilio en Albany, B cuatro, ¿no es eso? Ahora que estás en ello, es la ocasión para negar que seas mi hermano. ¿Por qué no lo haces?

ARCHIBALDO.—¡Oh! Evidentemente no voy a hacer eso, querido mío; sería absurdo. Pues claro que soy tu hermano. Y por eso debes pagar tú esa factura. ¿De qué sirve tener un hermano, si no le paga a uno las facturas?

JUAN.—Pues en cuanto a mí, he de decirte que no veo la utilidad de tener un hermano. En lo referente al pago de la factura, no tengo la menor intención de hacer nada por el estilo. El reverendo Chasuble, dignísimo rector de esta parroquia, y la señorita Prism, en cuyo admirable y ponderado juicio tengo gran confianza, son ambos de la opinión de que la cárcel te haría un gran bien. Y yo pienso lo mismo que ellos.

GRIBSBY.—*(Sacando su reloj.)* Siento interrumpir esta agradable reunión familiar, pero el tiempo apremia. Tenemos que estar en Holloway no más tarde de las cuatro [3]; si no, es muy difícil conseguir entrar. Las normas son muy estrictas.

ARCHIBALDO.—¡Holloway!

GRIBSBY.—Es en Holloway donde se hacen siempre las detenciones de este tipo.

---

[3] Holloway, en el norte de Londres, era entonces una prisión para hombres, en la que el propio Wilde estaría detenido en 1895, antes del primer juicio al que fue sometido.

ARCHIBALDO.—Pero, bueno, no van a encarcelarme en las afueras por haber comido en el West End[4]. Es absolutamente ridículo.

GRIBSBY.—La cuenta es de cenas, no de comidas.

ARCHIBALDO.—¡Qué importa eso ahora! Lo que digo es que no van a encarcelarme en las afueras.

GRIBSBY.—Hay que admitir que los alrededores son de clase media; pero la prisión en sí está a la moda y bien aireada, y hay múltiples oportunidades para hacer ejercicio a ciertas horas fijas del día. Y en el caso de certificaciones médicas, que son siempre fáciles de conseguir, pueden ampliarse esas horas.

ARCHIBALDO.—¡Hacer ejercicio! ¡Santo Dios! Los caballeros no hacemos ejercicios. No parece entender usted lo que es un caballero.

GRIBSBY.—He conocido a tantos, señor, que me temo que tiene usted razón. Las variedades de caballeros son curiosísimas; resultado del refinamiento, sin duda. Si no tiene inconveniente, ¿sería usted tan amable, señor, de acompañarme?

ARCHIBALDO.—*(Suplicando.)* ¡Juan!

SEÑORITA PRISM.—Manténgase firme, señor Worthing.

CHASUBLE.—Ésta es una de esas ocasiones en que cualquier debilidad estaría fuera de lugar. Sería una manera de engañarse a uno mismo.

JUAN.—Me mantengo firme; y no voy a mostrar debilidad ni a engañarme a mí mismo.

CECILIA.—¡Tío Juan! Creo que tiene usted cierto dinero que me pertenece, ¿verdad? Déjeme que yo pague esa cuenta. No me gustaría que su hermano fuera a la cárcel.

JUAN.—Oh, no puedes hacer eso, Cecilia, es una tontería.

CECILIA.—Entonces la pagará usted, ¿verdad? Me parece que se sentiría muy mal pensando que su hermano está entre rejas. Por supuesto, que yo me siento muy decepcionada con él.

---

[4] El West End es una de las zonas elegantes de Londres, famosa sobre todo por los teatros y las tiendas.

JUAN.—No le hablarás más, Cecilia, ¿verdad?

CECILIA.—Naturalmente que no, salvo, por supuesto, que me hable él a mí primero; sería una grosería no contestarle.

JUAN.—Bueno, me ocuparé de que no te hable. Me ocuparé de que no hable con nadie en esta casa. Hay que aislarlo. Señor Gribsby...

GRIBSBY.—Sí, señor.

JUAN.—Pagaré la cuenta de mi hermano. Es la última cuenta que le pago, por supuesto. ¿Cuánto es?

GRIBSBY.—Setecientas sesenta y dos libras, catorce chelines y dos peniques. ¿Cuál es su nombre completo, señor?

JUAN.—Señor Juan Worthing, con domicilio en Manor House, Woolton. ¿Es eso suficiente?

GRIBSBY.—¡Por supuesto, señor, por supuesto! Era sólo una formalidad. *(Dirigiéndose a la* SEÑORITA PRISM.) Hermoso lugar. ¡Ah!, el coche de alquiler es cinco con nueve extra, dispuesto para la comodidad del cliente.

JUAN.—Muy bien.

SEÑORITA PRISM.—Debo decirle que tal generosidad me parece una estupidez. Especialmente lo del pago del coche.

CHASUBLE.—*(Con un movimiento de la mano.)* El corazón tiene sus razones de la misma forma que la cabeza, señorita Prism.

JUAN.—Pagadero a Gribsby y Parker, supongo.

GRIBSBY.—Sí, señor. Y no haga el cheque cruzado por favor. Gracias.

JUAN.—Usted es Gribsby, ¿verdad? ¿Y cómo es Parker?

GRIBSBY.—Yo soy los dos, señor. Gribsby cuando se trata de asuntos desagradables, Parker en ocasiones menos graves.

JUAN.—Espero que la próxima vez que lo vea sea usted Parker.

GRIBSBY.—Así lo espero yo también, señor. *(Dirigiéndose al reverendo* CHASUBLE.) Que tenga usted buen día. *(El reverendo* CHASUBLE *inclina la cabeza con frialdad.)* Que tenga usted buen día. *(La* SEÑORITA PRISM *inclina la cabeza con frialdad.)* Espero tener el placer de verlo de nuevo. *(Dirigiéndose a* ARCHIBALDO.)

ARCHIBALDO.—Sinceramente espero que no sea así. Tiene usted unas ideas muy raras sobre el tipo de compañía con la que un caballero quiere mezclarse. Ningún caballero querrá conocer a un abogado que pretenda encarcelarlo en las afueras.

GRIBSBY.—En efecto, en efecto.

ARCHIBALDO.—Por cierto, Gribsby. Usted no va a regresar a la estación en ese coche de alquiler. Ese coche es mío. Fue alquilado para mi comodidad. Usted y ese caballero que parece un apostador van a volver a la estación a pie. Eso les hará mucho bien. Los abogados no caminan lo suficiente. Engullen mucho, pero no caminan. No conozco a ningún abogado que haga suficiente ejercicio. Generalmente se pasan todo el día sentados en oficinas mal ventiladas, desatendiendo sus asuntos.

JUAN.—Puede usted tomar el coche, señor Gribsby.

GRIBSBY.—Muchas gracias, señor. *(Sale* GRIBSBY.)

ARCHIBALDO.—Bueno, creo que tenías que haberme dejado gastarle la broma a Gribsby. Era una broma estupenda. Sabes perfectamente que no lo decía en serio.

AUSTRAL